名 家 经 典 书 系

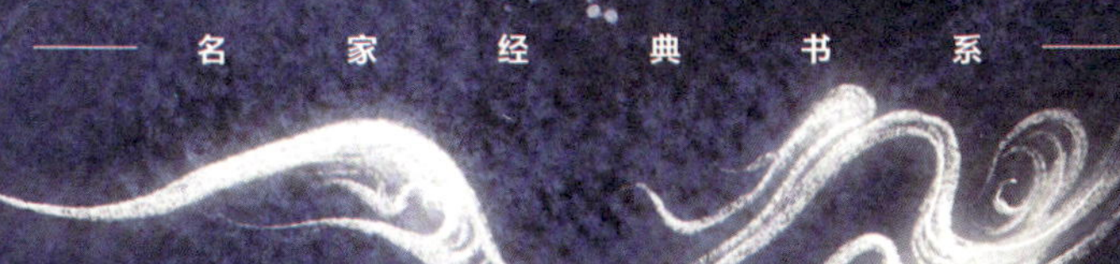

裂山海
LIE SHAN HAI
贰
流水 著
长江出版社
CHANGJIANGPRESS

目录

目录

若你注定要化为烛，
我也无惧做那火种。

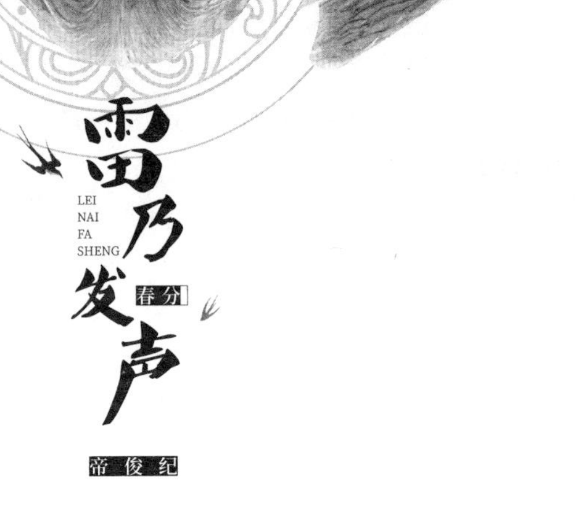

雷乃发声

LEI NAI FA SHENG

春分

帝俊纪

一

三青鸟在还没有当上西王母的使者之前是有名的歌者，他们是兄弟三人，分别为大青、二青和三青，最擅长的就是用一副歌喉去倾诉衷肠，但凡闻者无不感慨落泪。

这天，三人聚在了一起，最小的三青一副长吁短叹的模样，惹来两位哥哥的疑问。

“老三，你这是怎么了？”二青问道，“又看上了哪里的姑娘？”

三青闻言又叹了一声：“还是二哥知我。我那天路过鸾鸟一族，他们一族不知何时又添了一窝青鸾。其中有一个小姑娘，那模样长得真是俊俏，更难得的是天生能歌，那声音，一啼之后，百鸟沉默。”说完他显出一副神往的模样。

“是不是真的？”二青听了以后拍了一下小弟的肩膀，又往大青的方向一努嘴，“难道能比得上大哥？我还不信了。”

三青反应过来，连连摆手：“哪儿能和大哥相比呢？再怎么说也只是一只雏凤。”

“话可不能这么说。”大青开口道，“我们这儿凤凰不多，个个稀罕，尤以青鸾最能歌。据说其中最优者能发五音。”

“天生能发五音？那我还真想去见识一下。”二青一听也想去看看。

“你们在说我吗？”一个清脆的声音忽然响起，接着就见一只青色的鸾鸟从山林后展翅，翩翩落到众人面前，化身为一个漂亮的小姑娘。

“小鸾见过大青哥、二青哥和……三青哥。”小姑娘落落大方地见过礼后，睁着一双大眼睛看着三青鸟。

一见刚才提到的人突然出现在眼前，大青、二青还没有什么，三青竟然难得地有点尴尬。但好在大青把话接了过去：“你好，我们刚才还谈起你，听说你歌唱得很好。”

“小鸾在三位哥哥面前可不敢自称歌者。”小姑娘谦虚地一笑，“我只是把我感受到的唱出来而已。”

“哦，说来听听。”大青一听点点头，又说道。

“比如那天我早起梳头，瞥见三青哥在窗外偷偷瞧我。我心里一高兴，便轻轻唱起了歌，一时只觉微风拂过，屋外的小草也跟着一起轻摇，院子里的花也开了，一地芬芳。我装作没有看到三青哥的模样，兀自唱着歌，其实在通过镜子偷看，看他一脸笑意地看向我，眼睛明亮，手里还不自觉地打着拍子。于是我越唱越高兴，他的笑意也越来越明显。就在我忍不住要转身时，他却不知听到了什么飞走了。

“三青哥一飞走，我顿时心里一紧，如同淅淅沥沥下起了雨，雨水打在花草上，散在泥土中；又好像落在湖面上，泛起点点涟漪。于是我越唱声音越小，心里也越来越难受，终于决定出来找你……你们。”

小姑娘说着脸红了。

三青一听，上前两步：“小鸾，你……你是专门来找我的？可是我们甚至都没有说过话，你怎么……”

“三青哥，虽然我们没有说过话，可是我早就听过你的歌了。那时我躲在大石头后面，听你在夜里歌唱。”

夜里唱歌？不知是为了哪一位？三青想。

哦，他想起来了，那时一位姑娘白天来和自己告别，自己一时感伤，便忍不住唱了一夜。

昆仑山的白天虽然明亮，温度却很低，那是因为烛龙大神睁开了眼睛。烛龙大神在钟山之上，据说身长千里，睁眼为昼，闭眼为夜，但是从没有人看到过他的真身。可能有一位见过，那就是西王母，在以前他们以兄妹相称的时候。

扯远了，三青想着，还是说说那一夜。

那一夜是因为什么让她离开了自己？哦，因为她信奉的是烛龙大神。

她是一只普通的鹂鸟，那一日三青在山岭间漫步，突然听见一阵悠扬的歌声从山谷间传来，那声音如晨时林间的风，又如停在树梢的岚，轻轻悠悠地从远处飘来，一下子就抓住了他的耳朵，激起了他想去一会的兴致。

穿过数座山岭后，三青在一道山涧边找到了正在唱歌的鹂鸟。

她着一身黄衣，亭亭玉立，临水而歌，歌声婉转悠扬。三青一时只觉得林愈静、山更幽。

察觉到有人，女孩转过了身，小小的身形和清秀的面容与山林格外相衬。

看到她有些害羞地低下了头，三青连忙解释自己是被她的声音吸引而来，没有别的意思。说完，他赶紧也唱了一曲向她证明。

鹂鸟的声音虽然动听，但比起青鸟来还是逊了一筹。三青甫一发声，万山林涛震动，群山似有应和，天地之间像是只有他的声音，再也不存在其他事物。

唱完一曲，小鹂鸟还沉浸其中回不了神。三青看着好笑，唤醒了她，见她看自己的眼神明显变了，充满倾慕崇拜。这正是三青想要的效果。

自那以后，他们时常见面，小鹂鸟向三青请教歌唱的技巧，而三青则借着歌声向她表达心意。

一切都顺理成章，这段感情眼看就要水到渠成。

他是真的有些喜欢她，虽然一开始吸引她的手段有些刻意为之，但是相处下来渐渐被她吸引。不同于他之前交往的有着华丽羽翼和动听歌喉的女孩子们，她总是一个人安静地唱着歌，不需要观众与掌声，只为歌而歌，简单又纯粹，却能抚慰人心。

变故发生在青鸟三兄弟准备成为西王母的使者之时。

其实对于成为西王母的使者这件事，三青并不是完全赞成的。青鸟一族虽然不是什么人族，但是自由自在。他们三兄弟虽然都有一副天生的歌喉，但也只是喜欢平日唱个歌而已，对于供人驱使去传话送信实在没有什么兴趣。

不过大青态度坚决，虽是兄弟三人，但一向由大哥做主。所以虽然二青和三青心有不满，但是既然大青已经做了决定，二青也一直劝说未果，三青就没有再坚持，反正送送信也不是多难的事，毕竟西王母已经成了昆仑一脉的主事之神。

后来又传出西王母一直在研制不死药，这对于所有人来说都是一件了不得的大事，因为一旦成功，那就意味着西王母摆脱了生死束缚。

虽然神族寿命绵长，但如今大荒征伐遍地，保不准哪一天就会被战火波及，可一旦有了不死药，就等于永远免除了后患，可以起死回生。

这时三青才觉得大哥的决定是正确的，西王母确实是值得追随之人，但同时他又觉得有些奇怪，难道大青早就知道西王母在研制不死药?

直到有一天，他无意中见到大青与西王母发生了争执，大青情急之下喊了声“小瑶”，就见西王母陡然色变，之后拂袖而去，只剩下大青一人怔怔的。这时三青才感觉事情没有那么简单。于是他去问二青，谁知二青一副早就知道的模样，却又不欲多说。这事难道就瞒着他一个，大家还是不是亲兄弟了？！

虽然发生了这件事，但是大青带领他们三兄弟成为西王母使者的事情还是定了下来。令三青没有想到的是，小鹂鸟在第二天来向他告白的同时却与他做了了断。

这令三青十分惊讶。小鹂鸟平时看着不言不语，只是唱个歌，他还以为她不太知道这些事情。比如钟山之神烛龙大神才是昆仑一脉的神力最强者，很久以前就是昆仑一脉的主神，只是之后西王母崛起，他便慢慢不再理事。等大家觉察时，才发现昆仑在不知不觉间换了主人。

因为烛龙大神自己没有出声，大部分人也就没有特别在意，西王母与烛龙大神原本关系就非常好，两人以兄妹相称。西王母虽然神力比不上烛龙大神，但处事公平，面面俱到，令大部分人都没有话说。这件事的过渡就显得十分平顺，没有多少波折。

但其实昆仑之中一直都有一部分人只认烛龙大神为主，就算他现在身在钟山鲜少露面，也丝毫不影响他在这群人心目中的位置。

眼前的小鹂鸟就是一个。

她一边一本正经地告诉三青自己十分仰慕他，认为他的歌声是自己听过的最动听的声音；一边又万分不舍地说，自己只认定烛龙大神是自己的主人，如今三青既然要去当西王母的信使，那他们就不得不分开了。

这是什么道理？！

三青完全没有想到现在还有这么固执的人，还是个小丫头。对她而言，无论是西王母还是烛龙大神都高高在上，她甚至都没有机会见他们一面。再说虽然大荒现在不太平，但极西昆仑一脉因为有两位大神坐镇，所以没有任何部族或是势力敢觊觎和挑衅，这里仍然是一片乐土。三青相信大部分人和他一样，不太在乎到底是谁掌管昆仑，只要每天能高兴地唱唱歌就好了，其他的不必想太多。

可是显然眼前的小鹂鸟不是这么想的，三青简直不能理解她小小的脑瓜子里装的是什么。任他把个中道理翻来覆去说了三遍，她还是固执地摇头，说她们鹂鸟一族都只认烛龙大神，这事没得商量。

最后小鹂鸟泪眼婆娑地离去，三青实在心绪难平，就在初遇到她的地方唱了一晚上的歌，他自觉如泣如诉、颇为动人，没想到被这小青鸾听了去。

三青把前尘往事想了一遍，颇为感慨，然后对青鸾说，谢谢她喜欢自己的歌声，有空会去青鸾族拜访她，再一起唱歌。

小青鸾一高兴，又放声唱了一曲，果然五音天成。众人还没来得及夸赞，忽然一个声音响起："好歌。"

众人抬头一看，远处一团如火红云悠悠飘来，内里看不真切，但是有清晰的声音传出。众皆敛容，原来是帝江到了。

帝江是昆仑公认的识歌舞者，大家都把自己的歌舞能得到他的一句点评视为殊荣。但大多数时候人们只能看到他隐在一团红云之中，据说无人能看到他的真容。

虽然帝江就是这样一副模模糊糊的模样，却能得到大荒所有乐者的尊重，因为他对音乐有着自己独到的见解。虽说对于音乐，每个人都有自己的看法，举凡大荒有名的乐者也不太会服其他人，但帝江的看法却总能高人一筹，说出来令人信服。

就是这样一位受人敬重之人却有个令人捧腹的习性。虽然他总是把真身裹在一团红云之中，令人看不真切，但是遇到让他心动的歌舞，他总会忍不住露出一星半点真身来，有时是一只翅膀，有时是一只足，像是情不自禁想靠得更近一样。

昆仑祥和安乐，善歌舞者不在少数，单论善歌者数得着的就有好几位，而动听的歌声总能吸引帝江到场。时间一长，人们就把能让帝江露出几分真身作为评价歌者的一个玩笑似的标准，见面互相调侃一句"今日展一翅""明日露两足"等，十分有趣。

如今这小青鸾的歌声竟能引得帝江一句夸，众人更是对她刮目相看。那小青鸾自己也十分高兴："帝江先生，我的歌声真有这么好吗？其实我觉得与哥哥姐姐们的差不多呢。"说着，她使劲地瞄那团云，希望也能看到一羽半足，可惜没能如愿。

那片红云就停在众人上方，又有悠悠的声音传出来："五音俱全，确是好歌。"说完他顿了一顿，又接着说，"不过我那一声好，是指你刚才的说法有几分道理。"

"嗯，刚才的说法？"

"歌由心生。"

"歌由心生？"

“不错。虽然你说得简单，只是心里怎么想的就怎么唱，却是歌由心生的直白表达。要知道歌唱多了以后，很多人已经不知道为什么而歌了，唱出来的是不是心里真正想的恐怕只有他自己才知道咯。”帝江笑着说道。

“哦，是这么回事。”小青鸾点点头，“可是这并不难呀。”

“本来是不难，可惜有的人总是想得太多，绕着弯地表情达意，唱出来的歌就失了味。希望你能一直这么唱下去，不要辜负了天生的歌喉，辜负了自己。”

小青鸾点点头：“帝江先生，虽然你说的我还是不太懂，但是你说的话我记住了，以后我只会为自己而歌唱，你放心。”

“好孩子。”

小青鸾又与众人见了一礼，又看了三青好一会儿，最后化为原身，长鸣一声，振翅而去。

见小青鸾飞走了，帝江这才与三青打招呼：“好久不见，诸位都好呀。”大青没有动，二青、三青躬身行礼：“帝江先生好。”

“好好，见你们都好，我也很高兴呀。阿青，你还好吗？”那团红云竟然朝着大青的方向动了动。

“我有什么不好的？”大青的态度却有些奇怪。

“是吗？我怎么觉得你不大好。”那团云又凑近了些。

“你离我远点，别把你那六只脚、四个翅膀露出来，丑得很。”大青却是往后退了退。

那团云却不肯罢休：“看你这话说得，人家都巴不得看我露个翅膀、露只脚，只要我稍稍露一点，别人能兴高采烈一整天。只有你，躲我跟躲疫兽一样，真是令人伤心。”说着红云竟然又飘过去了一点。大青又往后退了一步。

二青看着这两人还不觉怎么，三青却看傻了眼。

“大哥，你与帝江先生原来是认识的？”三青问。

“嗯。”大青只回了他一个字。

“何止认识，是认识得很，小三青。”那朵红云又抖了抖。

“别跟他废话，他就是个天天耍嘴皮子的。”

二青见状过来拉住三青："帝江先生与大哥是旧识，老早就认识了。你那时候还小，所以不知。"

那边帝江却追着大青不放："你说你好得很，那你歌一曲我听听。我听听就知道你有没有说谎。"

"无缘无故，我为什么要唱？尤其是你还在这里。"大青嫌弃地看着上下蹦跶的红云。

"你是不是不敢？你没说谎就唱一曲。刚才小青鸾都说了，想唱就唱，还需要什么理由，你这分明是有事。"红云又开始左右摇晃。

三青看着他们一来一往的正觉得有趣，听帝江这么一说，忽然意识到已经很久没有听过大哥歌唱了。三青看向二哥，却见他面有隐忧。难道大哥真有什么事？

帝江见大青实在不肯听话，把方向一转，往二青三青这边飘了过来。

"二青三青，你们都不想听你们大哥歌一曲吗？"帝江带着笑意的声音传来。

"想。"

"不想。"

看到自家大哥睨了自己一眼，三青忙改口说不想。

见帝江纠缠不休，大青开口道："你们在这里等我。你，跟我来。"说完他转身而去。

于是二青三青留在原地，红云颠颠地跟着飘远了。

两人来到一处溪水旁，大青站定后对红云说："你今日怎么这么多事？跟你说了过去的事不用再提，你又专门赶来多嘴？"

红云消散后，原地出现一个红衣男子，模样俊俏，一摇三晃。

"阿青，我知道你神力深厚，应是无恙了，但我这不是忍不住关心你嘛！再说了，我们这么久没有见面了，我实在是想听你歌一曲，你就当是帮我洗洗耳朵，怎么样？"说着帝江的眼睛眯成了一条缝。

看着好友这副德行，大青有些无语，这么久过去了这人还是原先模样。

彼时心高气傲，自觉大荒歌者无人能在自己之上，但是所有败在自己手下的人都说，没有得到帝江的肯定，那就不算真正的高手。

笑话，自己的歌出自自己的口，还需要别人去评判，岂不可笑？

大青那时对这种说法嗤之以鼻，根本就不打算去见识这位传说中的识歌者。

直到有一天，在一次独自吟唱时，不知从何处飘来了一朵红云。大青起初并没有在意，那团云本来安安静静地停在半空，随着歌声渐入佳境，竟然随之摇摆起来。于是大青知道肯定又是哪位自己的崇拜者隐了身形，偷听自己唱歌。对此情形他早就见怪不怪了，平时只要自己唱唱歌，不一会儿就有满山满谷的人将天上地下塞满。久而久之，大青也就不太想在人前歌唱了。

此处是他无意中找到的一处悬崖绝壁，平时少见人迹，所以才有兴致在这里放歌一曲，没想到还是来了一个听众。

听就听吧，只要当那团云不存在就好了，大青想着，转而专注于自己的歌声，把自己最近的领悟融汇到歌声之中。

他的歌虽只是吟唱，无词，起初听着平平，旋律也简单，但就在循环往复中似乎能包含很多，渐渐地，草木、山川、天地似乎都含在其中。随着歌声飘荡，风起云涌，万物来和，而他自己却已消失无踪。

一曲终了，大青回过神来，眼前却出现了一个四翅六足的怪物，没有面目，混混沌沌，却又手舞足蹈，不知道从哪里发出“好歌好歌”的声音，如喝醉了酒。

那是帝江和大青的第一次见面，后来大青才知道自己是第一个让他露出真容的人。也是从那时起，那团红云总是时不时出现在自己左右，唠唠叨叨着“唱一曲唱一曲”，着实烦人，大青也从没有好脸色给他。

可是帝江却是个脸皮厚的，视大青的冷漠为无物。一朵红云时时围绕在美丽的青鸟身周，成为一景。时间久了，大青见摆脱不了他，也就随他去了。

一次，大青又独自唱歌，那朵红云又悠悠飘来，停在边上。

直到他的歌声停止，那朵云才飘过来发出声音：“阿青，你去见识过大河了？”

“你怎么知道？”大青问道。

“因为你的歌中有大浪翻滚，惊涛击岸；亦有风平浪静，壮阔豪迈。除了大河，我不知道还有哪一处风景配得上这歌声。”

大青不理他，歌声一转，又是另一番景象。

“嗯，这次还是水，却是风波不起，静水流深。莫非是大泽？”

还是没有人回答，歌声再变。

“这次嘛，水声叮咚，桃花妖娆，就是我们眼前这条小溪啦。”

“聒噪。”大青抬头看了一眼。

“阿青，”红云飘下来，落到眼前变成红衣男子，“别生气嘛，你说我说得可对呀？”

帝江笑眯眯的模样着实烦人，但是大青在心里也不得不承认他是最懂自己乐歌的人。帝江识歌舞之名，果然名不虚传。

两人在一起熟悉了之后，帝江对于猜大青歌中之意的游戏乐此不疲，大青却有些不服气，有时故意想隐藏真意，却总是不成功。

帝江笑话他之余，对他说道：“阿青，你想的是什么便能唱出什么，正是难能可贵之处，别人想学都学不来，你却不想要。真是可笑。”

“这么容易就被你看透了，好没意思。”大青赌气道。

“别人又看不透，只是被我一个人听懂了，有什么不好？难道你希望唱出来的歌没人能欣赏，那不是白费你歌一曲？”

“听起来也没有错，但是总感觉我在你面前就像没有秘密一样。”大青还是摇头。

“那是因为你本来就没有什么秘密呀。”帝江笑道，“就如这山泉，一望到底，怎么不好？”

“再说，就算我听出了什么，我们是什么关系？我保证绝不说出去，可以了吧？”红衣青年举起手来似要起誓，笑得眉眼弯弯。

大荒好山好水不断，两人就这样边唱边闹，消磨了不少时光。

二

“阿青，你的歌好是好，可惜还差了一味。”

一日，两人又随处游荡时，帝江摇头晃脑地对青衣青年说道。

“哦，是什么？”大青有些好奇。

“是情呀，爱人之情。你不知道吧？”红衣青年一脸得意。

“笑话，我不知道你知道？以前也没听你说过，这会儿突然就懂了，怎么，你还想教我不成？”大青不以为然，睨了他一眼。

“唉，我既盼着你知道，又不想你知道，我这个心呀，纠结呀！”帝江边说边用手捂着胸口，闭眼皱眉。

大青看不得他这做作样，伸手推了他一把：“有话好好说，没人看你演戏。”

“阿青，我没演戏，我真是这么想的呀。要知道情之一字，让人欲生欲死，身不由己。我是不忍心看你如此才没有对你说。”

“那怎么现在又开口了？口是心非。”大青又瞪他一眼。

“因为只有情才能让你的歌声更进一步，我又实在想见识你到达歌者巅峰的样子。这不是左右为难嘛。”

“废话一堆，我不相信了。”大青不欲多言，移步向前。

“唉，阿青，别不信，我这不是想到办法了，特意带你去见识一番。”帝江连忙拉住大青的衣袖。

“这还能去见识？瞎说。松手，我不去。”

“哎呀去嘛。”

一青一红两人一路拉拉扯扯来到了钟山脚下。

举目望去，茫茫钟山云雾缭绕、高耸入云，什么都没有。

“你带我来这里干什么？这里是烛龙大神所在之地。”大青问道。

“有点耐心嘛，等一会儿就知道了。”帝江却拉住大青隐到一旁。

就在大青等得不耐烦时，一个女子的身影出现了。只见她眉头舒展，双目有神，容貌端正，隐隐竟有凛然之威，一见就与一般女子不太一样。

她手里拿着一把锥子，来到钟山之前开口道："烛哥哥，我来了。"

别看她身量不大，声音却清亮，飘飘摇摇一路直上山巅，变成一声声"我来了我来了"。

只这一声就让一旁的大青睁大了眼睛，因为这是难得的歌者的声音，随口一喊，竟然就有余音环绕之感，其中又含有坚忍不拔之意。

大青正要从隐身处出去一问，帝江一把拉住，对他做了个噤声的手势。

山上并没有动静。虽然钟山之神烛龙亦是整个大荒西地的主神，但其实已经很久没有人见过他了。有人说他早已不在钟山，到处去游历了；也有人说烛龙遨游天外，已不在这世间。但大荒这黑夜白天的不变更迭告知人们他还在，还庇佑着这片土地。

大青有些奇怪，照说大荒之上的歌者自己虽不是都见过，但其中出众者总有耳闻，眼前这女子自己怎会毫无印象。

想到这里，大青回头用眼神询问身边的红衣青年，却见帝江一副少安毋躁的表情，示意他别出声，再等等。

不明就里的大青只有再次屏气凝神，注视着那女子。

果然，歌声起。

"巍巍高山，不动不移。
蓬蓬白云，一东一西。
漫漫长路，流水从之。
心思匪远，南风送之。
将子无死，尚复来归。
生则同生，死则同死。"

这是一首情歌，表达的是女子对男子的倾慕之意。

难道眼前这女子喜欢的竟然是烛龙大神？！

且不说现在根本不知烛龙大神身在何处，就算他就在这钟山之上，可烛龙大神神通天地，威压昆仑，已不知活过了多少岁月，又岂会对她假以颜色？

这首乐歌是大荒上传唱颇广的一首歌谣，没人知道它从何而来。

但因其旋律简洁，情思深彻，大家都在传唱。大青听很多人唱过，歌声或缠绵悱恻，或凄婉哀怨，但无一人能比得上眼前的女子。

这女子的歌声并没有许多工巧，只是直白地倾诉，但其中包含了百折不回的坚定与令人动容的深情，确是大青从没有听过的歌声。

特别是当她边唱边开始用手中的锥子一下一下凿击山体时，那锥子发出的声声轰鸣和着歌声，简直就是要把词曲凿进人心里去。大青不得不承认，她的歌声比自己的更动人。

而她来此地，歌唱显然不是她的主要目的，更重要的是用手里的锥子凿山。那锥子虽然看着不似寻常物，一起一落间，火光四射，但想在钟山上留下痕迹显然还是不够的。

这里是钟山，是整个昆仑最坚硬、最牢不可破的山脉，是烛龙大神的山，没有他的允许，又有谁能动得了这里一丝一毫？

可看这女子的模样，似是要把这钟山凿开！

山上山下只有女子的歌声缭绕，长锥的凿击之声伴着那节奏而起，渐渐混为一体。悠扬蔓衍的歌声中加入了金石铿锵之声，成就了独特的韵律。

大青在惊叹之余不禁思索：这女子为何要如此？眼见那女子一步一步往山上去了，大青从隐身处出来，看着帝江。

“我知道你有很多疑问，”帝江一摊手，“但其实我知道的也并不比你多多少。”

他用手一指那女子：“她叫小瑶，每日都会来钟山。你也看到了，她会一边歌唱一边用那把锥子凿山。我也是偶尔路过此地听到了她的歌声被其吸引，这不就带你来看看。

“估计你也奇怪，烛龙大神怎么会容许她破坏神山，但其实不知何时起，只有她一人进得了钟山。我们现在所站之地就是边界，再想进一步都不能了。所以，这也许正是烛龙大神的意思。”

大青试着往前走，果然有无形的屏障挡在身前，无法再往前，只看得那女子渐行渐远。

“她每日都如此吗？”他转过身来问帝江。

“不错，我之前观察过几日，她确实日日如此。”帝江点点头道。

虽然人不能进，但歌声还是悠悠传来。

将子无死，尚复来归，

生则同生，死则同死。

伴着那把锥子的声音，一下一下，令人不由得相信也许终有一日，她真的能凿开眼前这巍巍大山，盼得那人的一声回应。

大青沉默了，一旁的帝江抬手在他面前晃晃。

“怎么样？这一曲不错吧，非情深彻骨之人不能歌。这女子委实是我听歌以来少数能与你媲美的歌者之一。也许她都不能称之为歌者，因为她只唱这一曲，但仅凭这一曲，就足够让她傲视这大荒之上的大部分歌者。阿青，你说我说的对不对呀？”说完，帝江得意扬扬地笑起来。

见大青并没有反应。帝江以为他不认同，于是又接着说道：“当然，阿青你的歌声与她的意韵不同，各尽其妙，不分高下。”

“我不如她。”大青忽然道。

“嗯？”帝江还准备再说两句，却没有料到大青突然这样说，“阿青，你……”

“我的歌声中没有那种执着。”大青皱着眉对帝江说。

“阿青，你有你的洒脱，不见得一定要执着。”帝江认真地说。

“不先执着，谈何真正洒脱？你也是这样想的吧，所以才带我来。”大青看着帝江说道。

“阿青，你不要这么聪明呀。”帝江有些无奈道。

你既然知我歌声，我自然也知你心意，纵使你不能歌，大青心里想。

第二天，大青与帝江又来到了钟山脚下，果然又见到了小瑶。这次大青在她进山之前拦住了她。

“小瑶姑娘你好，”大青来到近前。

“你好，你怎么知道我的名字？”那姑娘没料到突然冒出来两个人，却也并不如何慌张。

“因为小瑶你歌声动听，大家都知道。”帝江一摇三晃地踱步过来。

“小瑶，我是一名歌者，此次前来是特地来向你请教的。”大青挡在帝江面前，“这是我的朋友，他说得没错，你的歌声确实很动听。”

“谢谢你们，可是我觉得自己的歌声并没有到举世皆知的地步，你们真是来听我唱歌的？”小瑶微微一笑，并不太相信的样子。

“我是大青，我现在就可以歌一曲。”说完，大青准备唱歌。

“不用了，我知道你，青鸟一族的族长，大荒著名的歌者。”小瑶却一摆手止住了他，“但是我能帮你什么呢？我只会唱这一曲。”

“只这一曲足矣。”

“既如此，那我就和你们说说这一曲吧。”

小瑶随意地坐在路边的山石上，看着眼前直插云霄的巍巍高山，神情悠远。

烛龙大神名唤烛九阴，坐镇钟山，受昆仑所有族群拜服，掌管整个大荒西地。但是与大荒的其他大神不同，他从来不曾走出昆仑，征伐四方。

他在钟山之上，掌管着这片大地的黑夜白天、风霜雨雪，瞬息之间就可颠倒阴阳。所以即使他鲜少露面，也没有其他部族敢来冒犯，同样也没有族人敢接近。

他的一切有如传说。但小瑶不这么想。自从她小时候知道了掌管所有生灵的烛龙大神之后，就对他充满了好奇。

“他一个人在那高高的山上，难道就不冷吗？

“你们说他睁眼就是白天，闭眼就是晚上，那他就不能眨眼了吗？万一眨眼我们这儿不就一会儿白天一会儿黑夜？可是我好像从来没有遇到过这种情况，那他一直撑着，眼皮不会抽筋吗？

“还有，他呼一口气就会下雪，吸一口气就酷热难耐，那他的一口气得有多长呀，难道不会憋死？”

众人：……

“你们一个个说他长得如何英明神武、姿态不凡，可是又说他人面蛇身、身长千里，还浑身赤红，长成这样能好看吗？”

众人转身欲走。

“你们到底有没有人真正见过他？欸，都别走呀！”小瑶原地跺脚，“哼，一个二个说得跟真的一样，结果都是编的。没关系，我自己去找，自己去看，然后再好好告诉你们什么是真正的烛龙大神！”

小瑶是豹族，翻山越岭对她来说不是事儿。但钟山实在是不好爬，她费了老大的劲儿才爬上来。

现在正是钟山的好时候，遍地的野花盛开，汇聚成海。那是无数朵黄色的小花，花蕊却是红色的。

小瑶如一阵风般跑过，长长的尾巴扫过花丛，带起片片花瓣。它们纷纷飘扬而起，围绕在她身周，再打着旋儿落下。即使她一心要去找烛龙大神，也不禁因眼前这如画的一幕而微微愣神。

“哪里来的小豹子，弄乱了我的花？”忽然一个声音响起。

小瑶吓了一跳，转过身来四处张望，但是没有看到人。她晃晃脑袋，难道是自己跑得太快听错了？算了，她还是去找烛龙大神要紧。

就在她准备再次上路的时候，那个声音又响起了：“说你呢，小豹子，别踩坏了我的花。”

“谁……谁在说话？”这次小瑶确定自己没有听错，她恢复人身，大声问道。

远处的花海中出现了一个淡淡的人影，转瞬间，那人出现在了小瑶近前。

“小豹子，跑这么快干什么呀？”那是一个很好看的男子，看着还很年轻，他微微躬下身问她。不知道为什么，小瑶直觉他不会伤害她。

“我要去找烛龙大神，他就在这高高的山上。”她大声告诉他。

“你找他干什么？”他问。

“我想看看他真实的样子，如果他真像大家说的那样辛苦，那我就跟他说声谢谢，代表我们大家。”她认真说道。

“是吗？真是可爱的小豹子。你的感谢我代他收下了，我是他的朋友。小豹子你来得不凑巧，他正好出门了。”男子说道。

“啊，这么不凑巧吗？”小瑶有些沮丧，“可是大家都说他不会离开钟山，他是钟山的山神，整个大荒西地的神，不能随便到处跑的。”

“可是老待在一个地方会很闷呀。小豹子，你跑起来像一阵风一样，你是不是到过很多地方，跟我说说？我们可以边聊边等他，说不定说着说着他就回来了，你说好不好？”他笑眯眯地问道。

“那是。”小瑶有些得意，就算自己并没有去过很多地方，但是在夸奖自己的人面前一棵草也能说成花。

“那就先说玉山吧，你知道玉山吗？那是我住的地方，一座山上全是美玉，白天的时候自不必说，就是晚上也泛着隐隐的光，可漂亮啦！”小瑶自豪地说道。

“玉山？我知道，那儿有一条漂亮的飞瀑，从山顶直泻而下，落入下面的池水之中，映着莹莹山色，美不胜收。”男子一听接话道。

“飞瀑？你是不是记错啦，玉山整座山都是玉石，别说飞瀑，小溪都没有一条。”小瑶一听这话睁大眼睛反驳道。

那男子一听小瑶这样说，咳嗽一声，掩饰道：“那可能是我记错了。那就不说玉山了，说说别的地方。我知道玉山旁边是另一座不太高的山，山顶平整，就像被人用斧子从半山腰砍了一样。那山顶生着各种花木，就像个天然的花圃，时时刻刻都有蜜蜂环绕，彩蝶飞舞。”

男子说完得意地看着小瑶，谁知小瑶呆呆地看着他：“你真的去过那儿吗？玉山周围全是峡谷，沟壑纵横，然后再远些是大片平野，根本没有山，更别提你说的这么奇特的山了。”

男子张口结舌，然后小声嘟囔：“怎么变了这么多？”

小瑶没听清，问他：“你说什么呢？大点声。”

“没什么。”男子又对着小瑶一笑，“那我不说了，你说，我听着。”

“好嘛，一看你就没去过，是听别人随口说的吧？唉，那人骗你的。我可是真正走遍昆仑的人哦，我来告诉你。”

说着，小瑶眉飞色舞、添油加醋地把自己去过的、知道的、听别人说的昆仑一股脑儿地都倒出来，说得唾沫横飞。那人开始还忍不住插两句嘴，后来发现自己实在错得离谱，于是就托着腮，看着眼前的小豹子叨叨。

等小瑶说了一长串停下休息的时候，他来了一句："大家都挺高兴吧？"

"那是。"小瑶随口说道，"嗯，你说的是生活在昆仑的人吧？他们当然高兴了，因为我们有烛龙大神。只要有烛龙大神在这钟山上，我们就没有什么可担心的。他守着昆仑，守着我们大家，我们就什么都不怕。大家自由自在地做着自己喜欢的事，就像我喜欢到处跑，去见识昆仑的每一片土地，去感受黑夜白昼、酷暑风霜，因为那都是他带给我们的。"

那男子听着听着又笑了起来。他笑起来很好看，就像是从心底开出了花，变成了脸上的笑靥。

"小豹子，谢谢你，谢谢你这么说。"

"不客气，这是我的真心话，也是大家的真心话。其实我这次来就是想看看烛龙大神，然后告诉他这些，让他放心，我们大家都好着呢。"

"那我知道了，我会转达给他的。小豹子，你来一趟不容易，还有什么要我带的话吗？"男子对着小瑶柔声说道。

听他这样说，小瑶忽然有些不好意思起来："其实……其实我还有些话想单独问他。"

"哦，是什么话，可以告诉我吗？我都可以带给他哦。"男子鼓励地说。

"那……那好吧。我想问问他，一个人在高高的山上冷不冷？还有他老是睁着眼睛累不累？还有还有，一口气憋那么长他难不难受？"小瑶一口气说了出来。

"哈哈哈哈！"男子终于忍不住大笑起来，"小豹子，你太可爱了！我告诉你，他呢，虽然不能离开这里，但是心里很高兴，他不冷不累，也不难受，挺好的，你别操心了。"

“那好吧，听你这么说我就放心了。嗯，不对，你刚刚说他出去了，又说他不能离开这里，你是不是骗我的？”小瑶突然抓住了他话里的漏洞，问道。

“啊，已经说了这么老半天了，我也该回去了。你也早点回去吧，小豹子，要不天黑了不好下山。”男子急急说完这几句，转头就要走。

“哎，你等一下，你还没有告诉我你叫什么名字呢，我还是想去找烛龙大神，你能不能带个路？”小瑶在后面追着喊。

可是那男子就像没听见一样，走了几步，一眨眼就消失了。

“你们猜那男子是谁？”小瑶抬头问大青和帝江。

“他自然就是烛龙大神。”大青说道。

“在钟山本就不可能出现其他人。”帝江接道。

“是呀，可惜我那时太小，竟然没有猜到，但幸好我没有放弃。”小瑶说道。

“后来呢？”大青接着问道。

“后来？今天我要进山了，如果你们有兴趣明日再来，我再讲给你们听。”说完，小瑶向两人微一点头，转身进了钟山。

片刻后，那歌声伴着长锥凿击山体的声音又响起了。

“将子无死，尚复来归，生则同生，死则同死。”

那歌声清越，远远传出去，群山有声，万籁相和，与第一次听竟又有些不同，似乎其中的意志更坚，决心更强。

大青品味着这歌声，竟下意识地想与之唱和。这是从来不曾有过的事情，因为他从来都是一个人唱歌，只有别人来应和他，从来没有他去应和别人的道理。

意识到这一点后，他一时有些呆愣。

“阿青，你怎么了？”旁边的帝江看他有些异样，出言问道。

“没什么。”大青掩饰道，“我们明日再来吧。”

“怎么，着迷啦？”帝江笑着问，“你想来我自然陪你。”

“嗯，我想知道后来发生的事情和那一曲的渊源。”

“好。”

三

第二日，大青拉着帝江又早早地来到钟山前，过了没多久，小瑶果然也来了。

“你们来得可真早。”小瑶笑着说，“既如此，我就把后面的故事告诉你们。”

说着，她拿起了手中的长锥：“想必你们也对我这把锥子充满了好奇，不错，我就是要用这把锥子把钟山凿开！”

在两人震惊的眼神中，小瑶再度开口了。

虽然那男子瞬间不见了踪迹，但小瑶并没有听他的话下山，而是脚步迅捷地往钟山山巅而去。

此时天色渐暗，身周的一切渐渐变得模糊，越往上山路越是崎岖，没有一片平地可以落脚，山岩层层叠叠，小瑶在山岩的缝隙间跳跃，仗着自己身姿矫健努力往上爬。

等她最后好不容易爬上一片缓坡回望来时路，才发现那路蜿蜒起伏，卧在山梁，嶙峋参差的山岩有如片片鳞甲。

等到天色完全暗下来的时候，小瑶又往前走了一段。这里并不是完全的黑，前方隐隐有光传来，小瑶也不太能确定，虽然她有在夜里视物的本领。

但看这光似乎又与一般光源不同，忽明忽暗，明灭不定，像是从山体中挣扎而出，摇曳着在无边黑暗中给人带去一点亮。

亮光边有个人影坐在山脊之上。小瑶小心地靠过去，那人一回头看见了她。

“小豹子，是你，不是让你回去吗，怎么不听话？”他似乎有些生气。

“我……我还没有找到烛龙大神呢，我是真的想见他。你不是他的好朋友吗？你能不能带我见见他，就见一面好不好？”小瑶抬起头来求他。

“真是倔强的小豹子。”他看着她，又似乎没有看她，半晌才开口道，“好，就让你见他一面。”

话音刚落，就见他用手一指，那点光越来越亮，从山体中透出来，转瞬之间，似乎整座山都烧了起来，烧成了赤红色。

就在那山再也锁不住那团红光之后，它陡然往上一跃，终于脱体而出，直上半空，在空中一展千里，舒展身躯。

那是一条赤红的蛇。

它实在太长了，看不到首尾，在漆黑的天幕中有如一道闪电蜿蜒，在天际游走，发出照亮一切的光芒，惊叹世人，却又转瞬即逝。

但就在那一瞬，小瑶看到了它，如此雄浑巨大的身姿超过所有想象，实是上苍造物的奇迹。

一闪之后，那红光又迅速缩回了山体中，就像被莫名的力量压制，只能幽幽地闪烁。

“好了，这下满意了，你见到了就可以回去了吧？”他喘了一口气。

“那就是烛龙大神吗？”小瑶还没有从刚才看到的景象中回过神来，“果然只有烛龙大神才能是那般模样！”

“一条长蛇而已，没有多好看。”他低声说道。

“你怎么能这么说呢？那不是一般的蛇，那是我们大家的烛龙大神，大荒最了不起的大神！”小瑶挺着小胸膛说。

那人听了一笑，点点头。

“谢谢你让我看到了烛龙大神，我没有什么可以报答你的，给你唱首歌吧。”小瑶想了一会儿开口道。

“小豹子你还会唱歌？那就听一曲。”他又笑笑。

“可别看不起人，我可会唱歌了，大家都这么说。”小瑶一心要在他面前表现，于是开始唱起歌来。

她的声音与别人不同，也许是因为原身是豹族，所以歌声更像啸声，穿云裂石，声势不凡。

男子一听面露赞赏之色：“小豹子唱得果然不错。”

“那是，我还会更好的。你听着啊！”小瑶一听他这样说，劲头更足了，再次发声。

“巍巍高山，不动不移。
蓬蓬白云，一东一西。
漫漫长路，流水从之。
心思匪远，南风送之。
将子无死，尚复来归。
生则同生，死则同死。”

这次她选了一首大家都会唱的歌，只有唱大家都会唱的才能显出自己的好来，她本来是这样想的。

不料男子一听这支曲子神色突变，一时竟呆住了。

半晌，他出声道：“你也会唱这首曲子。”

小瑶没有注意他的脸色，回答道：“知道呀，这是昆仑流传最广的一首曲子，大家都会唱。但是像我唱得这么好的就不多啦，嘿嘿。怎么，你也会唱吗？”

“我……也会唱的。”他停顿了一下，然后慢慢说道。

“那你也唱给我听，好不好？”小瑶来了兴致，请求道。

“太久没唱了，不记得了。”他缓缓说道。

但没等小瑶接话，他却自顾自地唱了起来。

还是一样的曲调，还是一样的词，却变成了两首歌。

小瑶唱起来就像一个女孩去和自己心仪的男孩子倾诉衷肠——我喜欢你呀，我们就要生生世世都在一起，大家在相恋的时候都是这样说的。

男子唱起来却仿佛真有这样一个女子已和他一起历经了生死，那曲中述说的正是他们的过往。

他的声音低沉，一字一顿，到最后声音越来越低，仿佛在旁若无人地自言自语。

小瑶听着他的歌声，心莫名地揪起来，有些疼。

他沉浸在歌中，反复地唱着最后两句。小瑶有些不忍，于是出言打断他。

“你唱得真好，比我还好，可是为什么我感觉你有些伤心？”

“没什么，只是想起了很久以前的事。”

“那……那你不要想了好不好？今天已经很晚了，你早些休息，下次再唱给我听好不好？”

“好。”

于是小瑶心满意足，转身准备回去。可是她和男子打过招呼准备往山下去时，却发现那男子还是站在原处。

“你怎么不回去？”小瑶好奇地问。

“我要在这里陪他。”

“那……那我也要在这里陪他一夜，等他再次睁开眼睛。”小瑶看着男子的身影，他孤零零地一个人站着，仿佛已经站了很久。她忽然不忍心留他一个人，于是她化作了原身，漂亮的雪豹卧在他身旁，爪子扒着地，大有赶也赶不走的架势。

男子看她晃着脑袋坚持说着话，眼睛却都已经有些睁不开了，他伸手摸了摸她的头。

“倔强的小豹子，今天累坏了吧？好吧，就留你一晚，快睡吧。”

“那明天他醒的时候，你要记得提醒我啊。”

小瑶说着把脑袋搭在自己的前爪上蹭了蹭，还想再说什么，但终于坚持不住，闭上了眼睛。

见她终于入睡，男子的身影竟如水纹波动，然后猝然消散，化为一点光飘浮而起。那一点光亮所到之处，山梁隐现，此时的钟山与白日相比已大不相同。

那高低起伏的山脊变成了筋骨模样，层层岩石则变成了片片鳞甲。随着那点光亮飘荡，所到之处一一变幻，只见整座钟山遍布森森鳞甲，原来是被一条巨蛇的身躯覆盖。那蛇不见首尾，身量不可揣测，如绳索一般把整座山捆住。

接着，那点光又往山中而去，那长蛇的身躯随着延展探入其中，穿山破石，越来越深，从山顶一直往下纵贯整座钟山，再接着深入地底，再往下去，一直到幽冥阴暗之所。

那是大荒最不可名状之地，是所有死者的安魂之处——九阴之地。

大荒的亿万生灵，生前无论神力如何，最终都要走向消亡。除了拥有通天彻地神威的大神几乎与天地同寿之外，所有神族之人最后的归宿都在这里。

他们身死之后，神力能支撑魂灵奔赴这永眠之地。而烛龙就是这死后世界的主宰。

大部分身死之人会听从烛龙的命令，在这里诉说最后的心愿，然后消散于天地之间；而有些则不甘心就此逝去，变成魂灵，妄图挣脱束缚，离开地底，设法重回九阴之上。

但他们跨不过烛龙。在这里，烛龙就是天地法则，他的神威能震慑一切鬼魅邪魑，能用一己之力镇压所有心有妄念、蠢蠢欲动者。

这一切不知道是从什么时候开始的，以致没有人去质疑逝去的生灵去了哪里，为什么死者再也不能重返世间与生者相见。也许有好奇者曾试图去寻找答案，但追寻的脚步到了昆仑就戛然而止，无法再进。没有人知道事实是怎样的，只是传说中有神人烛龙口含火精，照彻西北大地，直达九泉之下。

此时，那点光亮到达一片混沌幽暗之地。这里完全是另一个世界，无边无际，生息不存，只有无数有影无形的魂魄倏忽来去，发出阵阵喑哑的喧叫："我要出去！放我出去！"

"妄想。"忽然，一声低沉的呵斥传来，众皆静默。

小瑶一觉醒来，天并没有亮，刚才的男子却不见了。

"咦，怎么天还没有亮？难道是烛龙大神还闭着眼睛？也好，趁着这会儿我自己去找他。"小瑶想着，振作精神又准备出发。

当她站起身却发现自己的脚下变了模样。之前的山脊变成了背脊，层层岩石变成了鳞甲，整座钟山被一条大蛇的身躯覆盖，不见首尾。

那巨大的身躯已变成了山体的一部分，一片灰白，血肉似已不存，只有傲骨依然不屈地挺立，支撑着包裹在外的层层巨鳞。

小瑶一时慌乱忙化作人身，小心翼翼地伸手去触碰那蛇躯，但指间冰冷一片，不复生机。

“这……这是烛龙大神？为什么……为什么会这样？”小瑶不敢置信地摇头，昨天还看着它遨游天际，明明还好好的。只是一晚的时间，为何就变成了如此模样？！

小瑶化作豹身，长啸着在这蛇身上奔跑，直往山巅而去，泪水忍不住洒下。但跑着跑着，她慢慢放缓了脚步，因为脚下的触感逐渐柔软，也慢慢有了一丝温度。

她小心感受着这令人欣喜的变化，果然在靠近山巅的地方，这躯体又有了活气，也逐渐变红。他果然还活着。

小瑶又高兴起来，收住眼泪继续向前跑。这一次她终于来到山顶，却被眼前的景物镇住，出声不得。因为她看见巨大的赤红蛇身被困在山体之中，并不是他捆住了钟山，而是这巍巍高山如同一座牢笼紧紧锁住了蛇躯，把他困死在了这里！

烛龙大神！

小瑶跑过去，试图用自己锋利的爪子扒开山石，但任她把爪子弄得鲜血淋漓，那山岩还是坚硬如初，没有丝毫变化。

小瑶想不明白，为什么最最厉害的烛龙大神会被困在这里，他又是怎样支撑着昆仑的日与夜，还笑着跟自己说一切挺好的。但现在这些都不重要，重要的是——

“烛龙大神，烛龙大神！我知道你听得见，你等着，我这就去想办法，我一定能救你出来！你等着我！”小瑶在山顶大声叫着，啸声连连，有如誓言。

无人应答。

是呀，她终于知道之前遇到的那人就是烛龙。为了满足她见一见真身的愿望，他消耗神力化为蛇身与她见了一面，也许他们以后都见不到了。

小瑶本不笨，见到眼前这半死之身很快就推测出了因果。

“烛哥哥，我会救你的，你等着。”

小瑶改了称呼，转身下了山。虽然她只是一只小豹子，但是在这一刻似拥有了无穷的力量。

似是回应，昆仑的天，亮了。

“这就是我的故事，也是这一曲的故事。”小瑶说着，举起手中的利锥，“这是我在玉山找到的最坚硬的玉石，没有任何东西能在这上面留下痕迹。”

只见那一根长长的锥子如冰晶凝成，甚至可以映照出人脸，熠熠发光，坚硬无比，果然是件奇物。

说完，小瑶拿着长锥向钟山而去，歌声再起，倏忽风至，将那熟悉的旋律送到山间，送到那个人身边。

转眼小瑶已经不见了踪影。

“如果她说的都是真的，那烛龙大神岂不是有危险？”大青皱起眉说道。

“可是你也看到了，我们站在这里不能逾越一步，无可奈何。昆仑的天还没有变，不要过于担心，我们只能相信烛龙大神这样做自有用意，也许事情还没有那么糟。”帝江安慰道。

“不，我有办法。”大青低低说着。

“阿青，你说什么？”帝江没有听清。

“没什么。”

“那我们回去吧。”帝江再次开口。

“帝江，我从未听过如此歌声，我想每日都来。假以时日，我定能有所领悟，你说好不好？”大青突然对帝江说道。

“你真要每日都来吗？那我自然陪你。”

于是帝江每日都陪着大青来听小瑶唱歌，看她拿着那根锥子，用尽全身力气，想要在钟山上凿出一条路来，一条通往那个人身边的路。

可是任她怎样费尽心血，她都只是一只小豹子而已。她用手里那全昆仑最坚硬的东西日日凿击，也只是在钟山上划下了淡淡的痕迹。

可是那歌声从未停歇，那个身影从未停歇。

“阿青？”帝江再一次呼唤兀自站立的青鸟，“阿青！”

大青回过神来："帝江，你说她什么时候才会放弃？她这样根本没有用。"

帝江看了一眼山中的人影："也许需要很长的时间。"

"我想也是。"大青点点头，"可我还想听她唱歌。"

等到一日他们再次站在钟山外看着小瑶唱歌时，大青跟着开了口。他虽开了口，但是没有声音发出，可是小瑶手中的锥子在起落间竟然第一次从钟山上凿下了山石，那一大块碎石从山间滚落在地上，也落在帝江心里。

"阿青，你……你用了无声之声？！"帝江震惊。

大青却没有回他，只是继续歌唱。那歌声虽然没有声响，但眼见山中花木忽然像被大风摧折，猛地倒伏于地，有的甚至被直接折断。

"阿青，快停下，这是要耗损你的神力的！"帝江连忙去阻止他，"你何必如此？！"

大青却没有理会，歌声不止。看到山间的女孩明显雀跃的身影，看着她更有干劲地一锥一锥往上凿，他的眼中流露出欣慰之色。

半晌，大青止了声。

"帝江，我没事，只有无声之声才能穿过屏障，给她一点助力。"大青平息了一下气息，转过身来说道，"你别担心。"

帝江的脸色却没有好转："声音是你的，嘴长在你身上，我又有什么办法？说是带你听一曲，这代价也太大了。"

大青一笑："不至于此。"

"嗯，是呀。你这样耗费神力地为她，她也不知道，还以为哪里来了一阵好风，就让她又上了一程。"

大青听他这样说，嘴角一动，哂笑出声："小红，别生气了。你知道这对我而言没什么，虚耗一点神力而已，过不多久就能补回来的。"

"不许叫我小红！"帝江一听像奓毛了一样，神情激动地大声喊道。

“好好好，你是帝江，不是小红。”大青笑了起来，“别生气了，啊。”

“哼！”

之后大青还是日日去听小瑶唱歌，也唱歌给她听。帝江见他一日日耗损神力，却没有办法。虽然大青说得轻松，但他知道再深厚的神力也禁不住这样日日耗损。终于有一日，帝江说自己想起来还有事，要离开几日，看着大青神情微变却欲言又止，他终于一狠心转身离去。

可是过了一段时日，等他拿着好不容易找到的可以补益神力的树果往回走时，发现再也听不懂阿青的歌声了。

那天天色阴沉，帝江在重峡边，天上乌云成阵，层层下压，眼看就要下雨了。峡谷中河水翻滚，雾锁大江，隐隐能听到风呜呜地刮过山岭，两岸兽啼不止。

大雨将至未至，已压得人透不过气来。就在此时，一声长唳冲天而起，似要穿透乌云，冲出天外，转瞬又从空中直落，低回徘徊，其中似有千言万语，有着满腔愁绪，却压抑愤懑，不知从何说起，只能借由长歌一曲，剖白胸臆。

那声音正是阿青的。

帝江闻声大惊，像是完全不认识阿青了一般。那歌声中有太多情感纠结在一起，伤心、悲愤、不甘、气恼，层层夹杂在歌声中，灌进人的脑子里，反复回旋萦绕，不得挣脱却又仿佛不愿挣脱。这是他认识的阿青吗？是声如清泉的青鸟吗？

但这歌声激荡人心、动人魂魄，比之前的歌声又进了一层，难道他终于有所领悟了，所以歌声与之前迥然不同？

可是，如此发声必将大损其身，比无声之声更甚，阿青到底怎么了？

随着这惊天一歌，天上的乌云似乎也承受不住，终于变作滂沱大雨落了下来，把帝江浑身淋透了。

他却顾不上这些，只急急地循声而去，在峡谷上下找寻，呼唤阿青。终于，他在山巅找到了同样浑身湿透的青鸟。

巨大的青鸟迎风而立，展开双翼，却没有振翅高飞，像是被什么强留在地上。浑身的羽翼被水浇透，他却倔强地不肯低头，只是仰天而歌，悲愤莫名。

“阿青，你怎么了？阿青，我是帝江呀！”帝江焦急地呼喊。

青鸟似是听不见声音，只是一味地悲歌，和着冷雨凄风，一声一声，似乎天地之间都是呼啸的悲声，令人伤情。

帝江见这样不是办法，奋起神力，红云乍现，整个裹住青鸟，把它勉强带下了山巅，落入了半山的山洞之中。

“阿青，你到底怎么了？”帝江焦急地呼唤已经恢复人身的大青。

大青紧闭双眼，脸色苍白，黑发贴在脸颊上，整个人微微颤抖。随着帝江的不停呼唤，他终于醒转过来。

“小红，你回来了？”阿青一见是他，轻轻一笑。

帝江这时已经顾不上其他，只是赶紧把自己找到的树果用神力催化，然后让他服下。

“阿青，你……你到底怎么了？”他看着大青此时狼狈的模样，忆起自己认识的那个神气骄矜、傲然而歌的歌者，不过短短时日，大青已和从前判若两人。

“没什么。”大青坐起身来，“小红，我做到了，我的歌声是不是又进了一步？这不是你也想看到的吗？”

“阿青，我后悔了！我不应该带你去钟山听那小瑶唱歌！”帝江激动地道，“我宁愿你永远云淡风轻地歌唱，也好过现在这样，这样……”

“这样，这样是哪样？”大青试着站起来，帝江忙去扶他。

“我觉得这样很好，如今我的歌里有了秘密，你再也不能轻易看透我了。”大青说着又笑起来，“我要走了，小红。正好你来了，权当作别。”

“你要去哪儿？你这个样子要去哪儿？你还没有跟我说到底出了什么事，你哪儿都不准去！”帝江一把拽住他，大声说道。

“别这样，小红，我只是想出去走走。至于发生了什么事，现在这是我的秘密，我还不想说。你放心，等有一天我想说了，我会回来。”说罢，美丽的青鸟幻化而出，临风展翅。

“我……我不能陪你去吗？”帝江站在原地仰望巨大的青鸟，犹豫了片刻，终是开口道。

“抱歉，一直以来谢谢你了，小红。但是这次我想一个人走。”说罢，青鸟不再迟疑，双翅振动，直上九天。

远处传来一声清脆的鸣叫，似是道别。

忆起往事，帝江和大青一时无言。

半晌，帝江开口道：“阿青，你说谎，你说回来就找我的，可是你早就回来了却不来见我，你是不是一直躲着我？”帝江语带质疑。

“我……我只是不知道该怎么面对你。抱歉，帝江。”

帝江一听更生气了：“你也知道不知该怎么面对我！你说，你为什么又要跟着她，还要去当她的使者？你难道不记得你当年有多受伤狼狈了？小瑶，她早就不是当初的小瑶了！她现在是西王母，昆仑的神！”

大青的语气却仍然平静：“我知道。”

“你知道，你知道还要去？难道真像他们说的，你是为了不死药？”帝江有些不敢置信，“你还记得你是一名歌者吗？记得你说过只为自己而歌吗？”

“我记得，我当然记得！”大青铿锵有力地回答。

“你记得就好！那你说，当年到底发生了什么事？如今你又为什么要这样做？既然你回来了，就跟我一次说清楚！”帝江一听这话，步步紧逼，连声追问。

“小红。”大青的语调忽然缓了下来。

“不许叫我小红！”帝江没料到他突然又这样唤自己，一如当年般下意识地回道。

看到帝江还是一样的反应，大青笑了：“你还是老样子。”

“是又怎么样？谁像你似的，就像完全变了个人。”帝江有些气恼地说道。

“我吗？也许吧。”大青自嘲，“既然你这么想知道，那我就告诉你。当年……”

四

二青和三青在原地等了大青许久都不见他回来，三青只得不停地问他二哥。

“二哥，你说大哥和帝江先生是什么时候认识的？为什么他们一副很熟悉的样子？”

“那时候我都还小，更别说你了。”二青好笑地说道，“那时候帝江先生总是来找大哥，两人结伴而行，一起游历昆仑，探讨歌舞。”

“那你说大哥和西王母又是怎么回事呢？”三青像个好奇宝宝，一朝发现了自家哥哥身上的秘密，恨不得立马挖个底朝天。

“他和西王母，”二青话音却是一顿，“一言难尽……”

“有什么一言难尽的，他喜欢她呗。”一个声音突然插入。

“你……你说什么？你是谁？！”三青一听大惊，结结巴巴地问道。

“我是谁？我也歌一曲你们就知道了。”

忽然又有歌声起。歌声浑厚如彤云密布，冷雾乍临，肃杀之气凛然。声音再转，其中又似有两方列阵，呐喊声震天，令人血脉偾张，战意陡生，似乎眼前出现了生死大敌，恨不能马上就与之拼死搏杀。

“如此歌声，这是勃皇！”三青不禁喊道。

“不错，正是我！”随着歌声停止，一个魁梧的汉子信步而出。

勃皇之名在于其歌声慷慨激昂，与昆仑大部分歌者平缓祥和的歌声截然不同，独树一帜。所以有“闻其歌，战将起”的传说，今日一听，果不其然。

“刚才听你们论了半天歌，我也有点心得，所以忍不住出了一声，见笑了！”说完他爽朗地笑了起来，与两人见礼。

二青知勃皇的战歌名声在外，见其亦是个磊落之人，也回了一礼，道："您客气了，有何高见，我们洗耳恭听。"

三青正要开口，却见二哥如此模样，只得先不出声。但勃皇显然看到了他一副急不可耐的神情，又开口道："小三青别着急，听我慢慢跟你道来。这段过往本不应该随意向人提起，但是因为你们大哥就是当事人之一，而且我觉得所谓秘密终有被揭穿的一天，就由你们自己决定要不要守密吧。"

"想必你们也知道我歌声特别，是因我认为堂堂神族就该击节而起、慷慨而歌。不过昆仑安乐，少有战事，我的歌声自然也难有人认同。但是有一场战，却是值得我一歌的，你们猜猜是什么？"说到这里他竟然卖了个关子。

"昆仑久绝战事，又有烛龙和西王母两位大神坐镇，并无大荒的其他势力侵扰，不知先生说的是哪一次大战？"二青凝神想了一下，疑惑地问道。

"正是烛龙与西王母之战！"勃皇正色道。

"什么？！"二青和三青都瞠目结舌。

勃皇作为歌者，平时却绝少唱歌，因为总是与其他人格格不入。青鸾、鹂鸟唱的歌曲调清越，耆童、毕方歌声如诉，更不用说那公认的歌中王者青鸟三青，曲尽其妙。

但是他并不因此自轻，只是在心有所思时，一个人唱歌自得其乐。

这日他行走至一处钟山近旁的偏僻峡谷，突然见周遭景物变幻。从远远的天边开始，时间仿佛停滞，活物一一停止了动作。他忙找到一处山洞藏匿身形，因为这是大神在铺陈屏障，隔断内外，并不是自己可以抗衡的。

他刚在洞中藏好，就觉一股威压袭来，不得动弹。但从空隙中他正好可见外间情景，一望之下不禁暗暗心惊。因为他从未见过如此巨大的屏障，正在心中猜测到底是何人所设时，远处走来了一个人。

那人穿着一身暗赭色的衣服，身影飘忽，倏忽似从天边到了近前。从另一边则走来了一男一女，男子着一身青衣，女子则是一身豹纹裙衫。

勃皇一眼就认出这女子正是现在的昆仑主神西王母，陪在她身边的则是青鸟族族长大青。对面的那名男子他却不认识。

他正在诧异这天下有谁堪为这两人敌手时，忽听得西王母唤了一声："烛哥哥。"那名赭衣男子并没有回应。

整个昆仑甚至大荒，以烛为名者只有一位，烛龙烛九阴。

竟然是烛龙大神！

勃皇顿时激动了，因为他和昆仑之人一样已经太久没有见过烛龙大神。这位大神在钟山之上，几乎没有外出过，没有想到今日竟然有缘在此一见。要不是屏障之内不得动弹，勃皇实在是很想出去问候一声。

可是，看如今这架势怎么有些奇怪？传闻中西王母不是和烛龙大神关系极好吗？两人素以兄妹相称，怎么如今却形似对峙？

勃皇还来不及细想，就听西王母又唤了一声："烛哥哥！"声音凄切惶恐，听之令人不忍。

西王母终于等来了烛龙的一声回答："小瑶。"

"烛哥哥，你终于肯应我了。"西王母说着走了几步，快到烛龙跟前却又停下，黯然开口道，"我知道你只是以幻象前来，你是一步也不肯离开钟山的。"

烛龙不置可否地侧身站着，并没有搭话，既不理会西王母，更不用提旁边的大青。而大青也只是远远地站着，神色不改。

"烛哥哥，如今你的幻象比我初见你时更加不稳，你还不肯离开钟山，那里只会拖死你！"西王母见烛龙如此，悲声更甚，终于忍不住走向前去拉他的衣袖，却只见自己的手穿过了一片虚影。

"烛哥哥！"西王母语带哽咽，一时说不出话来。

烛龙见她如此，开口道："小瑶，我已经说过很多次了，你又何必如此？我的决定是没有人能改变的，你也不行。"

"烛哥哥，我知道我不自量力，但同样，我决定的事也没有人能够改变，哪怕是你。”西王母一步步后退，又回到了开始与大青并肩而立之处。

“小豹子，你真是一点儿都没有变。”烛龙叹了口气，说道。

“是呀，我们都是倔强的人，谁也改变不了谁，那就只有一个办法。”西王母说道，忽然收住悲声，伸手起势。

勃皇一见大吃一惊，西王母难道要动手？可是刚刚两人还……

“你的神力本就承袭于我，难道真要跟我动手？”容不得勃皇细想，就听烛龙不紧不慢道。

“我知道我打不过你，但如今你只有幻象前来，仅靠神力维系，我只要把这个幻象打败，就有可能去钟山再打败你，哪怕只有一丁点希望，我也要试一试！”西王母眼眶犹红，但声音坚定。

“青鸟，你也一起吗？”烛龙第一次看向大青。

“是。”虽然只有一个字，但是大青回得毫不犹豫。

“好，那你们就一起上吧。”烛龙说完袖手而立。

于是西王母不再多言，只有啸声突起。

勃皇从来不知歌声竟也能成兵！

西王母的啸声勃皇以前也是听过的，那时她化为雪豹原身，立于山巅，仰天一啸，底下各族一齐应和，声势震天。此时却见西王母站在原地，同样还是仰天一啸，但神力已不同从前。

那啸声初闻极远，慢慢逼近；开始极小，后来渐大；初时还只是尖细，而后雄厚坚定，无坚不摧。它充斥于耳旁、身周乃至天地之间，无处不在。在啸声来往间，就见山丘开始震动、摇晃，渐有山石滚落，直到其中一座崩裂、坍塌，化为齑粉。

勃皇目瞪口呆，一啸之威竟至于斯。

烛龙站在原处，面露欣慰之色：“小瑶，你能将神力融于啸声，已是大有长进。”说完，他轻轻挥袖，那啸声戛然而止。

西王母神情不变，啸声再起。同时身边的大青也开了口，但是没有声音发出。

勃皇正在诧异，忽觉目光所及之处似有异样，银光一闪而过。再仔细一看，他大吃一惊，眼前突然凭空生出了无数丝线，纵横交错。

竟是声波成了线，结为网，并迅速缩小，缚住了烛龙！

勃皇从未见过此等奇景，一时屏息。烛龙站在原地，想是也未料到会身陷声阵。

“不愧是昆仑第一歌者，声外之声，已成实质。”烛龙赞了一声，“但那又如何？”

他话音一落，如虚影飘曳的身影突然实在了几分，似有鳞甲凸现。衣袖飘飘，却在碰到银线时被切下片缕。

烛龙毫不在意，踏出一步。只见原本锋利无比的丝线在碰到他的身体时瞬间断裂，消失不见。因为它们根本无法与烛龙的一身鳞甲相比。

烛龙毫发无伤地穿过声阵，然后看向西王母，一言不发。只是片刻之后，那身影重又缥缈起来。

“烛哥哥，你如今这样的身体，为何还要阻我？你这样让我情何以堪？你明知道……明明知道……我这样做是为了……”西王母一看烛龙此状，声音颤抖，眼中又有水光闪动。

“小瑶，你知道我不会同意你的做法，哪怕你是为了我。”烛龙看着对面的女子一脸悲戚，神情未变，坦然说道。

“好，好。”西王母喃喃出声，未几，她仰天又是一声长啸，巨大的豹身应声而现！

就见天地之间忽现巨大的雪豹，它是如此庄严美丽，又带给人以极大的压迫之感，四肢挪动，缓缓而来。它身后同样庞大的青鸟展开双翅，腾空而上。

两者一青一白，一上一下，再度发声。

肉眼可见的声浪如潮水涌动，滚滚向前，没顶而至！只见那个赭色的人影霍然投身其中，奔涌而至的白浪哗啦一声将其淹没。声波如刃，在他身周往来穿梭，像茧一样把他包裹，要让他溺死在这片声海里。

见此情状，勃皇的心也一下提了起来，虽然知道烛龙大神神力通天，可是听西王母一番述说，似乎在他身上发生了什么，此时他难道是在勉力支撑？

勃皇正在思忖，忽见那银白声浪中一道红光突现，如利锋一闪而过把那声浪从中劈开，分为两半。然后那红光脱出，腾空而上，舒展开来，又如一道赤练挂在天穹。

巨大的雪豹和青鸟直扑而上。三者在空中一触即分，接着雪豹和青鸟就像被什么缚住，动弹不得。再一转瞬，两人化为人形，从空中跌落。

勃皇也松了一口气。

西王母落在地上，发髻微乱，悲声道："烛哥哥，是不是无论我怎么做你都无动于衷？就算你虚弱至此，还是可以轻易把我打败。只叹我不自量力，还妄想去救你。"

烛龙皱眉不语，只移步向前。

西王母见他不语，忽然开始低声吟歌。

"巍巍高山，不动不移。
蓬蓬白云，一东一西。
漫漫长路，流水从之。
心思匪远，南风送之。
将子无死，尚复来归。
生则同生，死则同死。"

烛龙一听歌声起，不由自主地止步。西王母见他停了步，抬起头来面对着他，泪水滑落。

"烛哥哥，这是我们初时见面我唱给你的歌，你还记得吗？

"这是我一步一凿，从钟山脚下凿出一条路，最后来到你身边时唱的歌，你还记得吗？

"这是我耗尽神力想要救你出来，说好生死不离时唱的歌，你还记得吗？"

随着她的字字句句和泪而出，烛龙神色犹豫，脚步迟疑，终于开口道："小瑶，你实在不必如此，做一只自由自在的小豹子不好吗？就像我初见到你时那样。"

"不好！"西王母大声喊道，"我和你在一起才是自由自在，你在那深不见底之处，我便把自己的心也留在了那里，怎么样再自由自在？！”

烛龙悲悯地看着她，叹了口气。

西王母又重新站了起来，啸声又起。随着她的啸声，屏障内忽然天光尽掩，一切仿佛都在一瞬失去了生机，花枝枯萎，草木尽折，大地干涸，鸟兽虫鱼瞬间灰化，丝丝缕缕的生气从它们身上抽离，汇集到西王母身周。同时西王母身后隐隐现出巨大的雪豹身影，却与之前完全不同，它面目狰狞，阴森可怖。

“小瑶！”大青和烛龙同时喊道。

只见烛龙勃然变色。他虽然还站在原地，但身后巨大的赤色蛇影盘旋在半空，昂首怒视雪豹。那雪豹一见赤蛇现身，又发出一声长啸，却和之前不同，隐约有了虎啸之声，声威更甚。

烛龙见那雪豹已然变了模样，终于不再犹豫，舒展身姿游走于天际。片刻后，闪电蜿蜒而至，雷声滚滚而来，天地之间只能看到红色的巨大身躯时隐时现，带来令人战栗的威压，无人能在其下站立。

就见大青和西王母身形猛然一顿，几次挣扎，却还是半跪于地。

烛龙之威无人可逆！

同时，那霹雳惊雷从天而降，直砸在地上。一阵轰隆巨响过后，火花溅起，三人立足之处碎裂成片。地势抬起，一道深不见底的鸿沟如天堑般把站在两端的人分开，势成对峙！

那人终于动怒："小瑶，你行此术，天地不容！”

空中传来隆隆雷声，如同天谕，八方回响，久久不绝。

“是，我做的都是阴险之事，你行的都是天地大道，反正我们始终是背道而行！始终是我一厢情愿！”西王母仰面朝天，厉声长啸，震人心魄。

烛龙却不再言语。只是空中忽然红光乍现，之后，那光便变成通天彻地的光柱，如一支巨大的烛照彻四野，驱散阴霾。天地一瞬重现光明，西王母吸收的生气又回归原处。

接着那红光又转瞬聚成一支利箭，直直对准西王母。西王母倒在地上，一看那箭悬空直指自己，微微振动，显然蓄势待发，她一时愣住了。

“烛哥哥，你真要如此对我？”她像是呆住了，不能动弹，只知道喃喃自语。

青鸟一见，立时变成原形，驮上她腾空而起，瞬息远去。之后烛龙一扬手，撤去屏障。他低头看了看恢复如初的山川大地，似觉满意，又抬头看向那只青鸟离去的方向，忽然身体微弓，抬手按住胸口低低咳嗽了几声，然后身影消失无踪。

听完勃皇的诉说，三青呆愣半晌，然后才回过神来：“你是说，西王母与烛龙大神打了一架，最后被我大哥救走了？”

“没错，就是这么回事。”勃皇说得干脆，“你看你大哥可不就是喜欢西王母吗？不然怎会这样舍命相陪？那可是烛龙大神！”

三青抚着自己的胸口，一副要缓缓的模样。那可是自己的大哥，歌者大青。自己从记事起就见大哥对谁都是一副冷漠的模样，那张脸就没变过，听他唱上一曲更是千难万难，自己作为他的小弟，也难有一闻。

这样的人，竟也有如此为别人的一天？！

三青一时不知道该说什么，只好去看他二哥。却见二哥眉头紧锁，亦是无言。

片刻后，二青对勃皇说：“谢谢先生告知，此事干系重大，还希望先生保密。”说完他又施了一礼。

“这个我自然知道。”勃皇说道，“今日一时兴起才忍不住提起，你们又是大青的至亲兄弟，此事只我们三人知道。你们放心，我知道轻重，必不会轻易向他人提起。”

勃皇承诺后顿了一顿，又说道：“但就像我之前说的，秘密不会永远都是秘密。我之所以今天说出来，也是希望大青能再考虑一下。你们兄弟三人不是要去做西王母的使者了吗？我向来欣赏大青的歌声，自然希望他的歌声一如往昔，涤荡昆仑，不要被其他的东西影响了。我言尽于此，告辞。”

说完，勃皇一路纵歌，渐渐远去。

三青听完，还是一脸无措地看向二青。二青长长地叹了一口气，良久才开口道："昆仑的天，怕是要变了。"

桐始华

TONG SHI HUA

清明

无纪年

一

第一夜

“就如你所知，昆仑是很美的。虽然我们所在的钟山什么都没有，可不远处就是崟山，山上密密层层的都是丹木。丹木自然长着红色的树干，有圆圆的叶子，开黄色的花，结红色的果。还记得吗？你很喜欢吃那种果子，因为它不仅甜而且很饱肚子，吃一两个就不觉得饿了。”

“嗯，我记得的。”

“那你还记得再远一点的泰器山吗？观水从这里发源往西而去。水里有一种奇特的鱼，虽然是鱼，却长着鸟的翅膀。它们喜欢在夜间飞行，浑身闪着五彩鳞光，像鸟一样振翅翱翔。你那时还好奇它们到底是鱼还是鸟，但是等进到嘴里，只管说好吃。”

“哎呀，我记得。”

“再远一点的地方是乐游山，是你很喜欢去的地方，想必你不会忘记。山中种满了桃树，一条小溪从山脚下流过。花开时，一树嫣红倒映水中；花落时，漫山花朵随水而逝。因此，那水又名桃水，还记得吗？”

“记得的。”

“那好，既然你全部都记得，今天的睡前故事就到这里了。你要乖乖睡觉，明天我再给你讲些新的。”

“好吧，那你可不能食言哦。”

“你放心，我都记着。快睡吧。”

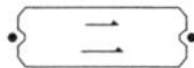

二

第二夜

“那时候你只是一只杜鹃，我还是一条赤蛇，昆仑还不是如今的模样……”

烛龙独自存在于一片黑暗混沌之中已不知多久。

他习惯于这样的状态，时间和空间对他而言没有意义，生死界限也并不分明。他紧闭双眼，半梦半醒，似生似死。因为冥冥中有声音告诉他，只有这样他才能活着。如果有一天他真正醒来，那么离死也就不远了。因为他是烛龙，注定要像一支烛一样被点燃。当他开始燃烧自己，天地光明，万物各得其所，但在那之后就是一抔土，一捧灰，湮灭无痕。

可是怎样才算真正活着呢，是这样浑浑噩噩地长存，还是燃烧自己，照亮世间？也许那才是他存在的意义，又或者那样的他才算真正“活”着。

所谓宿命，真是玩笑一样。这些念头在烛龙的脑海里盘旋许久，就如他身处的这片混沌。

可是他已经存在了，这就意味着混沌已经有了改变，那么所谓命运是不是也应该由自己掌握？

所以烛龙想出去看看，就看一眼，看一眼就回来，否则怎么也难甘心。其实燃烧自己到底指什么，烛龙也不太明白。反正只要不自焚，应该就算不上燃烧自己吧？烛龙乐观地想。

这样想了很久之后，烛龙决定出去看看。

可这里现在还离不开他，这片混沌里有他必须守护的秘密。于是他开始用自己的神力修筑屏障，把一切都封存起来。最后，他筑起了一座高山，把大荒最大的秘密埋在里面。

终于，他睁开了双眼，完全地苏醒了。他那硕大无朋的身躯开始舒展、向上，那片混沌开始剧烈变化，像滚烫的岩浆翻滚，又如黏稠的液体震荡，似要拉扯住他不断升腾的身躯。那身躯赤红如火炭，锋锐似利刃，就像最上等的工匠锻造了千百年，不忍他现世。可如今他有了自己的意志，要印证自己的活法，于是千岩万壑不能阻他，天地法则不能拦他。在一片如雷的隆隆声响中，他挣脱束缚，一跃而出，终于来到了新的世界。

这里是与混沌完全不一样的所在，天高地阔，万物生发，一派生机勃勃。

烛龙在一瞬间就能游遍大荒，因为时间和空间对他本无约束。所以他兴致盎然地到处游走，虽然他那长虹般的身影只是在苍穹一闪而过，但已令大荒神族震惊畏惧，因为那是他们无法抗衡的力量。

烛龙心满意足地回到山巅，把自己的神威放了出去。从那刻起，他睁开眼就是白日，闭上眼就是黑夜，呼气雪落，吸气酷暑来临。

最后再在山顶休息一会儿，烛龙就准备回去了。

可他刚闭上眼睛没多久，身边忽然传来叽叽喳喳的声音。

烛龙睁开眼，抬起头，想要看看发生了什么。谁知动静太大，就听得一阵“天亮了”“天亮了”的嚷嚷声，然后又是一阵翅膀扑棱棱急扇的声音，好像是一群小东西一哄而散。

“喂。”烛龙出声，心想自己这个样子大概是吓到他们了，其实他只是想打个招呼而已。

“你……你在叫我吗？”一个细小的声音怯怯地响起。

烛龙转头，身后冒出一个小小的身形，那是一只蓝翅蓝尾的小鸟。

“你好。”小小的一只鸟见他没有动静，又大着胆子往前蹦了两步。

“你好。”烛龙幻化身形，变成一个身着深红衣衫的男子，那是天地最杰出的造物，一双眼似含着最真切的深情。

鸟儿显然没想到刚才的庞然大物忽然变了模样，还是如此不一般的模样。一愣之后，她又往后退了一步："我……我还不会化形。"声音里有些羞涩。

"是吗？可是这样我们更好说话，你愿意和我说说话吗？"烛龙说完伸出一只手。

蓝色的小鸟看着眼前眉目温柔的男子，大着胆子飞到他的手心，仰头问道："我是蓝蓝。你是谁？"

"我是烛龙。"烛龙感受着手心因那一点重量传来的触感，觉得有些新鲜。这是第一个敢如此接近他的生物。

"你是烛龙族的，还是说你叫烛龙呢？"蓝蓝歪着脑袋不太明白。

"我就是全族，这也是我的名字。"烛龙耐心地解释。

"那是不一样的。"小鸟扇扇翅膀，"比如我是杜鹃一族，可是我叫蓝蓝，不叫杜鹃。"

"嗯，你说得也有道理。"烛龙笑起来，"我以前没有思考过这个问题。"

"那你没有兄弟姐妹吗？"小蓝鸟吃惊地问，睁大眼睛。

"没有，至少我没有见过。"烛龙摇摇头，耐心地回答。

"你只有一个人，那岂不是很孤单？"蓝鸟脱口而出，之后又觉得不妥，用一只翅膀捂住了自己的嘴。

"习惯了。"烛龙并不在意。

"啊，这样……"蓝鸟犹豫了片刻，又大着胆子往他身前靠近了两步，"我……我可以做你的朋友。"她顿了一下，又加了一句，"可以吗？"

烛龙笑起来，真是一只胆大的鸟儿，还不知道他眨眨眼就可以让她的世界天翻地覆。

但就像她说的那样，长久以来，他只有一个人。

"刚才那些都是你的族亲？"

"哦，你是说我的家人吗？那是我的大姐、二姐和三姐，大哥、二哥和三哥，小弟、小妹……"

“你们人可真多。”

“是的呀，所以我们总是热热闹闹的。”蓝蓝兴高采烈地说，“回头我把你介绍给他们，这样你就会有很多朋友啦！”

烛龙想象着一群小鸟围着自己上下扑棱翅膀的样子，笑了起来。

“好。”自己要有朋友了，等上几天也无妨，烛龙想着。

可那情景并未出现。等蓝蓝再次出现，已经过去了好几天，她独自一个犹犹豫豫地飞了过来。

“怎么了？”烛龙问她，看得出来她不太高兴。

“他们……他们都不肯来……”蓝蓝小声说道。

烛龙问她：“为何？”

“他们……他们说你是大神，一个喷嚏就能地动山摇，大家都不敢和你做朋友。”蓝蓝低着头小声说，“他们还告诉我，让我也离你远一点。你……你是大神吗？”她又有些紧张地仰起头，眼睛瞪得溜圆。

烛龙犹豫了一下，点点头：“是的，我是。”

蓝蓝愣了一会儿才有些呆呆地说：“可我只是一只杜鹃。”

“那你还要跟我做朋友吗？”烛龙依旧笑着伸出手。

小鸟抬起头看着眼前之人的眼睛，那双眼睛里仍然盛满温情，和第一次见面时一模一样。

“要的。”她展翅落到他手心，“没关系，我做你的朋友。”

“好。”

虽然只是一只小鸟，但这是我的第一个朋友，那就再晚点回去，烛龙又想。

从那日起，烛龙和小小的蓝蓝一起四处游历。彼时的昆仑许多地方还是无主之地，他们一路行过，给那些还没有名字的山山水水起名，欣赏美景，当然也品尝美味。

神族既被称为神人就可以随心变化，虽然烛龙更喜欢自己原本的模样，但他的原身实在太过庞大，因此很少展露。蓝蓝却不一样，总想早点化为人形。

“你这个样子也很好，没必要那么着急化形。”烛龙对她说。

“可是我不太喜欢和别人不一样。”蓝蓝低着头。

烛龙有些奇怪：“你哪里与别人不同了？虽然那天你的家人散得快，但是我看着都差不多。”

蓝蓝扇动翅膀转了个圈，站在他的鼻尖上：“我是蓝色的，只有我是蓝色的！他们都是灰色的。”

烛龙不以为意：“然后呢？”

小杜鹃着急起来：“我大姐、二姐、三姐、大哥、二哥、三哥……”

“打住，说重点。”烛龙插嘴道，相处久了，蓝蓝话痨的本性逐渐暴露。

“我们一家子都是灰色的，只有我是蓝色的，这难道不奇怪吗？”小杜鹃急急说道。

“这不正好显出你的独一无二？就像我一样。我从来没有见过第二条烛龙，但这又有什么关系？”难得找到一处宽阔的山谷，烛龙横卧其中把它填满，惬意地拍了拍尾巴。也许是之前习惯了，烛龙总想找个地方躺平。

“那是因为你是大神，当然无所谓了，可我只是只鸟儿。”蓝蓝低下头。

“一只绝无仅有的蓝色杜鹃，不好吗？”烛龙说着还想翻个身，但他要翻身就会天摇地动，于是他稍稍侧了侧身，两旁高山上的泥土和砂石开始落下，他只得作罢。

“你这样的只有一个，我也只有一个，所以我们才能成为朋友，你当时是这样想的吧？”烛龙继续问道。

“原来你知道。”蓝蓝有些不好意思。

“我一开始没有注意，后来就想明白了。再说了，你看，当大神也没啥好的，整天只能在一个地方趴着。当只小鸟也没什么不好，可以想去哪儿就去哪儿。”烛龙懒洋洋地说着，没太把蓝蓝这事当回事。

难得找块地儿能躺平，烛龙有些犯困。这山谷虽然把他卡得纹丝不动，但好歹还是伸直了身子，于是他的眼皮开始往下掉。

“哎，你可不能睡呀，睡着了天就黑了呀！”蓝蓝一看他这样，立马忘记了刚才的话题，大声朝烛龙喊道。

可大神就是大神，瞌睡来了无人能挡，眼看着那眼皮就要耷拉下来，蓝蓝一着急，用嘴一叼，生生把他的一边眼皮拉住了！

“嘶——”烛龙觉得自己的一只眼睛像被什么扎了一下，虽然是大神，但眼皮还是脆弱的，架不住东西扎，于是猛然睁开。

蓝蓝见他睁开了眼，又落回到他的鼻尖上。一蛇一鸟大眼瞪小眼。

“唉，想睡个觉也不能。”烛龙只得强打精神，撑起眼皮。

蓝蓝看着他这样怪可怜的，想了一下，开口道：“要不我给你挑个舞？”

“你还会跳舞？好，我就这么趴着看你跳。”烛龙来了精神。

“我不光会跳舞，还会唱歌呢，这是我最喜欢的一首歌。”蓝蓝对自己的这些本事还是充满自信的。说完，她腾空而起，在空中舒展身姿，边舞边歌。

“巍巍高山，不动不移。
蓬蓬白云，一东一西。
漫漫长路，流水从之，
心思匪远，南风送之。
将子无死，尚复来归，
生则同生，死则同死。”

蓝蓝虽然身形娇小，但体态修长，翅羽与尾羽都极长，再加上一身湛蓝，在空中起舞时，划出道道流丽的弧线。只见她似乎和着某种节拍，展翅敛翅，上下翻飞，灵动至极。只看得烛龙不住点头，果然清醒了不少。

烛龙看得兴起，忽然拔高身躯，直上九霄，说道：“我也来舞一曲。”

说完，他伸展那一望无际的身躯，于九天之上蜿蜒盘旋，曲折往复，一时动如雷霆，一时又轻如云絮，无比自在又无比洒脱。虽然云端之上难窥全貌，但其舞姿古拙无华，仿佛天地之气都聚于彼身，一动一静皆有深意，与雀鸟之舞完全不可同日而语。

蓝蓝在地上仰头望着，震撼于这样的舞蹈，再次深深地感到自己的这位朋友有多么了不起。而被他肯定的自己，应该也是不错的吧。

于是她振翅而上，环绕在赤蛇旁边，同他一起在云间穿梭，在风中起舞，累了就伏在他身上安睡，而他一直稳稳地托着她。

“蓝蓝，醒醒，你又要睡着了，以前总说我贪睡，现在自己却天天睡不醒。”

“谁说的，我……我醒着呢，就是眯一小会儿。你说的那些我都记得呢，没忘记啊，我们共同的记忆我都会牢牢记在心里，我会陪着你的，别担心。”

“好。”

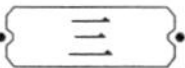

第三夜

蓝蓝还是很想带烛龙去家里看看，虽然她与其他兄弟姐妹都不一样，但是并不妨碍他们是一家人。

于是烛龙跟着小杜鹃晃晃悠悠地往她家里去。远远地，他看到一座山谷，满山满谷红彤彤的，十分显眼。

“那是杜鹃花开了，那是我们杜鹃一族的花。传说每只杜鹃鸟死后，都会变成一朵杜鹃花，等到花败了，那只杜鹃就不在了。可是奇怪的是，我好像从没见它们败过。”蓝蓝说道。

烛龙听完沉吟片刻，送出一股神力，那一山的花更加明艳，仿佛注入了生命的热度，如火一般摇曳山间。

蓝蓝惊讶地睁大眼，烛龙则若有所思。

等他们终于降落，却见山脚下已经齐齐整整列好了队。众人躬身行礼道：“恭迎烛龙大神。”

“这……”蓝蓝回头看向烛龙。

却见烛龙立在众人之前，抬起手道：“起。”

见此情景，蓝蓝有些回不了神。这时，自家大哥已经迎了上来，蓝蓝只能拍拍翅膀跟着飞过去。

“不知大神此次前来是为了……”蓝蓝的大哥恭敬地问道。

“没什么，此次前来只是因为受蓝蓝邀请，所以来族里看看，打扰了。”烛龙说道。

蓝蓝大哥连忙躬身回道：“您能来我杜鹃一族实在是我们的荣幸。”他又看着停在烛龙肩头频频点头的蓝蓝，皱眉道，“蓝蓝，还不下来，像什么样子？”

“大哥，你老是说我！”蓝蓝不情愿地从烛龙的肩头飞到她大哥手上。

“族长不必如此，蓝蓝很乖，有她作陪我很高兴。”烛龙解释说。

族长用手掌轻抚蓝蓝的背羽：“我这个妹妹从小与众不同，胆子又大。虽然我总是说她，但她也没怎么当回事。”说着他用手指按了按蓝蓝因不服气而抬起的小脑袋，“别不服气，难道大哥说错了不成？”

蓝蓝张张嘴没出声，只得不停摇头。

“她这样很好。”烛龙说道。

蓝蓝的大哥一愣，松开了手，忙道：“没有给您添麻烦就好。”

于是蓝蓝又从他哥手上飞回了烛龙肩头。

烛龙见她落定，又问道：“族中长辈都不在了吗？”

这次蓝蓝说道：“我从来没有见过他们，我自小长在这座山里，自顾自地长大，后来哥哥姐姐寻来，说我们是一家人，就住在了一起。”

看到烛龙询问的眼神，族长点头：“正是。”

“哥哥说他们都变成了杜鹃花，护佑着我们杜鹃一族。”蓝蓝接嘴道。

“蓝蓝，”族长忽然高声道，“那是哥哥编的故事，当不得真的。”说完他又迅速看了烛龙一眼。

“是吗？”烛龙看着蓝蓝的大哥，见他眼神闪烁。

烛龙没有言语，只是衣袖一挥，就见点点红光从满山的杜鹃花中升起，来到烛龙面前，然后又化作了一只只杜鹃鸟的虚影，哀哀而鸣。

众人见此情景大为吃惊，一齐看向族长。蓝蓝的大哥见状脸色微变，但仍然镇定地对烛龙一拱手，道：“大神，这花里确有我杜鹃先辈的精魂，但他们皆是自愿的，以自身残余神力惠及后人，有什么不对吗？”

烛龙并不言语，再一挥袖，就见画面再变。那朵朵杜鹃花本为白色，只只杜鹃在花旁哀哀而鸣，声声凄切，悲到极处，就见它们嘴角落下滴滴鲜血，生生把那白花染为鲜红！

蓝蓝忍不住“啊”了一声，眼中马上涌出了泪花。其他族人也一时愣住，之后面面相觑，议论纷纷。

“这……这是必然的过程，一开始他们都是知道的，他们是自愿的，他们……”蓝蓝的大哥见此情状，勉强争辩道。

“没有人能强留魂魄于这世间，他们终要消散于天地。你不能，我不能，他们自己也不能！”烛龙忽然打断他的话，沉声道。

大神之威立现，众人哑口无言。那族长一脸惊恐。烛龙却不再看他，抬手放出神力，覆盖住整座山，就见只只啼血杜鹃从花中幻化而出，在空中环绕，齐齐嘶鸣，似是感激。

烛龙点头：“去吧，到你们归去之地。”

听到烛龙此言，群鸟化为红光，再一起远去。

而那一山的杜鹃花瞬间枯萎，败了。

“你大哥做了这样的事，估计你是难忘记的。杜鹃一族如此行事实属大错，我对他进行了惩罚，估计你也还记得。”

“我还记得的，你那天生气了，天地都变了颜色，狂风大雨顷刻而至，把我们都吓到了。”

“之后你大哥还交代了你并不属于杜鹃一族，所以与他们长得不一样。当初，你只是落在这山里，所以被他们收养了。”

“即使如此，我也还是认他们是我的家人，这和长得像不像没有关系的。”

“好了，那都是很久以前的事情了，你早点休息吧，看你眼睛都睁不开了。”

“好，等我睡够了，明天再起来陪你。”

四

第四夜

从杜鹃一族出来后，蓝蓝一直闷闷不乐，话少了许多。烛龙知道她对于自己的身世其实还是很在意的。她本以为有热热闹闹的同族亲人，却没有想到原来自己并不是其中的一员，那份热闹也本不属于自己。

烛龙看在眼中，于是带着她四处散心，可惜效果不大。

“你说我到底是什么鸟呢？”蓝蓝在前面拍着翅膀，终于忍不住开口，“我们几乎把昆仑所有的鸟族都拜访了个遍，可惜他们都说不认识我。”蓝蓝越飞越低。

“我认识你不就行了？你是蓝蓝，独一无二的蓝蓝，和我一样。”烛龙跟在她后面慢慢地飞。

“说起来你是怎么知道自己是烛龙族的呢？又没有人告诉你。”蓝蓝忽然想起烛龙的身世，不禁问道。

“自我降生就知晓了，因为我终有一天会像一支烛一样燃烧。”烛龙缓缓说道。

“什么？”蓝蓝大吃一惊，“那是什么意思？你不是大神吗，为什么会这样？”她绕着他上下翻飞，着急地问。

“其实我也不太明白那是什么意思，但如果那是我的命运，我就接受。一支烛的命运就应该是燃烧，不是吗？”烛龙坦然说着。

“可是，可是……”蓝蓝却很着急，她现在看这个大个子就像看一支蜡烛，一边觉得他真是可怜，一边又嫌自己太过弱小帮不上忙。但既然他是自己的朋友，她就不能这么眼睁睁看着。

“你放心啊，谁要是敢在你头上点火，我……我就去把它吹灭了！”蓝蓝鼓着腮帮子，眼神坚定。

烛龙点头：“嗯，好，全靠你了。”

蓝蓝又表示自己一定会时刻牢记，必不会让人在他头上动手。她说完又催促他：“哎呀，那你赶紧回去吧，别在外面瞎晃了，还是窝在山里安全。”

烛龙想了想，问道：“那你和我一起吗？”

“那是当然的呀，我还要帮你看着呢。”蓝蓝抬高声调，一副理所当然的样子。

烛龙笑了：“好。”

两人同行往钟山而去，途中，烛龙对蓝蓝说，自己曾见过一处绝佳的美景，至今难忘，想带蓝蓝去看看，毕竟以后再出来就不知道是何时了。

行至中途，只见面前一山漫山雪白，十分惹眼，再往近处看，那是一山的白花开了。烛龙在一旁说，就是这里了。

蓝蓝从没有见过这样的花，它们长在高高的树上，那树长得极为挺拔，开出的花洁白似雪，花苞硕大，极有气势，与其他花木迥然不同。此时正逢花期，朵朵白花高挂枝头怒放，漫山遍野只余白色。

蓝蓝被这花的气势所慑，对烛龙说：“看这一山的花多精神，多漂亮，我们快去看看。”

身后的烛龙却没有说话。蓝蓝转身，看他正在弄自己的鼻子，来回吸了几下，像是强忍着什么。没等到蓝蓝再次开口，他一个喷嚏打了出来。

哗啦啦一阵雨水从天而降。

“对不起。”烛龙用手摸摸自己的鼻子，又把蓝蓝护在袖中。

“没关系，正好我们下去躲雨。”蓝蓝已经习惯了时不时的天气变化，谁叫自己身边的这位如此不同寻常呢。

一人一鸟于是躲入树下。

“这是桐木，”烛龙开口道，“开出的花叫桐花。我也极少见到开得如此灿烂的桐花。传说……”一阵急雨打在树上，打断了烛龙的话。

桐木本就高大挺拔，枝叶层层叠叠，能够完全荫蔽其下之人，几乎风雨不透。蓝蓝看着高大的桐木，听着雨落在叶片上发出的滴滴答答的声音，心忽然便静了下来。她很喜欢这里，喜欢被漫山的花木拥抱的感觉，就如烛龙给自己的感觉一样，令她无比安心。

于是她细看那桐花，朵朵白花绽放在枝头，并不畏惧风雨，反而用自己的花苞盛满雨水，酿成盏盏琼浆，待人品尝。

蓝蓝一高兴，飞到最大的一朵花苞前，想去一尝其中滋味。谁知她实在太小，一头扎了进去，那花颤了一颤，把她整个包住了。

烛龙本随意走着，再一转眼蓝蓝却不见了踪影，还以为她是在和自己玩闹，唤了几声，不见回应，这才察觉有些不对劲。烛龙凝神再看那满山的桐花，却见刚才还盛放的一山白花，转眼都合拢了花苞，好像在隐藏什么。

这小小的桐花对烛龙而言微不足道，他就算把山掀了也不过是顷刻之事，可是想起那桐花的传说，又不知道蓝蓝被这些花木藏到了哪里，因而他不敢轻举妄动，免得误伤了她。

于是烛龙放出一缕神力，在山间细细探查，没过多久，得到了许多小心翼翼的回应。空茫中好像有无数的声音告诉他，请再耐心地等一等，它们只是接自己的孩子回家。

果然再过一瞬，漫山的桐花又同时盛开。不仅如此，它们一朵朵离开枝头，飞向空中，如漫天云絮一般铺天盖地，之后又飞旋汇聚，像把什么包裹在其中一样，形如结茧，草木之力注入其中，层层环绕，天地充盈着芬芳。

就在烛龙凝神注目之际，忽有蓝光透体而出。随后，一声高亢的凤鸣破空而来，花阵散开，一只蓝色凤凰从天而降！

“蓝蓝？”烛龙问了一声。

却见那只凤凰翎毛湛蓝，光华流转，尾羽飘扬，在九天之上翩翩起舞，舞的正是之前那一曲。

“巍巍高山，不动不移。
蓬蓬白云，一东一西。
漫漫长路，流水从之。
心思匪远，南风送之。
将子无死，尚复来归。
生则同生，死则同死。”

“蓝蓝！”烛龙飞身而上。

蓝凤见烛龙到来，双翅一展，在空中转身，再看时，竟变成了一个身着蓝衣的少女，迎上烛龙。

“是我！”

两人降落于地上，蓝蓝高兴地对烛龙说：“我终于化形了，和你一样了！”

见她如此欢喜，烛龙也很高兴。只见面前的女子身着一身蓝色衣裙，凤目清亮，肌肤皎洁，粲然一笑甜如花蜜，和桐花一般美好，又如桐木一样挺拔。

“原来我是一只桐花凤。”蓝蓝回望那树树白花，如今它们像完成了使命纷纷落下，铺在地上，漫山遍野如同雪满大地。

“刚才饮花蜜时，我被带到了花中。桐木告诉我，原来我就是在花中诞生的，正是这一山的花木孕育了我。可是之后我误入了杜鹃花丛，因为太过年幼神识未开，才被误认为是杜鹃鸟。难怪我看到桐花时觉得亲切，原来这里就是我的故乡。烛龙，你说得对，我迟早会知道自己是谁。”不知是不是因为化了形，眼前的少女和之前的小鸟似有不同，她昂首站立说着自己的来历，骄傲从容。

“传说桐花会孕育属于自己的凤凰，是凤族之中极为特殊的一支，我从前也只是听说，从未见过。蓝蓝，你果然独一无二。”

“烛龙，我以后就和你一样了，可以做一直想做的事了，真高兴。”蓝蓝微笑着看着烛龙说道。

“哦，是什么事情？”看着她目光灼灼地注视着自己，烛龙有些好奇地问。

“这是我的心愿，以后再告诉你。”蓝衣少女却一扭头跑开了。

“对了烛龙，你有想过给自己起个名字吗？”蓝蓝忽然又回头问道。

“不着急，我有预感，等到了那一天，我会知道自己叫什么。”

“也是，我们还有很多时间，你可以慢慢想。”

一红一蓝两道身影在遍地白花中渐行渐远，谈笑声随风飘荡，久久不绝。

“化形那天你很高兴，拉着我说了半天的话。”

“这个我当然记得，之前我一直以为自己是一只奇怪的杜鹃，直到那天我们看到了一山的桐花。原来我是一只桐花凤。”

“是的，你是一只凤凰，花中的凤凰，独一无二，我也为你高兴。可是后来，我宁愿你只是一只普通的鸟儿。”

五

第五夜

昆仑的雪落了下来，这不是蓝蓝第一次见到雪，却是她第一次看着它降落。

高山之上，烛龙悬停空中，然后吞吐一口气，神威降下。从他们身周开始，有雪花开始簌簌落下，再蔓延开去，所见之处皆慢慢染上白色。再过一会儿，天地间只剩下一片白茫茫。

蓝蓝高兴起来，化作凤凰在大雪中穿来穿去。后来雪越下越大，烛龙于是展开屏障，把她护住。

钟山大雪封山，地上少有足迹，蓝蓝在前面一蹦一跳地走着，雪地上留下一串小小的足迹。她打量着自己的脚印，不时驻足，随后又招呼后面的烛龙跟上。烛龙跟在她身后，一步一步，不曾远离。

远处层峦叠嶂，俱成了白色，是和往日不一样的风景。蓝蓝被这景致吸引，于是又回到烛龙身边，跟他叽叽喳喳地说哪一处的风景好看。

烛龙领着蓝蓝往山里走，本是熟悉得不能再熟悉的地方却有了不同。蓝蓝本来蹦蹦跳跳地跟在后面，却见烛龙忽然停下了脚步。“怎么了？”她好奇地问他。

“山中似是有些异样，你在这里等我，我入山一探。”烛龙说道，表情凝重地移步向前。

蓝蓝一听此话，忙跑到他身前：“我没事，我要和你在一起。我如今再也不是过去那只小鸟了，桐木把它们的神力传给了我，我能保护自己。再说有你在我身边，我又有什么可担心的呢？”蓝蓝固执地站在他面前，一动不动。

烛龙凝神看着眼前的少女，算了，跟着就跟着吧，就像她说的，有自己在确实没什么可担心的。于是他没有再坚持，点点头，当先向前走去，蓝蓝紧紧地跟在他身后。

道路崎岖，可以直到山底。两人一前一后地走着，忽然前面的烛龙又停了下来：“有人动了我设置的屏障，进入了这里。”

“什么意思？什么人要专门到地底下去？”蓝蓝不解地问。

烛龙脸色阴沉，一字一顿道：“已死之人。”

蓝蓝一听，惊讶地瞪大了眼睛：“这……这是什么意思？”

“因为我本就是这些人的主人。”烛龙转过身来答道。

蓝蓝看着眼前的烛龙愣住了。

“蓝蓝，你还记得之前你大哥囚禁杜鹃一族魂灵的事吗？我最后解救了他们，其实他们最终来到了钟山，来到了这里，因为这里才是他们最后的终点。这里是死者才能到达的世界，死亡的国度，我的国度。”烛龙一字一顿地说着，虽然语气与平时没有什么不同，蓝蓝却已经震惊得无法思考。

“你……你之前都没有说过……”蓝蓝愣了半天，勉强开口。

“因为这是我最大的秘密。”烛龙缓了一下，又道，“而且我一直以为可以永远保守它。”

“难怪……难怪你当时在杜鹃谷要那样做，那样说。”半晌，蓝蓝终于回过神来，喃喃自语。

“不错，因为我不允许那样的事发生。魂灵本是一个人神力的延续、最后的余晖，每个魂魄都是自由的，不该被羁留在任何地方，被有心之人利用、榨取；但同时他们也是不自由的，不该长久地停留在这世间，而是应该回归天地。”烛龙接着说道，虽然声音不大，但在这小小的山道内掷地有声。

蓝蓝知道烛龙说得对，他是这么厉害的大神，他的话就应该像这天地的法则一样，一旦形成，不容更改。可是，她还是有很多疑惑。他刚刚说有人动了他的屏障是什么意思？蓝蓝正待张口再问，却听到远处有脚步声传来。

烛龙手一挥，把她化为小鸟藏入袖中，又把自己的身形变得缥缈模糊、若隐若现，静待来人。

不多时，有人手持火把前来，见到烛龙也不惊讶，上下打量一番之后，面露赞赏之色："你是哪族的？魂魄竟然如此强大，仿佛和生时一样。"

烛龙不动声色："蛇族的。"

"哦，蛇族何时出了神力这么强大的人物，我怎么没有听说？"那人见烛龙一声不吭，又接着自言自语道，"不过再厉害也已经死了，认命吧。赶紧的，跟我走，要不掉队了，烛龙大神会生气的。"

烛龙闻言一愣："你说谁，烛龙大神？！"

"是呀，我们这不都是赶着去见他老人家吗？"那人一副少见多怪的样子。

老人家烛龙：……

"再说，除了烛龙大神，还有谁有本事管这起死回生之事？"

那人见烛龙还是一副呆愣的表情，索性停下脚步："碰上我来接你算你运气好，看你一副什么都不懂的样子，我就来跟你好好说说。"

"想必你也知道，我们昆仑称得上大神的就那一位——烛龙大神，有人说他人面蛇身，有人说龙首蛇身，谁知道呢，见过真身的人太少。但这些都不重要，重要的是，只要你的神力够强，能够通过他老人家的测试，就有希望重返世间。这才是最要紧的！这是你我这样的人才知道的秘密哦。"那人嘿嘿一笑，又接着说，"我看你小子神力浑厚，应该没啥问题，赶紧的，跟上队伍。"

那人催促烛龙跟上，又往前行了一阵，终于到了一处，用手一指。烛龙顺着他手指的方向一看，远处有烛火连成一线，在没有边际的地下世界，数不清的人影排成队列，往一个方向而去。

那人见烛龙一脸震惊的模样，又说："我看你真是有些傻，要不是看你通过了屏障又确实是魂体，我简直要怀疑你的身份了。难道没人告诉你吗？来到这里，只要烛龙大神高兴，就能让你重获新生，连我们这些专门负责接应的人也能捞点好处。我这话已经跟你说得这么清楚了，你怎么还是一副傻样？要不是看你小子神力浑厚，我简直不想管你了，快点快点！"说完他又是一阵催促。

烛龙心中震惊不已。但为了查明真相，他强作镇定，跟着这人前行。袖子中的蓝蓝一个劲地乱动，他趁那人不注意，把她转移到胸口的衣襟中，这样她就可以偷偷观察周遭的情况。

两人向队伍靠近，还没有走到近前，忽然传来了一阵哭声。那是一个女子的小声啜泣。见烛龙把目光放在那女子身上，旁边的人又开腔了。

"又是个不想重生的。"他一副见怪不怪的样子。

"不想重生？"烛龙不解地问。

"是呀，虽说重生是大部分人的愿望，但总有痴情男女要等着另一个，所以总有些拉扯。这个一看就是这样咯。"那人说道。

烛龙望着那女子在原地哀哀哭泣，又不住地前后张望，果真像是在寻什么人。

"一对情侣相守至死足矣，又何必求什么重生。"烛龙道。

"你小子一看就是没有伴侣之人，站着说话不腰疼。真正相爱之人一生一世又哪里能够满足呢？谁不是想求个生生世世？我也是为了这一点念想才来当这接应之人。"那人忽然低声说道，"哎，又被你小子带歪了，赶紧跟上，别在这儿耽搁了。"

正说着，从队伍前方急急跑来一个男子，一把将这女子搂进怀中，两人抱在一处。

"这不，人就找来了，可以一起再续前缘，也是让人羡慕呀。"那人虽说不住地催促，但看到此番情景又忍不住开口，眼中满是羡慕。

那人还在絮絮叨叨地说着，烛龙的神情却愈加凝重。如今他倒是真想去见识一下那位“烛龙大神”了。于是他加快脚步跟上了队列。那个接应之人见他终于归了队，拍了拍他的肩膀，最后说了声祝他好运就离开了，看样子是又回去接别人了。

这时烛龙才低头小声地呼唤蓝蓝：“蓝蓝？”

蓝蓝的小脑袋钻出衣襟，她小声道：“我在呢。”

“刚才那人的话你听见了吗？”

“听见了，他们都像杜鹃族的先辈一样被强留在了世间，不过那些人是被迫的，而这些人是自愿的，是不是这样？”

“是的。”烛龙回答，“我现在就要去查清楚那个‘烛龙’到底是怎么回事。这里是死地，不可妄动神力，你小心藏好。”接着他为她设下护罩。

此地地脉特殊，是生灵辟易之地，越往下对神力削剥得越厉害，无人例外。原先他与混沌一体，不动神力，自然没事。但现在有人闯入，已经彻底打破了此地的平衡与禁锢，因此所有人都要受到压制。本来他在入口处设置了重重屏障，料想不会有生灵进入，却没有想到竟然来了这么一位“烛龙大神”。

长长的队伍缓缓而行，不只有他们，还不停地有魂灵从不同的方向汇入其中，最后浩浩荡荡一路往下，队伍越走越深。

神人身死之后，就算还有神力，能够支撑魂魄存在一段时间，但终究不比生前。因而此处魂魄聚集越多，死气越重。

“烛龙，烛龙？”蓝蓝见烛龙前行不语，又小声地问他，“你说到底什么才能使人重生？”

“这世间没有任何东西能使人重生，就算出现了，也必然是假的。”烛龙回答。

“哦。”

蓝蓝在此时终于感受到了烛龙大神的威严。虽然他之前神力超群，但蓝蓝也只是觉得他厉害。可是在此时此地，他的话与平日不同。那不是因为神力，而是因为他背负的东西无比沉重，所以使他的一言一行有了分量。

两人随着队伍缓缓向前，魂灵们从不同的地方不断涌来，越聚越多。忽然前面传来喧哗声，队伍也停了下来。

正在大家不明所以的时候，空中忽然乍现五彩之光，巨大的光带如彩锻，上下翻腾，在这漆黑一片没有光明的地底映照在每个人的眼中，连烛龙都一时屏息。片刻之后，就见那光带飘忽变幻，渐渐成了一对蝶的模样，神力充盈，流光溢彩。

众魂灵仰望之时，欢呼之声此起彼伏："重生了，真的重生了！"

蓝蓝也看呆了，但是又想起烛龙的话，犹豫地问他："烛龙，你说这又是怎么回事？"

烛龙看着那对彩蝶在空中翩翩而舞，低声道："我一时也想不明白，且静观其变。"

但魂灵们兴奋异常，这对彩蝶的复生更加坚定了他们对"烛龙"的信服。他们又开始一阵阵地呼唤"烛龙大神"，如潮水般向前涌动，都盼着早点到烛龙大神面前，让他赠予自己起死回生的神力。

烛龙和蓝蓝被魂灵们裹挟着，终于渐渐靠近了"烛龙大神"。在这山底的至暗处，就见一人悬空而坐，浑身被莹莹白光环绕。那人着一身白衣，面目生得十分端正，虽然双眼紧闭，但也是一副悲天悯人的模样，让人忍不住想就地膜拜。这就是那"烛龙大神"？

烛龙远远地望着，只能看出此人并不是魂灵，而是活人，其他的还看不出端倪，估计正是此人破了自己的屏障，进入了这本来只有魂魄才能到达的所在。

在烛龙身前的魂灵一个个地恭敬向前，都希望能得此人一顾。他们都听闻，只要此人睁眼看你，就代表通过了测试，继而会赠予神力，让你起死回生。

烛龙眼见那些魂灵上前诚心跪拜，却没有一个能令那白衣人开眼。其中一高个汉子在苦苦哀求未果之后，终于忍不住开口："烛龙大神，我本也神力高超，救人无数，却受族中小人迫害，无辜惨死。我如今只求大神给我片刻光阴，让我重返世间。只要能让我手刃恶徒，我马上就散去神力，归于天地，绝无怨言。"说着他重重叩首。

可惜他这一番言辞并未打动白衣人，这高个汉子见“烛龙大神”没有回应，忍不住又大声申诉了一遍自己的遭遇，看这样子是非要喊得白衣人睁眼不可。就在他的语调越来越激越之时，就见那白衣人一挥袖，他一声惊呼，竟然被迫倒飞而起，转眼间不见了踪迹。

这一下，众魂灵皆惴惴不安，不敢出声了。

“我已再三言明，欲求重生者，不得抱怨，无须申诉，只能接受，尔等可明白？”淡淡的声音响起，却似有无限威压扩散开去，直到这黑暗之地的每一处。

下面的烛龙感觉到那力量，心中一动。胸前的蓝蓝开口道：“好厉害呀，烛龙，这个人不简单呢。”

烛龙知道蓝蓝说得不错，此人的神力能到如此地步，不容小觑。

在那高个汉子之后，所有魂灵都战战兢兢地依次而过，再也不敢言语。

终于轮到了烛龙。烛龙并不言语，只是负手看着那人。众人皆以为不会有奇迹发生，于是催促着他赶紧走。就在此时，那白衣人抬手制止了众人，随后缓缓睁开了眼。

“你为何在此？”清冷的声音传来。

难道他看出了自己并非魂魄？烛龙暗忖，这人倒是有几分眼力。

但烛龙面上不露，答道：“求重生。”

“你并未死去，求何重生？”那人不紧不慢地又道。

话音一落，众魂灵一阵喧哗，他们没有料到竟然有活人敢来此处。活人在此地根本坚持不了多久就会神力大损，危及性命。

他们聚拢过来把烛龙围在当中，渐渐逼近。这是他们天大的秘密，绝不能让人泄露出去，这是“烛龙”大神一开始就交代的。

烛龙见魂灵们聚集，个个不怀好意，立即凝神防备，虽然他自己无惧，但还有蓝蓝。那人见此情状，又一抬手，魂灵们勉强安静下来。

“我是活人，你亦是，有什么好大惊小怪的？”烛龙一笑。

“吾代表烛龙。”

“嗯？你再说一次，你是谁？”烛龙眉头一皱，扬声问道。

“再说几次都是一样的！”说完，那人猛然站起，大袖一挥，遽然听到一声龙吟，就见一龙首蛇身的黑色虚影逶迤而来。它经行之处，所有人跪伏于地，口呼“大神”，不敢抬头。

那巨蛇来到这人身后，昂然立起。那人一纵，竟站到龙首之上，睥睨四方，神威赫赫。

烛龙丝毫不为所动。胸前的蓝蓝却忍不住跳了出来，一展双翅，高声道：“大家不要被他骗了，他是假的。真正的烛龙睁眼为昼，闭眼为夜，呼气成雪，吸气为暑，又怎么会在此处赐人起死回生？”

众魂灵一听她的言语，一时愣住，而后开始议论纷纷。

“大家都没有见过真正的烛龙大神，你怎么知道得这么清楚？”其中有个魂灵高声质问。

“因为他才是真正的烛龙！”蓝蓝腾空而上，盘旋于烛龙上方，大声说道。

此言一出，众魂灵齐齐后退，惊疑不定。

烛龙一见身份暴露便不再多言。他还是站在原地没有动，但身后猛然现出赤色蛇影，巨尾甩动，威压释出，一瞬间仿佛有狂风袭来，压得众魂灵抬不起头。

那白衣人显然没有想到有此变故，神色微变，又提高声音说道：“休得胡言，这才是烛龙，令你们起死回生的大神。”

一句话把神色不定的众魂灵又稳住了，是呀，只有眼前的大神才能赐予他们重生的力量，这是他们亲眼所见的。

眼看着刚才退后的魂灵们又渐渐聚拢，蓝蓝的双翅绽放出蓝色光华：“跟你们说了他是个骗子，你们怎么不相信？”

“蓝蓝，回来。”烛龙伸手召回蓝蓝，让她停在自己肩上，“无事，我们既然来了，他们总要相信。”

“好，有胆魄，我就教你认清现实。这里是钟山，还有万千魂灵，你我动手于此地有损，敢不敢跟我去另一个地方较量？”那白衣人对烛龙道。

“有何不敢？”

烛龙话音刚落，就见眼前之景倏忽变幻。一片蓝色汪洋望不到边，天边还有白雾升腾，水天相接之处云气弥漫，似真似幻。原来他们是来到了海上。

“你说你是烛龙，可有证据？”那白衣人忽然问道。

烛龙还以为换个地方就要大打出手，正凝神戒备，却不想有此一问。此人倒是有些奇怪，语气也与刚才不同，像是换了个人。

“这么说你承认自己是假的咯？”蓝蓝倒是嘴快，马上反问道。

“你是何人？”那人疑惑地问。

“我是烛龙的妹妹，烛凤。”蓝蓝张嘴就来。

烛龙：……

那人显然吃了一惊：“从未听说烛龙大神还有妹妹，还敢说你们是真的？！”

烛龙上前出声：“我确是烛龙，她只是和你开个玩笑。”说罢，他抬手上指，巨大的蛇躯出现在半空，人面蛇身，浑身赤红。眼见那巨蛇越长越长，越来越大，转眼间就占据了整个海天之间，满眼皆是巨大的鳞片，之后便传来“咔嚓咔嚓”的细微之声。

“怎样，你还不相信吗？再等片刻，你这幻境的屏障就要碎了。”烛龙平静地说道。

“你……你真是烛龙大神？”白衣人惊疑不定。

烛龙并不多言，那条巨蛇身躯仍在伸长，整个屏障遍布裂缝，摇摇欲坠。

“请您停手，烛龙大神。”那人终于出声，同时躬下身来。

“你这人倒是奇怪，这么快就认输了，刚才可不是这样说的。”蓝蓝疑道。

“因为我一直等待着真正的烛龙大神。”白衣人站起身来。

说完，他在这片海正中盘腿坐下，周身莹莹白光又起，逐渐弥漫开去，比刚才更甚。在一片白光之中，外面的屏障逐渐产生了变化，变成了有实质的东西，其上还出现了一道一道的纹理，延伸至一个中心——那白衣人。

等到白雾散去，蓝蓝向外张望，发现他们站在一个巨大的白色花瓣似的东西里。

“我们在一个巨大的贝壳里面。”烛龙告诉她。

原来他们看到的整个屏障都是贝壳，其中自成天地，能容纳海天，烛龙亦未曾见过这种场景。蓝蓝听烛龙这样一说，好奇地伸手想去碰那贝壳的边缘，谁知听到白衣人说：“姑娘请慢动手。”

蓝蓝吓了一跳，忙缩手回头去看，却见白衣人还是保持着刚才的姿势，周身被一层似有似无的珠光色光环笼罩，就像一颗……

“一颗珍珠。”烛龙开口道。

“这是我的本体，让你们见笑了。”那白衣人言道。

“原来你是一只大贝壳呀。”蓝蓝吃惊地说道。

“所以我们所见的一切皆为你所造的幻象？”烛龙看到他的本体，若有所悟。

“不错，大神慧眼。”那白衣人颔首道。

蓝蓝却有些糊涂。于是烛龙解释道，大贝一族生于海中，性情温和，与世无争。他们之中的优异者可凭空创造幻境，几可乱真，一般人很难分辨。他们一族也依仗这项异能在大荒安稳度日。

“只是你们一族本就少见，又生活在海中，怎么来到了这钟山之底？”烛龙又问道。

“这正是我要等待真正的烛龙大神的原因。因为我被人困于此。”说完，那白衣人把手伸出大袖，却见右手被一条若隐若现的绳子锁住，之前隐于袖中才没有被他们发现。

蓝蓝惊呼一声，看这人的眼神顿时变得不同。烛龙细看那绳子，认定此非寻常之物。

他心中一动，问道：“是谁把你锁在此处，又让你做这些？”

“果然一切都瞒不过您的双眼。”那白衣人又躬身一揖，缓缓开口。

白衣人名唤白濂，是北海大贝一族的族长，亦是族中最擅幻术者。大贝一族是北海中独特的一族，虽然神力普通，但是几乎没有敌人。因为一般人连他们的居住之所都没有办法找到，它可能是海底的任何一块岩石、一簇珊瑚，甚至是一条长长的海草。大贝一族可以伪装成海中的一切，与周围的环境彻底相融，令人难以察觉。

本来族中人人都擅长此术，经常互相比试，看谁的幻境设计得更加巧妙，谁能更快窥出破绽，更胜一筹。所以族中景色时时变幻，族人日日换脸，对此大家都习以为常，但也互相不服。只有一人例外，那就是族长白濂。

起初也有胆大者向他挑战，可惜看不透他的伪装，连人都认错，最后只有拱手认输。白濂对这样的挑战者十分宽容，毕竟都是自己的族民，保护他们就是自己最重要的职责。

他们一族就这样平安地生活在北海，直至有一天有一人来到。那人看着落拓，长得却精神，自称对幻术也有些心得，想和族中高人切磋一番，权当游戏。

白濂起初没有放在心上，但那人能准确找到自己的族地，想必还是有些本事的。于是他叮嘱几个跃跃欲试者小心，自己则在一旁凝神戒备。

起初谁也没有将外来人放在眼中，因为整个大荒，除了大贝一族，没有听说过第二个族群擅长幻术，就是有自行修炼的，又怎么比得上他们天生的优势。

但是没有料到的是，几个族中的好手竟然都败下阵来，无论把眼前之景变成何物，都能被那人识破，而他设的幻境无人窥破。那人连赢几场还是十分谦和，连连说着承让，使失败者也面无愠色。

最后白濂上场。他一上手就将眼前一切隐于一片海水中，他们本在海中，将所有的一切归于大海本身，是最安全牢靠的障眼法。这一招使出，那人果然一愣，原地伫立好一会儿没有出声。

见此情形，白濂暗暗松了一口气，因为幻术虽看似玩笑，却是他们一族赖以保全的根本，如果有人能将此术彻底窥破，那对他们一族无疑是一大威胁。对于这一点，普通族人可能不以为然，但他身为一族之长绝不能轻忽。

可惜他的心还没有放下片刻，就听那人轻笑出声，只是随手从远处取了一条鱼困在手中，但笑不语。白濂却心中一紧，他这一招隐海虽然玄妙，只可惜还是有破绽，眼前这一片海中一条鱼都没有，干净得太过彻底。这就是破绽。

于是他索性撤了幻术，对那人一点头："请出题。"

那人于是放了鱼，一展袖："请族长随我出海。"

出海？见白濂有些犹豫，那人又低笑出声："族长莫慌，只是到海面一观。"

白濂不想让他看出自己有些许心虚，于是把袖一挥，当先往海面而去。大家随他们二人来到海面，那人纵身跃至空中，也不见如何动作，就见半空云雾聚集，水汽上扬，在一片氤氲之中，忽然显出一片远山来，群山莽莽，白云飘飘，见之不俗。

其中一山高耸孤立，之上草木俨然，流水淙淙，青鸾徘徊，白凤起舞，还有各种灵兽穿梭其中，甚至能听到它们的鸣叫声，近在咫尺又远在天边，令人惊叹。

"这……这是真是幻境？"族人中有人忍不住出声，说完之后又赶忙捂住自己的嘴巴，自觉此问不妥，因为令人分不清是真是幻正是幻境的最高境界。

白濂心中暗叹一声，抬手一揖："阁下高妙，白濂自叹不如。"

那人却托住他的手，说道："白族长太过谦了，我这不过是取巧罢了。将真实之景化在这虚幻之境中，令你们分不出真假，实在是侥幸。"

见他言辞恳切，眼神真诚，白濂心中的戒备放下了不少，于是他诚心说了一句："你的幻术确实不错。"

"那你想不想学？"那人忽然靠近，低声对他说道，"我们可以互相切磋，毕竟你最厉害的幻术还没有被他人识破。"说完，他又若无其事地拉开两人的距离，"白濂族长？"

虽然是近似耳语的一句话，却在白濂心中掀起轩然大波。这是他或者她最大的秘密，从来没有人看穿，却不想被个外来客一语道破。

"正合我意。"白濂高声回答，在一瞬间做出了决定。不知道此人到底是因为什么来到族地，又幻术超群，不管怎样，让他远离族人都是最妥当的选择。至于白濂自己，正好可以与他慢慢周旋，摸清他的底。

于是两人一路同行，赶往那日在海边看到的幻境之地，他说那是他的故乡，也是他的名字——蜃。

他们往西而行，刚一出族地，蜃大袖一挥，白濂就觉得浑身上下变了模样。本来是端正严整的一袭白衫转眼间变成了通体的白裙，他除了五官没有变，浑身上下都是女子装扮。

“你！”白濂有些恼怒，这正是她最大的秘密。

大贝的族长之位本属于她的同胞哥哥，但哥哥因为意外遇害之后，她便幻化为哥哥的模样，担起了保护族民的责任。这个秘密长久以来从来没有被人发现，久到她都要忘记自己的真实模样，就如同忘掉自己的名字白怜一样。

可这个外乡客贸然改变了她的样子，真是大胆。

“嗯，这样就好看多了，女孩子嘛，就要有女孩子的样子，总板着一张脸做什么？”蜃嘻嘻笑道。

一种久违的情绪袭上心头，但她面色不改，只是走到前面，又忍不住用自己本来的声音说：“不是说着急赶路吗？还不赶紧。”

男子在身后笑着答道：“来了。”

一路上两人兴之所至，幻境随手而来。刚才还是荒芜的山丘，转眼变作桃源之乡，一株小芽瞬间长成参天大树。

虽然白怜不愿承认，蜃也次次说是平局，但她心里明白，其实自己是稍逊一筹的，而蜃深不可测。这更加剧了她的危机感。但蜃自始至终都表现得对她的族人和族地没有什么企图，只是对她的幻术感兴趣，说与自己修习的大有不同，要好好研究。难道真是她想多了？

这样的想法也只是时不时出现，此时白怜就被自己发间忽然出现的山茶花打断了思绪，只能恼怒地嗔视不远处那个怀抱着一簇山茶花嬉皮笑脸的人。

“阿怜知道烛龙吗？”一日，蜃偶然问起。

蜃开始这样唤她。而她也在数次坚持无果之后慢慢放弃，继而习惯。

“知道，烛龙是昆仑的大神，传说中睁眼为昼，闭目为夜，呼吸成雪，吸气为暑。实在是不能想象。”白伶一脸神往地道。

“像这样？”就见蜃手一挥,刚才还是朗朗青天转眼变作了黑夜,俄而寒风不知从何处而来，呼啸而过，然后雪落。

白伶屏息无言。蜃见她如此，一笑，又一挥袖，刚才的一切不复存在，又恢复了原来的样子。

“你……你是怎么做到的？”白伶再次深刻地认识到两人之间的差距，诚心发问。

“这没有什么，我迟早会让你知道其中的奥秘。其实我一直怀疑烛龙大神的真假，说不定他也与你我一样，只是一位擅长幻术的高手呢？”蜃不以为意道。

蜃的举动让白伶心中也有了一丝疑惑，但对于烛龙她还是信服的，白昼与黑夜的往复交替就是最好的证明。但是蜃真的拥有与烛龙相较的能力?

终于，他们来到了蜃之地。这里果然如她之前在北海见到的那般非比寻常，蜃说这里藏有他幻术的最终秘密，到了这里就可以见识整个大荒最厉害的幻术。只不过还差一个小步骤。

“这里是我的族地，那幻术的秘密就藏在地底，必须是我的族人才能够一探究竟。”蜃小心翼翼地说道。

“那你怎么不早说？！”白伶觉得自己被骗了，生气道。自己不是蜃族，注定看不到那秘密了。

“其实是有一个办法的。”蜃更加小心翼翼地开口，边说边看她的脸色。

“什么办法？”白伶实在是对他那终极的奥秘好奇,忍不住问道。

“成为我的族人,”见白伶快要不耐烦的样子,蜃连忙接口道,“和我成亲。”

白伶大吃一惊：“什么？！”

“只是一个仪式，没有别的什么。”蜃着急地说，“我知道如果一开始说出来，你肯定就不会来了，但是你不看会后悔的，阿伶，你相信我。”

这还是白怜第一次看到蜃露出着急的神情。成亲？和蜃吗？自己愿意吗？蜃是真心的吗？他的话到底是真是假？

“阿怜？”蜃又试探着问了一声。

“你让我考虑一下。”白怜觉得自己心里最大的秘密已经变成了懵懂的不可言说的心事，事情发展得这么快确实是自己始料未及的。

但是，她的手不自觉地抚上发髻上的桃花，这是今早才幻化的，灼灼动人。自己是不可能带蜃回去的，更不可能留在这里，就像她在北海不可能恢复女儿身一样，她是大贝一族的族长，有且只有这一个身份，那这仅有的光阴……

“好，我答应你。只有一场仪式，没有别的。”白怜终于做出决定，对蜃说，也对自己说。

“好，你随我来。”蜃明显高兴起来，往前走去，白怜犹豫了一下，缓步跟上。

眼前是一棵高耸入云的大树，树上各色丝带飘飞，远远看去灿若云锦。

“这是？”白怜来到树下，眼中流露出赞叹的神色。

“这是姻缘树，我们只需把名字写在丝带上，再绑在树上，接受姻缘树的祝福。三日之后，姻缘树就会生出红线，取下红线缚于你我手腕上，此礼便算成了。”蜃轻声解释。

“就这样？”白怜转身问他。她此时身着一身白裙站在飘曳的彩带之下，乌发与衣袖也随之飘扬，映着皎如珠玉的一张脸，令人失神。

“是的，就这样。”说完，蜃忽然纵身而上，从最高处取下一条丝带，心中默念，丝带上慢慢现出了一个“蜃”字，然后他将它递到白怜手中。

白怜看着手中轻软的丝带，忽然感觉到了重量。她默默闭上眼睛，再睁开时，在那“蜃”字的旁边出现了“白怜”两个字。

蜃在那一瞬间眼中露出光彩来：“阿怜，我真高兴，就算不是真的，我……我也很高兴。”他说着就忍不住笑起来。

见他欣喜的模样，白怜欲言又止。还没等她开口，蜃又飞上树梢，小心地把那根带子绑到原来的位置。绑好后，他冲白怜一笑，又落在地上，与白怜并肩看着那写有两人名字的丝带高高飘扬。

“真好看，不是吗？”他问她。

“嗯。”

还有三日的时间两人可以相处，等那树上生出红线。

白怜自当上族长之后少有这样的清闲时候，这里的景致与她的故乡截然不同，蜃陪在她身边，为她介绍蜃地的山水，又故意逗她开心。渐渐地，她的笑容多了起来。

两人坐在半山，微风吹过，白怜眯起眼，听风吹过山野的声音，这对她而言是难得的体验。

“阿怜，你知道我在北海是怎么认出你是女子的吗？”蜃看着她的脸，忽然开口道。

“是了，我都忘了，你快告诉我。自从我顶替哥哥担任族长以来，自问没有露出过半点破绽，你是怎么一眼看穿的？”白怜好奇地问道。

“很简单，那么美丽的人不可能是个男子，必是个女子假扮的。”蜃一副肯定的语气。

白怜睁大眼睛：“就因为这？那是因为你没有见过我兄长，我们长得几乎一模一样，再加上我用幻术遮掩，让族人以为当年遇害的是我，长久以来一直无人识破。你竟然就这样猜对了？！”白怜觉得自己真是昏了头，还以为是他的境界高深，所以看破了自己的伪装，没想到就这样被他蒙了出来。

“哦？那不是说明我的运气很好？我真是赌了一把，还好我赌对了。”蜃一脸得意，“不对，这说明我们很有缘分。”

白怜有些无语地看着他，也不知道这话是真是假。他捧着不知名的花束，手指微动，其中一朵花落下，飞到她鬓边左晃右晃，最后终于选好位置簪了上去。白怜的脸悄悄变红，她慌忙地移开眼。

“阿怜，其实我想说——”蜃正要开口，话音还没有落下，却被白怜打断。

“快看，那是什么鸟？好奇怪的样子。”白怜忽然用手指着远处飞过的一只鸟说道。

“阿怜，”话一下子被打断，蜃暗叹一声，顺着她的手指看去，就见从南边飞过来一只鸟，身上的羽毛是青红色的，只有一只翅膀和一只眼睛，飞得歪歪斜斜，眼看就要落地。

“那是比翼鸟。通常是两只齐飞，怎么只见一只？倒是有些奇怪。”蜃解释道。

“原来那就是比翼鸟，我以前只听说过但从未亲见。传说比翼鸟恩爱非常，只有两只在一起才肯起飞，这儿怎么会只有一只？”白怜看着那只单翅的鸟，觉得它有些可怜。

“那是因为她还没有认清自己的心，等她知道心里真正想要什么的时候，自然会与另一半比翼齐飞。”蜃在一旁缓缓说道，定定地望着白怜。

“真的吗？”听他此言，白怜稍稍转过身，不知该如何回应。

“当然是真的，你看，另一只不就飞来了。”他用手一指天边。

果然，后面又飞来了一只一模一样的鸟，急急扇动翅膀赶上了前面那一只。一开始两只鸟好似还有争执，那后来的一只不停地用翅膀去安抚前面的那只。最终两只鸟儿交颈而鸣，一齐振翅，一同翱翔，好似变成了一只鸟，一起稳稳地飞向远空。

“在那个仪式完成之前，我还有几个问题想问你，你能回答我吗？”白怜把目光收回来，看着蜃问道。

“当然。”蜃没有犹豫。

“好。”说完，白怜凝聚神力，就见在前方水泽之地忽然升起漫天水雾，在那水雾之中一只巨大的贝壳忽然显现。那贝壳洁白无瑕，正缓缓张开，露出内里。一片光华流泻而出，霍然照亮了眼前。

“这是我的原身，也是天然的屏障，在此之中任何幻术都会被看破，作不得伪，你愿不愿意入内与我一叙？”白怜站起身来对蜃说道。

谁知蜃看着那巨贝道：“阿怜，你的原身可真漂亮，那你的本体就是珍珠了？难怪你长得这么美，不知道我有没有机会见到。”

“只要你回答了我的问题，自然有机会。”白怜道。

“好，一言为定，既是阿怜相邀，岂能不赴？阿怜你可要说话算数哦。”说完，蜃当先往贝壳而去。

白怜见他转身迈步，心中一宽，也随之而入。进去之后蜃才发现，里面自成天地，无边无际。他到处打量了一番后说道：“阿怜，你问吧，我一定知无不言，言无不尽。”

“好，你为何要到我的族地？”白怜直接问出了第一个问题。

“为了去找你呀，”蜃咧嘴笑道，“我久闻大贝一族幻术过人，为了见识一番特意去的。这不是机缘巧合见到了身为族长的你吗，自然可以说是为你而去的。”

白怜在他说话时留意观察，见他态度自然，对答流畅，不似在说谎话，而且在她的屏障之内，只要有一丝作伪她自己就能察觉，所以他当真是为她而来？

白怜想到这里，心中忽然一软，口气也不像之前那般生硬：“那，第二个问题，你的原身是什么？”

“哦，阿怜想看我的原身早说不就行了。”蜃笑得更大声了，又左右看看，“可这里太小了，不够我施展，我变小了给你看。”说完，他身形一转，再看时，只见一条长蛇遨游其中，龙首蛇身，一声长吟，震荡天地。

“这就是你的原身？”白怜有些愣怔，没想到蜃竟如此威武。

“不错，我又名蜃龙，就是这副样子。”蜃摇头晃脑地摆过来，用龙首去蹭白怜不自觉抬起的手，“你觉得怎么样？”

“什么我觉得怎么样？”白怜忽然醒悟一般收回了手，又低下了头。

蜃转身化为人形，笑嘻嘻地看着她：“阿怜还有什么想问的吗？”

“你……你对我是……”白怜并没有抬头，话语却传到了蜃的耳朵里。

“当然是真心的，阿怜，我喜欢你。”蜃收起了笑容，言辞恳切，满脸真诚。他拉起白怜的一只手，按在自己的心口，“阿怜，我的心不会说谎，不信你听。”

白怜没想到他忽然有此举动，想缩回手却又挣不开，那一声一声的振动透过火热的胸膛传到自己微凉的手心里，带着动人心魄的力量。

他应该是喜欢自己的吧？白怜在心里对自己说，在这里他没有办法说谎。那她对他呢，真的要在三日之后一走了之吗？

“阿怜，阿怜，你怎么了？”耳畔传来蜃的呼唤声。

“没……没什么。”白怜赶紧收回自己的手，往外走去。

“阿怜，你没有问题了吗？那换我问一个行不行，你喜不喜欢我？哎，你别走，等我呀。”蜃在身后大声说着。

转眼三日已过，两人又来到了姻缘树下。远远望去，那最高处飘扬的丝带下真的有了一条长长的红线。

“太好了，阿怜，你果然对我有意。你可知道，如果你对我无意，那红线就生不出来。太好了，我太高兴了！以后我们就再也不会分离了！”

蜃高兴地飞身而上，把丝带和红线取了下来，凝视一番，然后把那写有两人名字的丝带放进胸口衣襟内藏好。最后他把那红线小心翼翼地展开，自己系好一头，把另一头递到白怜手边。

“阿怜。”到了这里他反而没有话了，只用眼睛看着她，一动不动，似有千言万语在其中。

白怜看着那根长长的红线，心中挣扎。明明只是一场骗局，只为了那个秘密，看过后她就会回北海，恢复男子的身份，继续当大贝一族的族长。但此时看着蜃像个孩子似的欢欣雀跃，眼中露出迫不及待的神情，她竟然有些不忍。

以后再也不会有人像他那样了吧？让她身披霓裳，为她鬓角簪花，那她便遂了他的愿。

白怜终于伸手拿起了那根红线，将它系在自己手上。蜃看到这一幕，脸上露出了狂喜的表情：“阿怜，你马上就能看到那最后的秘密了！”

一瞬间，白怜忽然觉得蜃的神情变了，似乎与之前不同，但没有等她细想，只觉手腕一紧，那红线似长在了自己手上，又见蜃手腕一翻，白怜身不由己地被拉到了他身边。

“你！”

在白怜错愕的眼神中，蜃放声大笑：“你终于是我的了！”

在这笑声中，周遭的景致却如画卷剥落，换了模样。眼前只有一座光秃秃的山，没有鸟语花香，也没有飞瀑流泉，连姻缘树也不见了踪影。

“这……这是怎么一回事？”白怜震惊地问道。

“这里是钟山呀，你心目中烛龙大神的钟山。”蜃还是一副笑眯眯的模样，可是仍用手紧紧抓住白怜的手，毫不放松。

白怜此时心中震动，竟没有注意到他的动作：“你说的秘密到底是什么？难道就是说的钟山？”

“别心急，马上就带你去看。”说完，蜃拉着她飞身而下，不知从何处竟然进入了钟山之中，一直往下，来到了一片黑暗之地。

周围半晌没有声响。

“蜃？”白怜试着唤他，手上的红线不知何时变了颜色，闪着银光，变成若有若无的一条绳子，似乎可长可短，这一端系在手腕上，那一端却不知伸向何方。

“阿怜。”

忽然有许多声音响起，白怜在影影绰绰中看到了一些人影，他们都在唤着同一个名字。

有光乍起，一个接一个的人站了起来，他们的身躯虚实不定，如幻影假象，接着他们又紧紧靠在一起，叠加、堆积，最终变成了一个“人”——蜃。

他嘴角还是挂着熟悉的笑，轻轻摇晃手中的绳：“阿怜，你都不好奇我的族人去了哪里吗？你没有发现自始至终只有我一个人吗？”他来到白怜身边，贴着她的耳朵悄声说，“告诉你一个秘密，你一直想要知道的幻术的终极秘密：我，就是全族。”

一瞬间有无数的声音喊道：“我，就是全族。”如万千根针一齐扎入白怜的脑中，让她脑中剧痛，不能思索，不由得抱住了自己的头。

见她如此，蜃又过来搂住她的肩膀：“看到你这样我真心疼。

阿怜，你瞧，这没什么接受不了的。我们一族本是云汽所化，无实体，神力微末，寿命短暂。但是，我们可以幻化世间万物，没有什么人比我们一族更擅长此术，因为我们就是幻境。”

“我们千辛万苦地找到你，也是为了长长久久地生存于这世间，你可是我们的宝贝，万万不能伤了自己。”他笑嘻嘻地说道，伸手抚过白怜的鬓发，又簪了一朵花上去。

“你……你们……”白怜难以置信地看着他，眼前之人瞬息之间已不再认得，她终于意识到自己落入了陷阱。

“你们到底要干什么？”白怜镇定下来，直接问道。

“阿怜你真不愧是一族之长，我还以为你要问我对你的情意到底如何。别慌，我一样一样告诉你。”蜃笑起来，“就像我刚才说的，我们一族体质特殊，苦于无法长久贮存神力。直到我们听说了北海大贝一族，你们同样擅长幻术，虽然神力一般，但是可以不断修习巩固。于是我们想出了一个办法。只要你我结成一体，共同施展幻术去掠夺他人的神力，你中有我，我中有你，这个问题不就解决了？所以，我对你的情意是真的呀。阿怜，我们志趣相投，能力相当，我在你的屏障内也并未说谎，我们蜃龙一族，最常用的就是龙首蛇身的形态，而你就是一粒珍珠。让我想想，把你藏在哪里好呢，藏在我的颌下可好？这样我们就不会分离了，你说好不好？”

白怜看他又露出了笑容，只觉得毛骨悚然，自己就像跌入了一个噩梦中，不能醒来。她不由自主地后退，想要远离这个可怕的面目全非的人，却又被手腕上的绳子拽住。

蜃慢慢收紧同样系在他手腕上的绳子：“阿怜，你想到哪里去？你逃不开的。这是我们的红线呀，你怎么能挣脱呢？为了让你系上它，我可是费了不少心思。我为你幻化了姻缘树，又在彩带上写上了我们的名字。你可知道，只有你心甘情愿地将它系在自己手上，这由比翼鸟的翮羽制成的绳才能将我们紧紧地绑在一起，”说到此处，他停顿了一下，惬意地说道，“至死不离。”

此时此刻，白怜已经无话可说，怪只怪自己轻信他人，轻涉险地，到如今陷入这万劫不复的境地。她心中懊悔、悲痛，脸上的表情却已经僵硬。

蜃看着她木然的样子，似乎早就料到了，绕到她身前，又开口道：“我知道你在想什么，你不想和我合作对不对？其实，说实话，从你我结为一体之后，很多事就由不得你了，你会慢慢与我同化，逐渐听命于我，身不由己。何况还有你那留在北海的族人，你说我再去一次，拿上这条丝带——”

说着，他又从怀里拿出写有两人名字的丝带，特意展开，之后又收回衣襟内。

“说你想念你的族人们，邀请他们都来这里做客，你说他们会不会来？”

看着白怜愈发煞白的脸，蜃的笑意更浓：“让我想想，你还有什么疑惑，我都可以为你解答。”他状似又思考了一下，“哦，还有最后一个问题，那就是我们为什么在这里。”

“很简单，这里是传说中烛龙大神的地方，只有在这里，我们才是‘真正’的烛龙。”蜃说到这里，声调抬高，口气狂妄，“我早就说了，烛龙说不定和你我一样只是个幻术高绝者，凭什么就成了所有人口中的大神？这座钟山空空如也，没有生灵，他早就不知道跑到哪里去了。”

忽然他又凑到白怜身边：“哦，不对，这里有整个大荒最大的秘密，与这个秘密相比，我的那点事根本不算什么。”

蜃终于笑出了声：“阿怜，你知道吗？当我偶然发现这个秘密，这全大荒都不知道的秘密时，我有多高兴！因为我知道我族长久以来的心愿终于要达成了，在这里我们可以得到长生，不，是永生！”他已状若疯狂。

“阿怜，你知道神人死后去了哪里吗？你肯定不知道，他们都来了这里，这里是他们最后的终点！你说，这是不是为我们准备的天赐良机？只要我们扮成烛龙，施展幻术，就能轻易从魂灵上取得他们最后的神力纳为己用，神力源源不断，寿命久久不绝，这法子岂不绝妙？！”说到此处，蜃纵声长笑。

白怜看着眼前的这个人，听着他疯狂的计划，觉得这一切是如此荒谬！她厉声道：“你真是疯了！魂灵既然来到此处，必是烛龙大神要他们前来。你如此行事，难道不怕有朝一日烛龙大神回来，令你灰飞烟灭？！”

“少拿烛龙来吓唬我，他要在早就回来了，怎么这么长时间都不见人影？”蜃听到白怜这样反驳自己，笑意收敛，狠狠道，“等我吸收了足够的神力，就算他回来了我也不怕！”他转过头去，又曼声道，“不过你倒是提醒了我，那我们就赶紧开始吧，我都等不及马上体会神力充盈的感觉了。哈哈哈哈……”

看着蜃状似疯癫的样子，白怜知道自己说什么都没有用了。他早就不是自己认识的人了，或者自己根本就没有认识过他。

从此她被迫坐在那高高的祭台上施展幻术，给那些可怜的魂魄展示重生的幻象，再攫取他们仅剩的神力，源源不断地供给用一条绳子捆绑在一起的另外一个“人”。

时间长了，她已经感觉不到自己的意识，只是如工具般地每日做着一样的事。当汹涌的神力袭来时，她也感觉到了神力充盈的快感，忍不住自己也吸收了些许。

没有人能抗拒这样的诱惑，她有时昏昏沉沉地想，也许就像蜃所说的一样，自己迟早会被他同化的。在这一片漆黑之中，自己一颗小小的珍珠又能有什么用呢？

可就在此时，有人带来了光，说他是烛龙大神。

“蓝蓝，你睡了吗？故事讲到这里马上就要结束了，如果你已经睡着了，我就不打扰你了。我希望你永远也不要想起这些，只是静静地安睡，有我守着你，什么都不用担心。”

第六夜

这真是一个漫长的故事，也是一个悲惨的故事，听白怜讲完自己的经历，蓝蓝这样想着。但不管她怎么同情白怜，事已至此，再说什么好像都是枉然。看着白怜玉一样的珠身隐有黑气萦绕，蓝蓝想开口，最终还是闭上了嘴。

“这么说，蜃已经得到他想要的了？”烛龙开口问道。

“不错，这漫山的魂灵对他是烛龙一事深信不疑，所以在这段时间里，他吸收了太多神力，暗自修习，已可窥人神识。烛龙大神还需小心。”

“无妨。”烛龙淡淡回了一声。

听到这里蓝蓝却有些愧疚，烛龙都是为了陪自己，要是烛龙一直守在钟山就不会有这些事情发生。想到这里，她愧疚地看了烛龙一眼，烛龙却似乎马上知道了她的想法，对她摇摇头，叫她不要在意。

“那么蜃龙现在何处？”

“他就在这钟山之中，你们来到此地的消息估计已经传到他耳中。”说到这里，白怜不禁身体一颤，“随着神力的强大，他现在有无数分身，可化成你见到的每个人。他们每时每刻都监视着钟山的情况。我这样将你们带出来，已是冒了极大的风险。其他的，我也做不了什么了。”说到这里，白怜突然感到手腕处一阵拖拽，急促地说道，“他又在唤我了，我们要回去了。”

她话还没有说完，忽然就觉一阵剧烈的震颤，再回神，他们已经回到了钟山之中。此时山中情景已大不同前，巨大的黑色蛇影漫山游走，那硕大的一颗龙首十分狰狞，琉璃一样的竖瞳泛着冷光，似乎在环视着每个人。所有人都匍匐在地，瑟瑟发抖，口称“烛龙大神”。

直到看到白怜再次出现，那蛇才停止了动作，又游动到白怜身边，盘起身躯，口吐人言：“阿怜，你到哪儿去了？害我好找。你这样不乖，我会生气的。”

白怜紧闭着双眼，不想看他，也不言语。蜃龙看到白怜如此表情，把视线转到了旁边的烛龙和蓝蓝身上。

“你今日如此反常，难道是因为他们？”说着，他化为了人身，来到白怜身边。

“阿怜，你这是要负了我吗？你难道忘了我们曾经拜过姻缘树，写过姓名，牵过红线。你已经是我的妻了，难道要为了这些外人负我吗？阿怜？”他手中幻化出花枝，又拿它去拂白怜的发。

可是这次白怜挡开了他的手，睁开眼睛，冷冷地看着他：“蜃，别再演了，莫非你施展幻术的时间长了，已经忘了过往？那些都是假的，全都是假的！”说完，她全身发出莹白光芒，似乎在一瞬间照亮了整个钟山，她高举起右手，左手似刃。

“我早就该下定决心，你总用这些无用的话哄我，可叹我一再心软，一误再误，终于酿成大错。如今，我就要把与你的孽缘斩断！”她并指成刀，就要斩断自己的右手！

“不要！”蜃忽然大喊，连忙用手来挡。但是烛龙更快，施展神力拦住了白怜。

“不至于此。”他开口说道，“一切有我。”

“有你？你是何人？”蜃终于拿正眼打量烛龙。

“我是何人？”烛龙也正视他，“当大神久了，莫非以为自己真是烛龙了？”

“何为烛龙？”蜃嗤笑一声看着他，“当大神久了，莫非以为自己真无可取代？”说完，他挥手撤下屏障，转向下面那些魂灵，“你们说说，谁是烛龙？是我，给你们重生希望的神是烛龙？还是他，要你们灰飞烟灭的人是烛龙？”

底下原本瑟瑟发抖的魂灵们根本不敢抬头，一下子出了两位烛龙大神，他们惶恐无措，不知道怎么一下子就变了天。他们正在小声议论谁真谁假，忽听得上面一声喝问，猛然如大梦初醒。

“我信给我重生希望的烛龙大神！”

“谁能让我重生，我就信谁！”

千声应和，万声回答。

“听听，”蜃一伸手指向下面的魂灵们，看向烛龙，“你说，谁是烛龙？”说完，他纵声长笑，张狂不已。

蓝蓝万万没有想到竟然会是这样的情景：“你们……你们是疯了？！那些都是假的呀，假的！”可惜，如今只剩下吵嚷一片，没有人听她的话。

烛龙一皱眉，神力铺展，只听嗡的一声，众魂灵感到巨大的威压降下，各个都如遭心口重捶，只听一声沉喝“噤声”，他们皆瞬间出声不得。

“烛龙，烛龙。”蜃嘿嘿笑道，“莫非你真的无所畏惧？我就不信天下还有这样的人。”说完，他忽然如黑沙般散开，幽影幢幢，围绕在烛龙身边。烛龙正欲起手施为，忽然那黑影直冲蓝蓝而去，转眼就要将其整个吞没。

“蓝蓝！”烛龙毫不犹豫地冲向那团黑影，只觉眼前一黑，再睁开眼已是另外一个地界。

“蓝蓝？”他一路走，一路呼唤寻找，明知这里是蜃展开的幻境却深陷其中。因为这幻境过分真实，不像之前白怜的屏障，凭他就可以看出边界。

这里是桐花林？与之前一模一样的桐花林？蓝蓝在哪儿？

烛龙穿梭在桐花林之中，看微风拂过，漫山花开，他循着之前的记忆慢慢走过，却又发现似乎有所不同，那些花木似在有意无意地阻挡前路，令他如陷阵中。

“这样就想困住我？”烛龙一声冷哼，正要把整座山拔起，却忽然听到一个急促的声音传来。

“阿木，阿木——”

他循声望去，只见山中最高的那一棵桐树猛然燃起火焰。奇怪的是，那火不是红色的，却是明亮的蓝色，亮到极处几成透明。烈烈风起，把那大火催得更旺，蓝色的火焰瞬间包裹住那棵高大的桐树，噼啪之声不绝，眼看那树就要失去生机。

这时就见蓝色的凤鸟急掠而至，围着那桐木哀鸣：“阿木，阿木！”

那是蓝蓝！

烛龙正想上前，却发现自己被隔绝在外，蓝蓝似乎并没有看到他。这难道是蓝蓝的神识？

就见蓝蓝飞到桐木之上，身形蓦然变大，竟能把那巨大的树冠完全遮盖。她双翼舒展，尾羽飘飞，浑身散发出点点蓝光，欲把那漫天火焰扑灭。只可惜无济于事。

凤鸟见此情形，长鸣一声，悲声更切，就要举身扑入大火中。就在这时一个苍老的声音传来：“蓝蓝，不必如此。我寿数将尽，如今代你承受这涅槃之火也算值得。你本是桐花孕化，从此就摆脱了宿命，去吧。”话音落下，从那树中飞出一朵巨大的桐花，花瓣展开，欲将那凤鸟包裹其中。

蓝蓝却不愿意，一声一声哭着、喊着，却见那桐树渐渐枯萎、残破，凤鸟终于在空中变化，身形缩小，样貌改变，化成了一只蓝色的小鸟，落在那朵桐花之中，随风飘远。

这难道是蓝蓝的来历？难怪初见时她是一只杜鹃。烛龙正在思索，忽然场景变幻，又来到他与蓝蓝回到桐花林的那日。

“蓝蓝，没想到兜兜转转，你又回到了这里。”一个声音忽然响起。

“当年阿木耗尽神力才送你离开，如今你又何必回来？”另一个声音问道。

“你已经决定接受自己的宿命了吗？”第三个声音问道。

烛龙只听其声，未见有人，判断这是桐木在与蓝蓝以神识交流，是以自己当时未曾察觉。

“是，我已经想好了，既然我是一只凤鸟，独一无二的桐花凤，就该恢复本来的模样。命运既然不可逃避，那我就坦然接受，就如同他一样。从我遇到他的那一刻起，就算最终的结局无法改变，我也不后悔。”蓝蓝坚定的声音传来。

“只要你离开他，依旧做一只杜鹃，一切就不会发生，你可想清楚了？”有更多的声音加入进来。

“是！”

“哪怕烈火焚身，形神俱灭？”

“是！”

一阵沉默之后，数个叹息声起，就见所有的白桐花飞离枝头，盘旋而上，把蓝色的小鸟护在花心。

这是什么意思，什么叫烈火焚身，形神俱灭？烛龙不由得蹙眉。“遇到他的那一刻起”，“他”又是指谁？难道是自己？！

还没等烛龙想清楚，忽然画面再变。

这次，展现在烛龙面前的又是一场烈火，到处都是蓝色的火焰，把一片漆黑之地烧得亮如白昼。那大火之中，有无数的魂灵湮灭，有一条巨蛇的身影在火中痛苦地挣扎，但那火的源头是一只凤鸟，一只巨大的蓝色凤鸟。只见那只凤鸟浑身浴火，每扇动一次翅膀就带来一阵火浪，蓝色的火焰竟如海水一般把这里的一切淹没，无人生还，包括她自己！

那是蓝蓝！

烛龙飞身而去，这次竟然没有屏障阻拦。他来到她身边，想要唤醒她的神志，让这火停下。虽然火焰是蓝色的，却比红色的更加炽烈，烛龙分明感到浑身如被炙烤。他的鳞甲本水火不侵，世间难有物能破，可是这唯一的蓝色火焰可焚烧万物，概莫能外。

“蓝蓝，蓝蓝？你醒一醒，我是烛龙，你醒一醒。”烛龙着急地呼唤她。

“烛龙？”愤怒的凤鸟本来已屏蔽五感，这时却又似有感应。她慢慢睁开双眼，却不知看向了哪里。

“烛龙，你可知自从我在桐花林恢复神力之后，虽然在你面前还是一副无忧无虑的模样，可其实我总是在想一些事情，犹豫不决。”

烛龙明知此处是蜃龙设下的幻境，但这是蓝蓝的秘密，是她整日思索之事，是她的心结，而且又与自己有关，烛龙实在很想抓住这稍纵即逝的机会开解她。

蓝蓝没等待烛龙回话，又自顾自说道：“你总说我是独一无二的小鸟，我也只当你是安慰我。可没承想，我竟真是那个唯一。我是天地间唯一的蓝凤凰，毕生的使命就是变成一团火，去点亮一支烛。这就像一个预言，本来我一直不知道那是什么意思，直到那年阿木忽然燃尽自身，替我承受了促使我觉醒的涅槃之火，试图改变我的命运。我才知道我竟是这样的存在。

“我那时还太小，乍一听到这个预言，惊慌失措，十分抗拒。我本来在桐木林中备受宠爱，所有的花木都哄着我，我就是喝它们的琼浆长大的。可是，这样的我竟然要去承受那样的命运，我开始整日哭闹，软硬兼施未果之后，自暴自弃，再也不肯好好修习神力，深陷在自怨自艾之中不能自拔。可是我不知道的是，此时的阿木已经准备牺牲自己来帮我摆脱宿命。他是最老的桐木，神力最高，本来几近不老不朽，他就像我的父亲一样照顾我长大。但是为了我，为了我，他在我面前被活活烧成了灰！是我没用，是我对不起他！”

蓝蓝说到此处，泪水滚落，源源不绝。烛龙只能静静地看着她，却没有办法安慰。蓝蓝擦擦眼泪，又接着说：“后来的事你也知道了，我变成了一只杜鹃，一只蓝色的小鸟，落在了杜鹃谷中，有了一堆亲戚，稀里糊涂地长大。但那些日子我也很快乐，只做一只平凡的鸟儿。

“后来，我遇到了你。虽然一见面你吓了我一跳，奇怪的是，他们都怕你，我却不怕，所以你看冥冥之中，我们终会相遇。

“再后来，你跟我说你注定会成为一支燃烧的烛，我开始觉得不可思议，你是大神，谁又能让你勉强自己？可是听你一脸平静地说着那样可怕的事，我便觉得你很可怜，原来强大如你也摆脱不了命运。可更讽刺的是，原来我就是那个要去点燃你的人。所以你看，兜兜转转我们还是走在设定好的轨道上。

“其实刚知道这一切的时候，我想过离开你。桐木告诉我只要离开你，我就能摆脱自己的命运。我想那对你、对我都是更好的安排。可是我……我舍不得离开你呀，我舍不得！就算是最后可能会是那样的结局，我也舍不得……于是我又安慰自己，这样也好，我是那个点火人，对你而言才是最安全的，因为我永远不会对你不利。

“可是，烛龙你终究是不同的，即使你从来都知道自己的命运，却从不试图逃避，而是欣然接受。也许对你而言，那才是你活着的意义。

“就如你所说，烛的意义在于燃烧，如果你注定要去做那支烛，我也无惧去做那火种，这世间有幽冥阴暗之地，需要这样的烛火。

“因为烛龙本就世间无二，于是我知道，桐花凤也一样，天下无双。无论如何，我都会陪着你。

“我总是反复思索这些事，我也曾想过告诉你，可是最终还是选择了沉默，我不能告诉你，这是我的秘密。可是秘密总有被揭穿的一天，我只是希望那一天能晚一点到来……”

“蓝蓝……”烛龙听着蓝蓝吐露心声，半天不能言语，她竟然是这样想的，她竟然瞒了他这么久！他一直在她身边，竟然没有察觉她有这么多的心思！在他心里，蓝蓝只是一只小鸟，虽然她是世间唯一的桐花凤，但那对他而言并不代表什么，她只是蓝蓝，从来没有变过。

对他而言，护佑她是完全不用置疑的事情，这世间本就少有他办不到的事。可是面对命运，无人能幸免。哪怕他神力通天，也无法反抗命运的安排。

但是，上天赋予每个人的使命就一定是正确的吗？

二

另一边，蓝蓝只看到一团黑影把烛龙团团围住，烛龙在其中像是被什么蛊惑，一动不动。一旁的蜃龙阴冷地笑了，步步紧逼。眼见他要靠近烛龙，蓝蓝上前一步挡在了烛龙身前。

“你要干什么？”她厉声呵斥，毫不畏惧。

“小凤凰，我劝你还是离开为好，只要你离开了这里，你就解脱了，不是吗？”蜃龙诱惑她道。

“休想！我不会让你伤害烛龙的。”蓝蓝寸步不让，把烛龙护在身后。

“好，那就让我看看你怎么护住他！”说完，蜃龙倏忽变幻，龙首蛇身的黑影袭来，直奔烛龙。

一声清唳，凤凰展翅，巨大的蓝色凤凰直接拦住了蛇身。那凤凰与普通凤族不同，浑身上下蓝色羽翼覆体，一旦舒展开来，点点蓝光在幽暗之地浮现，无处不在。

但那蜃龙自吸食魂灵之后，神力大涨。只见他身形展开，张开大嘴，一股黑色的阴腐气流袭向蓝蓝，其中似有怨念丛生、哀号阵阵，那是被他吸收的魂灵最后的不甘。蓝蓝闪身躲过，那股气流就直接冲向山壁，轰隆一声之后，岩石崩裂，滚落而下。

蓝蓝回过身来，凤眼圆睁，怒气上涌。原来那气流造成的坍塌差点祸及烛龙，蜃龙是故意的。蓝蓝对着蜃龙疾冲而下，要用锋利的喙去撕开蛇身。可惜那黑影一摆尾就躲过了。

蓝蓝恢复神力不久，实在谈不上有什么临战经验，只是凭借本能来往冲撞，但这样哪里比得过狡诈的蜃龙？他不时窥破蓝蓝的破绽，目标始终放在烛龙身上。

他想方设法诱使蓝蓝离开烛龙，蓝蓝追着他上下翻腾几次，没有效果不说，还耗损神力，气喘吁吁。几次冲击未果之后，蓝蓝也看出了蜃龙的意图，于是牢牢地守在烛龙身前，死死地盯着敌人。

蜃龙见未能引诱蓝蓝离开烛龙身侧，霍地沉下脸来。

“我本想留你一命，小凤鸟，但是你这么不识好歹，就休怪我无情。”说罢，蜃龙身形旋转，在山中掀起一阵腥风，那风越刮越大，所到之处，似有黏液泼洒，沾上一点便会被剥皮削骨。

蓝蓝又是一声长鸣，扇动双翅，点点蓝光如雨落下，要把那阵风强压下去。山中顿时如风雨交加，双方相持不下。只要见到有腥风刮向烛龙，蓝蓝便催动神力。又是一阵蓝光闪耀，她始终把烛龙护在自己的双翅之下，湛蓝的羽毛被那飓风刮到，不停落下，四散飘飞，但她浑然不惧。

蜃龙见不能取胜，心思一转，转身下潜，遽然就见地脉震动，山体摇晃。他竟然想把此地毁了，把烛龙埋在其中。

蓝蓝一见不好，随之往下，催动神力，就见万株桐木拔地而起，牢牢地锁住了地脉！但这招对她的损耗极大，她只觉得心脏急剧跳动，再过一瞬，嘴角已经见血。

阴恻恻的声音响起，却不见人影："小凤凰，何必呢？你打不过我的，耗死也无济于事。"

蓝蓝傲然环视，语气坚决："你尽管试试。"

蜃龙没有应答，只是身躯再展开，游走于地面，所到之处，枝折叶落，一地枯木。蓝蓝见状，再催神木而起。只是这样催动神力，时间一长，令她耗损更巨，不光嘴角的血流得更快，浑身都有血珠渗出，从蓝色的羽毛顶端滴落于地，留下点点殷红。

"小凤凰，我真是有些佩服你了。"蜃龙忽然笑起来，浑身黑雾环绕，压迫更甚。

蓝蓝已经说不出话来，支撑着桐木不倒，用翅膀护住烛龙，用眼睛狠狠瞪着蜃龙，寸步不让。

正在两相对峙之际，忽然，有熟悉的气息靠拢过来，是烛龙，他恢复了！

"蓝蓝，辛苦你了。"烛龙一步跨出那团黑雾，来到蓝蓝身边。

蓝蓝一瞬间恢复了少女模样，粗喘了一口气道："没事，我还可以再撑一会儿的。你有没有事？"她说着一双眼上下打量烛龙，生怕他哪里受伤。

烛龙看着眼前已大为不同的少女，看着她的双眼犹闪烁着斗志，回想刚才在幻境中看到的一切，终于忍不住伸出手拂过她的头发。

“我没事，别担心。”看蓝蓝还想再说什么，烛龙先开口道，“我知道蓝蓝现在很厉害了，只是现在换我来，好不好？”烛龙柔声问她。

蓝蓝有些愣怔地看着烛龙，不由自主地道了声“好”。

烛龙站起身来望向蜃龙：“汝，罪大恶极，当受神罚。”

蜃龙也换作人形，看着烛龙：“神罚？可笑，你来惩罚我吗？凭什么？”

“凭我是烛龙。”烛龙平静地说道。

“难道你看不到下面那些魂魄吗？他们认你是烛龙吗？为何你还是不明白，没有人不想长生，不想长久地存活于这世间。只要你给他们一点希望，他们就会尊你为神！”蜃龙说道。

“身死魂灭是天地定则，谁也不能改变。”烛龙还是冷冷地看着他，看着这个状若癫狂之人。

“笑话，什么天地定则？你以为自己是烛龙就代表什么定则了吗？我偏不，我想长久地活着，有什么不对？”蜃龙一副理所当然的口气。

“你通过吸收魂灵而活着，与死无异，这不叫活着。”烛龙沉声说道。

“我这不叫活着，那怎么才叫活着？你以为人人都像你一样，与天同寿，神力无竭。我们本就如幻影一般地存在着，有一天随风而逝，也就如幻影破灭。你那么高高在上，怎么知道我们是怎样辛苦地存在于这世间的？！”蜃龙看着烛龙蔑视他的样子，忍不住嘶吼，“我不用你告诉我怎样才叫活着！”

烛龙看着他蜿蜒的身躯，如烟似雾，中有神光隐现，那是被他吞噬的魂灵最后的辉光。

“我无意告诉你怎么样才叫活着，每个人对活着的定义本就不同。但像你这样通过吞噬别人的残魂而苟延残喘的人，不配活着！”烛龙之声振聋发聩，如同神谕。说完，他不等蜃龙再说什么，举手一掌压下，神威立现。

蜃龙闪身避开，就听咔嚓一声，山中的岩壁上出现一个巨大的手印，山壁应声塌陷。

“您生气了？”蜃龙一边躲闪一边说，“我不配活着？也是，想我还是一团虚影时，也不曾想过有朝一日自己也能成为大神，受万千魂灵顶礼膜拜，原来这种感觉才叫活着！说起来，这一切还是拜您所赐，难怪您会生气。”蜃龙发出嗤笑声。

烛龙并不应答，举手又是一掌，轰隆一声，山体一角崩塌。蜃龙又闪身躲过：“您是烛龙大神，身负重责大任，又哪里是我等这些微末之人能比的呢？您独自守着这个秘密有多久了呢？真是辛苦啊。说起来也奇怪，难道从来没有人去探究身后事，大家都默认了死者再不能回来，这都是您的功劳呢。”不怀好意的声音继续回荡。

烛龙神力再起，双掌齐出，饶是蜃龙急速闪避，也还是被击中躯体。他咳咳两声，却不愿与烛龙直接对上，只在山中游走。

蓝蓝觉得有些奇怪，难道是蜃龙认准了自己打不过，那他干吗不干脆逃跑呢？只有烛龙心中明白，此地魂灵聚集，对生灵的神力有损，蜃龙这是想先耗损他，再伺机而动。

虽然烛龙神力浑厚，不在乎这点伎俩，但时间长了，总是有害，还是应速战速决。可惜这蜃龙甚是狡猾，身形忽聚忽散，并不容易一击而中，只剩嘿嘿阴笑声不断。

烛龙凝神戒备，从刚才他不小心陷入蜃龙设的幻象中就知道，此蜃龙最会窥探人心，拿捏利用人性，自己已经中了一回计了，不能再有第二次。他正想着，忽然山中氛围有变，浮尘中传来阴腐之味，那是死气。

这些死气正是魂灵即将寂灭之时发出的气息，本来魂灵如果遵照烛龙谕令，及时消散于天地，此地便不会有如此浓郁的死气聚集。可是现在钟山之中不知道聚集了多少魂魄，他们各个贪生怕死、苟延残喘，到了现在，死气已经浓郁到无法忽视的地步。

再加上有心之人的推动，不错，正是蜃龙利用无数分身搅动死气，如今整个钟山之中，死气弥漫，生机消减。但这死气漫山魂灵本无惧，蜃龙和珍珠因吸纳了残魂也不惧，蓝蓝为草木之灵也不惧，所惧者唯烛龙一人而已。

这样浓郁的死气把烛龙团团围住，从他鳞甲的缝隙之间侵入，他的脸色稍变。蓝蓝见势不妙，欲振翅发出蓝光来压制死气。在刚才的缠斗中她就意识到了，她的蓝光特殊，如火苗一般能够消解死气，但她刚要站起就被烛龙制止。刚才幻境中最后见到的那一幕蓝焰如海水泼洒，虽然不知是真是假，但烛龙不会让其成真。

烛龙闭上双眼，死气铺天盖地而来，其中包含了无数嗔怒、不甘、怨毒，它们呼啸着扑向他，就在靠近的一瞬间，烛龙双目陡睁，瞳仁竖起，如电光雷火，照彻黑夜。虽然只是一瞬，却令漫天死气顿时消减大半，山中如天光乍现，死灵匿迹。

空中响起啧啧之声："不愧是烛龙大神。明知死气对自己有损，仍然吸纳于身，以强力压下，好胆魄。"山中忽然闪现蜃龙的身影，"那我也要认真对待才对得住您。"

话音刚落，就见从不同方向蜿蜒而来十数条一模一样的蜃龙，龙首狰狞，蛇躯拱起，直奔烛龙而来。

烛龙本来只是静静而立，见此情状，纵身跃至半空，终于显出原身来。

这山中本来似乎没有边际，当烛龙显出原身时，却令所有人屏息。他实在是太大了。蛇躯上的鳞甲赤红透亮。当他移动时，就像挨着每个人的身体而过，那些鳞甲像蕴含着无穷的炽热能量，只需一个火种就能烈烈燃烧。

那是天地开辟之初就存在的神灵，虽然极少有人能窥得他的真身，但他蕴含的天地之力维系着大荒的运转，无可违背。

当他在这一片黑暗之地移动时，幽幽暗红之光遍洒各处。虽然他收敛了自己的神识，没有把这里变成一片白地，但那一身暗红的鳞甲也足以照亮黑夜。

此时那群蜃龙被烛龙的神威所慑，犹豫地环绕在烛龙身周，头尾相衔，把烛龙围在当中。烛龙冷冷地看着，知道这其中只有一条是蜃龙的真身，其他的不过是蜃龙的幻影。

那群黑影也知道与烛龙正面相抗无益，但是刚才烛龙纳死气于己身，强行压下，必已受伤，只要勾得他体内的死气翻腾就有胜算。它们因此满场游走，窥探时机。

地上的蓝蓝却看得心惊，她刚才已经领教了蜃龙的狡猾之处，不由得喊："烛龙小心！"

随着这一声响起，其中一条黑蛇闪电般直往烛龙身上而去！烛龙回身闪避，却没有料到尾部传来一阵疼痛！

原来刚才那一条是假的，后面那条才是真的。这蜃龙吸收各方魂魄残留的神力之后果然不凡，那龙首的利齿竟然能穿透烛龙的一身鳞甲，伤处不见血色，只有黑雾阵阵，又是死气！

烛龙眉头一皱，蛇尾一压，那条黑蛇顿时如黑影消散，却又在不远处重新聚集，变作了黑蛇模样，但估计真身早已转移。

转眼间，两个黑影齐上，烛龙稍微侧转身躯，那俩黑影被其碾压，但是同时，另外三条蜃龙又至。烛龙神力一提，浑身鳞甲奓开，如锋利的刀刃，破开蜃龙的身躯。但另外一条蜃龙隐藏声息，悄悄逼近。他跟在前面那三条蜃龙之后，在鳞甲张开的瞬间，瞅准缝隙之处，让尖牙刺入。虽然他马上也被碾压消失，却又往那具躯体里注入了一缕死气。

蜃龙打算这样真真假假不停变幻以迷惑烛龙，再乘其不备，伺机下口。转瞬，就见所有黑影一拥而上，如十数道锁链试图把烛龙庞大的身躯锁住，令其难以动弹，再趁机把死气注入血肉之中。

哼，烛龙大神有什么好当的？他为了什么天地法则莫名地执着，迟早要把命搭进去，愚蠢！

这世间变成什么样又关他什么事？到时候魂魄横行，魑魅当道，谁的神力强横就夺取谁的魂力，管他是生是死。大荒本就弱肉强食，满地血腥，生死颠覆又有什么大不了。只有这些所谓的大神，从上天那里不知道得了什么天谕，干这么吃力不讨好又招人记恨的傻事，命都不顾。

蜃龙无所谓地想着，倏忽变幻虚影，攻向烛龙。可是下一瞬，只见烛龙无视那些缚住他的黑影，身躯游走，浑身的赤鳞红光一放，似有无数光箭射出，虽然不像蓝凤身上的蓝光那样耀眼，却威压无限。他神力一吐，光箭嗖嗖四射，转眼间蜃龙的所有幻象如烟消散。

烛龙身形舒展，并不多言，只是定定地盯着蜃龙。蜃龙立时感到天地的磅礴伟力聚合在前，只要一击，就能让自己化为齑粉。

这才是大神真正的力量吗？看来他这个冒牌货是没有办法抵挡的，但蜃龙又嘿嘿笑起来，他还有最后的底牌。

蜃龙又化为人身，来到白怜身边。

“阿怜，你看我要败了呢，你就只在这里看着吗，都不帮帮我吗？你好狠的心哪！”他边说边又变化出那根绳子，把白怜紧紧捆住困在自己身边。

烛龙和蓝蓝一看他将白怜捆住，一时有些犹豫。白怜虽然其行有亏，但其情可悯，不能弃之不顾。

白怜双眼紧闭，不愿看他。蜃龙却把手伸向胸口衣襟之内，从中掏出了那条写有两人名字的丝带。

“你看，这条丝带我一直都保存着，贴在心口。是，我是骗了你，但我对你的心是真的，你信我。”他款款述说，似有无限真情。

白怜霍然把眼睛睁开，劈手把那条丝带夺过，刺啦一声响，她发力将其撕成两段。

随着那白色丝带飘落于地，她愤然开口道：“你我过往就如此带，情意断绝。”说完，她又一次举起左手就要挥下。

但这次蜃龙把她的手握住，贴在胸口：“阿怜，你真不肯帮我吗？”

白怜再无言语，浑身发出柔和的白光，转眼变成了一颗莹莹发光的珍珠。那蜃龙见状，嗤笑一声，也不再多话，浑身黑雾发散，变作了龙首蛇身的模样，蜷曲身躯，围住了那颗珍珠。那珍珠却一下跳出包围，向前疾行，而蛇形身躯就随其而动，紧紧跟随。

任那颗珍珠怎样急转移动，后面的龙首始终不紧不慢地跟着。两者之间，一条细绳时隐时现。

等到那珍珠终于找到了山壁缺口，正欲一跃而出之时，后面的龙首发出人声："想跑吗？那可不行，阿怜，你答应过不离开我的，那我们就永远在一起吧。"说完，龙首张开大嘴，一下子便将那珍珠吞入腹中！

"啊！"蓝蓝发出尖叫，用手指着那一脸餍足的黑影，"他……他竟然……"

烛龙也没有想到变故陡生，转眼间白怜就失了踪影。就见那黑蛇自吞了珍珠之后，身躯陡然发出光来。那本来如黑烟笼罩的身躯渐渐有了实体的模样，转身时鳞甲划过山壁，竟然也有刮擦声。

"哈哈哈哈，"蜃龙纵声长笑，"阿怜，我一直不肯这样做，是因为我怜惜你，想要和你好好在一起。可你偏不肯。这下好了，你再也没办法摆脱我了。原来这才是我们在一起的最好方式，从此以后，你永远都属于我了！"说完，他长尾一摆，俯视下方。

看到蓝蓝和烛龙两人哑口无言的模样，蜃龙一笑："怎么，说不出话了？那我下面要做的不是会让你们更加震惊？！"说完，他催动身躯，缓缓来到战战兢兢的魂灵们面前，"现在，到了你们供奉烛龙大神的时候了，只要有我在，你们皆得永生！"

只见他黑雾与白光齐发，转眼间平地又起大风，但这次黑影化为旋涡，欲将所有的魂魄一次全部吸收！

一时之间，狂风掠过之处哀号遍起，刚才还一声声喊着"烛龙大神"的众魂灵终于醒悟过来，那不是什么会令他们重生的大神，而是会吸干他们最后神力的恶魔！

霎时，魂灵大乱，纷纷四处奔逃，却见山体瞬间封闭。他们之中的一些想要反抗，但哪里又是蜃龙的对手。那蛇影如镰刀收割性命，所到之处，人影成片地化为飞灰消散。

蓝蓝见势不妙，忙催发神力，就见刚刚倒下的高大桐树重又直直挺立，瞬间开出花来，把一个个还幸存的魂灵收在其中，再刹那闭合，紧紧护佑。

"这又是做什么，他们早就死了呀，你这样护着他们又有什么意义呢？"蜃龙的声音再度响起，语带讽刺，尖声嘲笑。

"烛龙说了，每个魂魄都是自由的，他们生前是自由的，死后也是！不允许任何人利用他们！”蓝蓝倔强地昂着头瞪着眼，一字一顿道。

“笑话，烛龙说什么就是什么吗？”

“对！”蓝蓝寸步不让。

蜃龙的黑影化为蛇形，身躯展开，竟然到了与烛龙不相上下的地步。他已经吸收了这山中大半的余魂，龙眼睁开，竖瞳冷冷而视。

一红一黑两条巨蛇在山中对峙，烛龙知道无论自己有多少神威，此时此刻，眼前之人堪为敌手。

但那又怎样？

只见他一声长吟，往蜃龙猛冲而去。那边蜃龙也不再躲闪，同样直面而来。砰的一声巨响，两条巨大的蛇撞在一起，钟山承受不住这样的压力，眼看就要崩塌，但烛龙令屏障收紧，牢牢固住山体。

“你这是干什么？这个时候了，还想着不要令死气外散，要让魂魄最后在此地消解。你这样束手束脚怎么打架呀！何况你又能护他们到几时？！”说完，蜃龙身形扭转，又往烛龙而来。

纯粹的力量较量在山中展开，两条巨蛇重重撞在一起又分开。从空中到地上，红蛇与黑蛇纠缠在一起，鳞甲碰撞，利牙撕咬，红光与黑雾齐发，使得钟山山体不停摇晃、崩塌，却又在瞬间恢复，继续充当两股巨力相互绞杀的舞台。

烛龙体内有死气，再催神力于己有损，于是他让身躯变长、变大，欲用肉身制服蜃龙。而蜃龙身躯扭转，口中白光再闪，欲再去吸收到处逃逸的魂魄。烛龙岂会令他如愿，身躯蜷曲，如磐石一样向蜃龙撞去。

蜃龙与烛龙缠斗一阵发现力有未逮，见状立时想化为黑雾暂时散去，却不知为何身形一顿，被烛龙重重一撞，直接压在山壁之上。只见蜃龙猛然一挣，不顾身上的鳞甲纷纷而落，挣脱而出。

“阿怜，原来即使这样了，你还是不甘心呀。”蜃龙忽然自言自语道，“但又有什么用呢？不过是无谓的挣扎罢了。”说完，黑蛇浑身黑雾再起，口中那点点白光愈发暗淡。

烛龙见此情状，声音愈沉，威压更甚：“汝，罪无可恕。”烛龙瞬间恢复人身，猛地腾至山顶，不顾死气缠身，神威再展！

只见他伸出一只手，底下的蜃龙立即感到身体似乎被什么东西禁锢，他马上就想化为黑雾消散，但是一时无法动作。只见烛龙那只手慢慢收拢，蜃龙的身躯也马上被无形之手掌控，并被一点点挤压。这是他平生从未有过的感受，因为原身为虚影，他们如草絮一般随风而动，从没有实体的感觉，就在此刻他终于似有了血肉之躯，却瞬间被人制住。

烛龙冷眼看着下面的黑影挣扎扭曲，却怎样也摆脱不了那只无形的、巨大的紧紧束缚自己的手，痛苦地发出了阵阵嘶鸣。

此举威力巨大，但所耗神力也尤甚。烛龙不顾身体渐感麻痹，只把手再次握紧。就在他再催神力，试图乘此时机就此了断蜃龙时，忽然蛇躯消失，山中黑影又起。

珍珠彻底消失了？未待烛龙细想，蜃龙阴恻恻的声音又响起了。

“烛龙大神，你现在感觉如何呀？”忽然出现浮空之相，蜃龙那张不怀好意的脸来回飘荡，“如果我没有猜错，你已经感觉到体内死气翻腾了吧？不枉我耗了这么久，终于等到了这一刻！”

言罢，巨大的黑影再现，隐约还是龙首蛇身的模样，但那样子已与之前大不相同。只能看到一双竖瞳闪着狠厉的光，周身都是缭绕的黑雾，如墨色之水在空中流淌。他看上去已是半死半活的诡异之物了。

这边烛龙正要上前，忽感身体一阵麻木，原来正如蜃龙所说，之前被强压的死气、被噬啮而入的死气、从一开始就不断侵蚀身体的死气终于一齐爆发了。

“哈哈哈哈，怎么样？烛龙大神，动弹不得了吧？你刚才那一击差点要了我的命，可惜只差一点点，现在轮到你了！”说罢，那龙首张开大口，直奔烛龙而去。

轰隆一声响，蓝色的耀眼翅膀再一次挡在了烛龙身前。

“只要有我在，你就休想！”蓝蓝展开双翅，厉声说道。

“哦，我倒是把你忘记了，小凤凰。你可真是死心塌地呀，你莫非喜欢他？”蜃龙展开那漆黑的黏液一般的身躯，阴恻恻地问道。

“别胡说，烛龙是我的朋友，我只是……我只是不能看着他出事。”蓝蓝没有料到蜃龙忽然这么一问，一着急，结巴着开口。

“哦，这样啊，那你就真是不值得了。”蜃龙慢条斯理地说，眼睛却没有一刻离开烛龙。

“什么不值得？你把话说清楚！”蓝蓝又大声问道，一双眼睛紧盯着他。

“不值得这样把命送了！”蜃龙话音刚落，龙首袭来，闪电般咬向蓝凤的翅膀。

蓝蓝刚才神力折损，一时躲闪不及，再加上护着身后的烛龙，翅膀被龙首咬中，转眼间羽翼折断，蓝光如雨般洒落。

“啊！”蓝蓝痛极终于忍不住喊出声来。身后的烛龙听在耳中，竟然也感觉身躯一阵剧痛，可偏偏此时他只能尽力压制体内翻腾的死气，一时之间不要说动弹，连说话也不能。

蓝蓝疼得浑身颤抖，却一步都不肯退，紧紧护着身后的烛龙。

“小凤凰，我现在有些羡慕烛龙了，不是因为他神力通天，而是因为他有你。”见此情形，蜃龙忽然低语，但转瞬他就变了表情，“但此时此地，不是你们死就是我死，我付出了那么大的代价，不能没有补偿。所以，只有请你们去死一死了！”

黑色巨蛇不再言语，用蛇躯紧紧缠住了蓝色的凤凰。蓝蓝猝不及防，被他带着从高处掉落，重重地砸在地上，转眼翅膀又传来剧痛，竟然又被他偷袭得手。

一蓝一黑纠缠在一起，蓝蓝也奋力用自己锐利的喙和锋利的爪去咬、去抓，但她拼尽了全力，也只是让黑蛇掉了几片鳞甲。

蓝蓝尽量控制着身躯，让黑蛇离烛龙远一点、再远一点，不要伤到了他。可是她的力量实在有限，被那蛇躯缠住，仿佛无数枷锁加身。虽然她奋力挣扎，用力展翅，想带着他飞起来，但是她感到自己的力量越来越小，蓝色的羽毛飘落了一地。

终于还是要用那一招了吗？难道自己的宿命就要应在此时？可是，可是自己和烛龙还没有相处够呢，自己的心思他还不知道呢。但是，如果这就是结局，那么就让他以为自己只是一只蓝色的小鸟，就和他们初见时一样，也很好。

蓝蓝这样想着，看着烛龙那双满含焦虑、担忧、痛惜，好像还有点什么别的东西的双眼，笑了。

火，无边无际的蓝色大火烧了起来。

蓝色的火焰像海水一样充满了整座钟山，火中那黑色的黏液般的身影根本来不及逃脱。他陷在这片火海里，翻滚、挣扎、号叫，但无济于事。还有那棵棵高大的桐树以及桐树中的魂灵，一切的一切，都在火中燃烧。蓝蓝终于摆脱了敌人，振翅高飞，浑身浴火，每扇动一次翅膀就带来一阵火浪，要把一切都燃尽，包括她自己。

“蓝蓝，蓝蓝？你醒一醒，我是烛龙，你醒一醒。”忽然有声音在呼唤她。

“烛龙？”涅槃之火燃起，蓝蓝已屏蔽五感，这时却又似有感应。她慢慢睁开双眼看向烛龙，看到他正焦急地呼唤着自己。

蓝蓝看见自己又变成了少女模样，躺在烛龙怀中。她已经无力动弹，只能专注地打量他，还好他没事。可是他看起来那么难过。

“烛龙，你可知从我自桐花林恢复神力之后……”

“蓝蓝，你休息一下，你不用开口，我都知道，都知道。”烛龙看着怀中的少女，懊悔无比。他竟然真的没有办法保护她，让她还是走到了这最后一步！

他竟然知道，他怎么知道的呢？但这些都不重要，他是烛龙大神，知道什么都不奇怪。那么她最大的心愿就可以实现了，那就是永远陪在他身旁。在之后的漫长岁月里，她陪他再慢慢细数他们的过往，再回忆一起唱过的歌，一起走过的路。无论那时的她是什么样子，这些回忆都将永远铭记在心底，不会忘怀。

蓝蓝抬眼看着他，烛龙大神，多么尊贵的称呼，多么残忍的称呼。从此以后，他就要一个人守在这里了。是的，蓝蓝知道，这次蜃龙之祸后，烛龙再也不会离开钟山，他终要变成那支烛，日夜燃烧，永远清醒，去震慑所有心怀叵测之人，也告诫所有亡者不能生还。

他们选择了自己活着的方式。

所谓宿命，又何尝不是自己的选择？他们就是彼此的宿命！

“烛龙，你知道自己的名字了吗？”她问他。

“是的。以后，此处即藏吾身，此地即为吾名，吾乃烛九阴。”他回答。

“那我会陪着你的，九阴。”蓝蓝对烛龙说，“看，我还给你留了这个。”她抬起手，手心有一朵小小的桐花，花蕊中卧着一根蓝羽，“把它送回桐花林，就会有新的桐花凤诞生。你说好不好？”

烛龙看着蓝蓝，她还是那时明媚的模样，却有了刚强的内里，坦然地说着会陪着他的话，没有半分畏惧。烛龙只觉那蓝色的火焰越发炙热，灼了他的双眼，让他红了眼眶。

“九阴，你不要难过。我很高兴，无论以怎样的形式存在，我都是蓝蓝，初见你时的蓝蓝，说要和你在一起的蓝蓝。我本来以为还有很长的时间能和你一起走遍昆仑，但是现在做不到了。不过不要紧，只要我们在一起，在哪里我都很开心。虽然你是高高在上的烛龙大神，但我知道你也是想有人陪的，虽然你从来不说。我很高兴遇到了你，相信你也一样。

“如果你要去做那支烛，那我就是烛火，我会帮你驱散死气，让你好好守着这里。这里这么黑，我们一起把它点亮，好不好？”

话音渐弱，烈焰中凤凰的身影慢慢消失，那一片蓝色的火海终于停止了翻腾，它渐渐收拢、变化，最终变成了一点微弱的火光，那是蓝蓝。它在烛龙身周环绕一圈，最后静静地停在他面前。

“九阴，你不是一个人，你还有我呢，别忘了，我会一直陪着你。九阴，不要难过……”烛龙的脑海里出现蓝蓝的声音，蓝色火焰亮了亮，如凤羽一般。

烛龙发出一声长啸，现出原身。他在一瞬间带着那点烛火遨游万里，最后看了一眼大荒，然后身体降落，把整座钟山团团围住。他的身躯变成暗红色，与山岩融为一体，再深深探入山中，来到幽暗无边之地。在这里，他将带着那点蓝色的火焰，震慑万千魂灵，让他们遵循天地法则，在这里找到终点。

一片黑暗中，他终于把自己变成了一支烛。他会一直燃烧，一直明亮，从天到地，从古到今，直到最后变成一抔土、一捧灰，但他无所畏惧，因为那蓝色的火光会一直陪在身边，相依相伴。

“蓝蓝，你还记得之前与蜃龙的一战吗？那时的你很是威风。”

……

“不要紧，蓝蓝，哪怕你以后什么都不记得了，哪怕你以后只是一点蓝色的火光，都没有关系。我会记住我们的过往。你陪着我，我帮你记着，这样就是我们两个都记得了。”

三

永夜

蓝蓝，今日山外头来了一头小豹子，踩坏了我的忘忧花。小豹子劲头十足，爬了一晚上的山，心心念念就是想见烛龙大神一面。我于是化为人身去见了她，她跟我说了许多外头的事。

原来现在的昆仑已经变了模样，许多地方和我们那时已大有不同。蓝蓝，沧海桑田，我们在这里已经过了不知多少岁月了。

但如今昆仑安好，各族过得都不错，平日唱个歌斗个舞的，很是热闹。那小豹子高歌一曲，竟是当年你边唱边舞的那一首歌。听小豹子说，如今昆仑人人皆会这一首歌，但我知道他们肯定没你唱得好听。

对了，当年你给我的蓝羽已被送回了桐花林，我还添了一片鳞甲，想必此时那片桐木已经孕育出了一只全新的桐花凤，它自由自在地活着，不再受命运的牵绊。

蓝蓝，我现在还清楚地记得我们经历的一切，你展翅高飞的样子仿佛还在我眼前，可是我的身躯已经半朽，不知道还能支撑多久，也许到了该做准备的时候了。我看那小豹子活蹦乱跳的，也许是个好人选。只是她一个女孩子，如果就这样守着钟山，未免太难为她，所以我还要再想一想。

蓝蓝，原来那小豹子叫小瑶，不知道从哪里寻来一根石锥，竟然想把钟山凿开，说要救我出去。小姑娘胆子真大，可惜她不知道这本就是我们的选择。

凿开钟山对她来说难如登天，我以为她过几日就会放弃，钟山之上本就覆盖着我的鳞甲，并不能为一般之物所伤。可是她每日唱着歌，一步一凿，不见任何犹豫，没有丝毫退缩，难道真要一直继续下去？

看着普普通通的小豹子，竟有如此毅力，也许她真的是我等的人。

蓝蓝，如今山外可是热闹了，又飞来了一只青鸟。那青鸟和他的朋友说是慕名而来特意听小豹子唱歌的，可是我看没那么简单。

果然，过不了几天，那只青鸟就开口相助，无声之声，有点意思，看在他们这么努力的分上，就助他们一助。小豹子一见山石滚落，果然很高兴，拿着那锥子干得更起劲了。

蓝蓝，我已经决定了，等他们进来，我就把钟山的秘密告诉他们，至于小豹子最后要不要留在钟山，就由她自己决定。

只要她决定留在这里，我就把神力都传给她。也许对她来说是有些为难，但是蓝蓝，我想最后再带你出去看看，你在这里也闷坏了吧？我们就最后再看一眼大荒，看看我们守了这么久的地方，好不好？

真希望那一天早日到来。

蓝蓝，还记得我们一起唱歌的日子吗？心思匪远，南风送之。看着小豹子，我希望南风也能吹过她的心，令她不要再来纠缠我。因为我告诉她那不是属于我的南风，我的南风早就来过了。

终于有一日，小豹子和青鸟两人合力凿通钟山来到了我面前。可惜，她并不能救出心目中的烛龙大神。我向他们说明了原因，小瑶哭了。当然我没有告诉他们你的存在，因为这是我一个人的秘密。

看到坚强的小豹子一颗一颗地掉着泪，我有些不忍心向她说出我的打算。可是，她已经来到了我面前，而我正一步步地走向终点。为了今后的昆仑、大荒，我只有一试。

待我将神力都传给她，她就会成为昆仑甚至整个大荒的至强者，然后代替我守护大荒最大的秘密，让所有的魂灵都有归处。只是她现在还太过弱小，吸收并消化我的神力还需要很长的时间，而我会继续守着钟山，直到她成为新的大神。

我把自己的打算告诉他们，两人都愣住了。那只青鸟一看就已历经风雨，马上替小瑶拒绝了，说她还只是个女孩，怎么能从此待在这暗无天日的地方。

我没有说话，只是看着小瑶。她半晌无言，小小的脸上写满了震惊，眼神却又充满了倔强。青鸟还在一旁劝说，说这样对她来说是多么不公平，为何偏偏就是她。

“大青，你不必说了，我接受。”忽然小瑶开口，打断了青鸟的话。

“小瑶，你……”大青愣住。

“烛龙大神，我答应了，这样你就能出去了吗？”小瑶认真地问我。

看着她的眼神，我忽然又觉得自己的这个决定是不是太过残忍了，可是上天既然把她送到了我面前，那她就是那个人选。

“小瑶，不用着急，我还可以坚持，你也还有时间考虑，我等你成为大神的那一日。那时候你若想回来，我还在这里等你。”

“好，那你等着我，我一定早日回来找你，早日救你出去，烛龙哥哥。”

那一日，我传了部分神力给小瑶，那是她现在的身躯能够承受的极限。之后她就和青鸟离开了，我想他们是要找地方去修炼，我等她日后再来。

蓝蓝，当时我心里很高兴，我以为做完这最后一件事，我和你就能离开这里，再看一眼大荒。

可惜，这终究只是我的奢望……

四

“当年的事情大致就是如此。”大青对帝江说道。

“竟然如此曲折。”帝江道，“可是，你那时为何如此悲愤，不管不顾地离我而去？”

大青苦笑一声，陷入回忆：“我至今还记得小瑶面对烛龙时的神情，我后来跟她大吵了一架。

“她还太小，不知道应下这样的承诺意味着什么，那是天地初开时就降生的神祇，所以被赋予了这样的使命。她一只普普通通的小豹子，为何也要背负这一切？这不公平。”

大青试图劝说小瑶：“这神力我们不要了，小瑶，你不该背负这些，你难道就没有想过，一旦答应，你就再也不能见天日。你可看到那钟山嶙峋的山脊，那是烛龙的脊背，他已生机不复，难道你要步其后尘？”

“可是烛龙大神是为了我们才变成这样的。”小瑶大声说道。

大青急道：“我没有否认烛龙大神的功业，我们所有人都仰仗他的神力生存。可是你只是一只普通的小豹子，就因为对烛龙大神的倾慕，就要接替他终生被困死在这里。你现在觉得没什么，等日子长了，你后悔就来不及了。你想过没有？”大青是真的觉得小瑶承担不起如此大任，这只会害了她，说不定以后也会害了昆仑。

可是没想到小瑶竟然点头说：“我想过的，大青，我想过。我知道一旦答应，我就再也不能漫山遍野到处跑了，我就要和之前那些日子永远说再见了。我其实也有些害怕，可是有些事总要有人去做，烛龙大神已经为我们做了这么多、这么久，如今他就要死了，他要死了！大青，我不能眼睁睁看着什么都做不了！只要能做些什么不让他死，哪怕只是延缓他死亡的时间，我都会去做！”

那一刻，大青忽然明白了，为什么烛龙说小瑶才是那个人选，其他人不能替代。也许从她一步一凿地上山开始，就注定了这样的命运。

可是他自己呢？他就这样任她为了另一个人去赴死吗？就像她

说的，不能眼睁睁看着，总要做些什么。可是他如今才发现，自己才是那个什么都做不了，只能眼睁睁看着的人。

大青在一瞬间感同身受，再也说不出话来。

于是他只能悲鸣，用歌声去发泄。他不想面对这样的小瑶，也不想去探究自己到底是怎样的心思。各种情绪在心里交织冲撞，扰乱了他原本澄澈平静的心。他悲愤异常却又无法解脱，只得离开。

“帝江，现在你知道了，我当时真是气极了，气她如此执拗，气自己竟无法可想。所以我离开了昆仑，离开了你。”大青对帝江道。

帝江看着眼前的好友，心情复杂，从此以后，想必大青再也不能随心而歌，自在而行。而这一切皆因他帝江临时起意所致，没有想到会有这样的结果。

“那后来呢，你又为何回来？”帝江收回思绪，接着问道。

“其实当时我也不知道为何。”大青犹豫了一下，开口道，“我只是不放心小瑶一个人。”

帝江瞬间顿住，半晌才出声：“你，难道喜欢她？”

“喜欢？”大青苦笑一下，“现在你问我，我可以答你，是的，我喜欢她。”

“你……”帝江急道，“你明知她爱慕的是烛龙大神！你这样又有何益？”

“是呀，我知道她倾慕烛龙。但是帝江，就如你所言，我是一名歌者，我不会欺骗自己，喜欢就是喜欢，心动了就是心动了，没什么好隐瞒的。何况如果没有遇到她，我根本不知道什么叫喜欢一个人。”大青道。

帝江看着大青，看着他坦荡的眼神，仿佛又回到了他们初遇的时候。他的心总是明晰、笃定，从不迷茫，就如他的歌声清越、超脱，不为俗世所累。这样的他一旦做了决定就不会迟疑，这样的人才能拥有天籁之声。这是自己欣赏他的原因，也是自己当初带他去钟山的初衷。想必现在大青的歌声已更上一层楼，如此一想，自己该恭喜他才是。

可是，这样的话帝江不想说出口，只是问他:“那你告诉她了？”

“不，”大青一笑，“她心里只有烛龙大神，没有我，我何必要告诉她。”

“你这又是何必？”帝江一听，脱口而出。

大青却没有说话，只是笑容不改，傲然而立。帝江释然，阿青是何等骄傲之人，岂会去乞求一份无望的情意？

此时帝江终于觉得，自己认识的阿青回来了。于是他上前拍了拍大青的肩膀：“再跟我说说后来的事吧，阿青。”

大青回昆仑的时候，小瑶正在紧要关头。

那时大青行在路上，远远听得一声长啸，巨大的雪豹幻象突然立于玉山山头，它不断地嘶吼、呼啸，身形越长越大，几近透明，这是神力不受控制的征兆。

大青忙化出原身，一声长鸣，青羽遮天盖地，同时长鸣之声穿石透壁直入玉山，片刻过后，雪豹幻象逐渐缩小，直至消失。

大青忙恢复人形，进入山中探望小瑶。山中的小瑶盘腿而坐，正在屏息凝神，稳固魂灵。大青在一旁观看，一段时日不见，小瑶的变化不小。昔日在山脚下放歌的女孩已然蜕变，身量变长，容貌更美，只是闭目端坐，就隐隐有了神威。

等到小瑶调息完毕，她睁开双眼，对着大青微笑：“大青，你回来了，我就知道是你。”

“小瑶，你长大了。”大青上下打量她。

“是呀，我长大了，大青，谢谢你。”阿瑶这样说着，“不光是这一次，从很久以前，我就欠你一句谢谢。”

“小瑶，你做了你认为对的事，我也一样。你让我听到了不一样的歌声，所以我做的是我听歌的报酬，你只要这样想就可以，其他的不用放在心上。”大青回答。

“不管怎样，大青，我会记得你为我做的一切。”小瑶一字一顿道。

大青却没有继续这个话题，他看着周围，这里是玉山的一个山洞，有一些生活的痕迹，但颇为简陋。

“你从那之后就一直住在这里吗？”大青问她。

小瑶走到一边的石桌旁，斟了一杯茶端给大青：“是的，从钟山出来后我就回到了玉山，找到了这个山洞，这里没有人打扰，正好可以安心修炼。”

“小瑶，时至今日，你可有后悔？”大青问她。

“不，我不后悔。我知道自己在做什么，也知道自己要面对的是什么。我不后悔。”小瑶坚定地回道。

大青一笑：“我知道你不后悔，只是侥幸一问罢了。”大青又接着道，“既然你不后悔，那么我会帮你的。”

见小瑶就要开口拒绝，大青摆手道：“你不必多说，你不后悔，我也是。”

至此，大青留在了玉山。小瑶如今神力浑厚，但是她毕竟根基浅薄，如此磅礴伟力加诸其身，如不好好修炼吸收，只会有损自身，因此需要有人在旁边加以指点，时时照拂，才能确保无事。大青正是合适人选，他不仅神力高深而且歌声清越，能够时时安抚躁动的魂灵。几次遇险后，小瑶不再拒绝大青的帮助。

之后，小瑶又去了一次钟山，烛龙再次传她神力。

大青因时时看顾她几乎于昆仑绝迹，不再露面。初时一切还算顺利，有大青的护持，小瑶能够较为顺利地吸收烛龙的神力化为己用，但一段时日以后，她的经脉开始承受不住神力的冲撞，每次修炼都痛苦不已。

小瑶不顾己身想要强行吸纳运转，但几次尝试都不成功，反而差点伤到自己。大青不得不花费更大的力气来帮助她梳理躁动的力量。时间一长，他亦感吃力。欲解决眼前难题，大青便去寻了十巫。

十巫本是昆仑之中负责炼药的十位神巫，他们一共十人，分别是巫咸、巫即、巫肦、巫彭、巫姑、巫真、巫礼、巫抵、巫谢、巫罗。他们神力一般,但极擅炼药,是昆仑最厉害的医者。但凡有伤病，昆仑各族都愿意找他们，但一般神力深厚者不太看重他们，因为大荒毕竟还是以神力论输赢的地方。

大青唤他们来时，他们一个个愁眉苦脸、蔫头耷脑的，并不十分情愿，听说是有什么药炼到紧要处，须臾都离不得人，还是看在大青的面子上才来了四人。

只见那四人须发皆白，穿着一身仿佛蔓草藤萝编成的衣服，浑身上下烟熏火燎的，男女都辨不太出来，来的路上还一路絮絮叨叨，似在争论什么。

“依我说，就应该以文鳐鱼入药，治疗其癫狂之症。”其中一个说道。

“你才有癫狂之症呢，那孩子明显是相思成疾，应该以蘋草入药，解其烦忧。”另一个不客气地反驳。

“胡说八道，明明已经开始胡言乱语，还说不是癫狂之症？”之前那个又道。

“明明神志尚存，怎可妄下定论？”另一个也急了，大声说道。

“诸位，”大青出声打断他们的争吵，“诸位的争论可以回去后再继续，请先顾眼前。”

见大青神色凝重，几人才停了争吵，一起朝大青身边的小瑶看去。只见少女盘腿端坐，周身环绕赤红光晕，那光晕宏大，似能包容天地万物，本应运行无碍，此时见到却时有阻塞。只见那赤光时而暴涨，时而紧缩，甚至往外溢出，已有不受控制之感。再看光晕之中的少女，身后的雪豹之像时隐时现。它暴躁地咆哮，双目赤红，好像随时都要暴起伤人。

那几人一见小瑶此种模样，立时忘了刚才的争吵，都跑到她近前，围着绕上好几圈，然后又是摸胡子又是挠头发，低头各自喃喃。大青也不出声，等待结果。

那四人又一齐沉吟片刻，为首一人迟疑地来到大青面前，拱手问道：“敢问青族长，这位姑娘可是豹族？”

“不错。”大青回答。

几人又对视一眼，为首那人又接着说道：“可这姑娘小小年纪竟有如此神力，当真令人惊骇。我等行医多年，此等神力我等见所未见，不知豹族何时出了这样的人物？”那老头手里捻着胡须，一脸惊叹。

大青看了闭目的小瑶一眼，此时她正全力控制神力，五感皆闭，并不知道他们在说什么。

大青回头对那几人说道："你们不识也不奇怪，她身上的神力是烛龙大神亲授。这是烛龙刚认下的妹妹，自然神力非凡。"

"烛……烛龙大神？！"那几人立时当场愣住，显然谁都没有想到，在这里会见到传说中的烛龙神力，还是在一个普通豹族少女身上出现的。

愣神之后，那几人又激动起来。又一人上前道："不知青族长可否告知其中原委，我等实在是好奇。"说完，几人目光殷切地看着大青，等着他开口。

可惜大青不可能告诉他们原因。他看了几人一眼，答道："实在是抱歉，其中原委我不便告知。诸位只要知道这是烛龙大神的妹妹，她身上所负之力正是烛龙神力即可。"

几人一听顿感失望，犹豫了片刻，又一人上前对大青道："这姑娘此等状况，是因为自身根基薄弱，承受不了烛龙大神的神力，不能将其吸纳为自身力量所致。"他说完顿了一下，继续道，"我等对青族长的歌声亦十分推崇，以青族长的歌声之能都不能为之疏导，故青族长这才找上了我等吧。"

"几位神巫慧眼，"大青听他说完，眼前一亮，"确是如此，我用尽全力也只能暂时帮她将神力控制，只要一个不慎，神力就有可能将她的经脉冲爆，实在是棘手。不知几位可有办法？"

听到大青这样说，那几人面面相觑。其中一人犹犹豫豫地开口道："这等情况最好的办法就是即刻停止，烛龙大神的神力非同凡响，不是任何一族之人可以直接承受的。何况是这，恕我直言，这平平无奇的小姑娘。"

大青听完暗叹一声，心里隐隐知道就是这个结果。这个结果对他而言不可谓不好，这是正大光明地拒绝烛龙的理由，也可为小瑶免去日后强加于她的命运。

可是……

他又看了光晕中的少女一眼，只见她紧闭双目，冷汗涔涔，面色由之前的红润变成惨白，甚至隐带青紫，却一刻不停地只管运气修炼，一副牙根咬断也不放弃的模样。

他就知道会如此。

大青转过身来，朝那四人一拱手："大青请求各位施以援手。"

那四人吓了一跳，慌忙摆手，连连说着不敢。但看到大青神情恳切，于是又皱起眉头各自思索。

半晌，其中一人犹犹豫豫地开口："她这经脉是天生的，根基也不可能一蹴而就，如今想要短日之间见效，除非……除非借助外力……"

"巫罗！"那人的话还没有说完，忽被另外一人厉声打断。

那人见大青马上看向他，忙又行了一礼说道："他是随口乱说的，这小姑娘的情况我等需要回去后仔细与众人商量，不能贸然决定。所以请大青族长再等我们几日，我等商量好了定会再来。"说完，他又施了一礼，拉着刚才那人与其他两人一起快速离去。

大青明知刚才那人还有话，但见他们态度坚决，便也没有勉强，相信他们会再来。

果然，几日后，巫医十人一齐到访。这次再来，便与上次不同。但见为首一人身材高大，相貌威武，须发皆白，进来先施一礼："青族长，我等巫医十人冒昧来访，在下巫咸。"

大青回了一礼。后面九人又一一与大青见礼。大青虽然对这十人早有耳闻，但也是第一次见到他们所有人。他们有男有女，高矮胖瘦各不相同，但看起来都已不再年轻，颇有老态。显然这位巫咸正是他们的首领。

"我等小技本不足挂齿，但青族长既然相请，我们必然会竭尽全力，请青族长放心。"等每个人都盘腿坐下，巫咸又开口道。

说着巫咸又转向还在山洞一角闭目修炼的小瑶："小瑶姑娘的情况我等已清楚，此次前来是与青族长商量，看能否把小瑶姑娘移至我等的所居疗伤。"

大青面露疑问："为何？"

"因为我等所在之山可说是昆仑的宝山——登葆山，只有此山中之物才有可能医治这位姑娘。"巫咸正色道。

“哦？”大青还是有些将信将疑，“果真如此的话，我怎么会没有听说过？”

巫咸微微一笑，说道：“这正是我们此次十人齐至的原因，希望青族长相信我们的诚意。相信青族长也知道，我巫医一族神力低微，在昆仑能有一点薄名，靠的正是药草之力，而整个昆仑最好的入药之物皆在我登葆山中，这也是我们最大的倚仗。但我们空有宝山没有守护之能，这才设法掩盖一二，使其隐蔽于人前，让青族长见笑了。”

大青点头，沉吟片刻，再次开口问道：“大青冒昧，如此隐蔽之事，诸位又为何要专程前来告知我呢？”

“因为我们需要烛龙之力。”此次，竟是十人一齐开口。

“为何？”一个略带沙哑的声音传来，是小瑶已经醒了。

大青一看小瑶醒了，连忙过去扶住她。小瑶收回神力，脸色看着还是苍白，她缓过一口气，看向十巫，再次发问：“诸位为何需要烛龙之力？”

这次是十人之中看起来最年长者开口了，此人须发皆白，自称巫彭。

“小瑶姑娘年少，可能不知我巫医一族，连青族长也只是耳闻，这并不奇怪。”那人声音喑哑，有气无力，“大荒弱肉强食，神力强大者得天独厚，寿命自然长。但对我等神力低微者而言，想要在这天地间长存，却要想尽办法。

“对我们巫医一族而言，这办法自然落在了药草上。所以我们在很早以前就试图用外物炼药来延长寿数。所幸我们守着宝山，有无数珍宝可供取用。”

“我们试验了无数次，终于找齐了药材，炼制了丹药，本以为定能有所成效，可你看我这副样子。”说着，巫彭缓缓起身来到众人中间，向外挥手施力，却见洞外树摇枝动，片刻后静止，就这样这位老者还咳嗽了几声，确实是神力衰微，时日无多了。

“虽然每个人都有魂灵俱灭的那一天，但我等身为医者，又守着宝山，就这样无奈地走向衰微，总归心有不甘。”那首领巫咸又接着道，“于是我们又走遍宝山，遍寻药材，反复试验，终于找到了症结所在。”说着，他特意停顿，而后看向小瑶，“那就是，因为缺少强大神力的催化，无法发挥药材的最大效用，所以我等至今都未成功。”

“可是，这与小瑶的病又有何关系？”小瑶还没有开口，大青先问道。

巫咸见小瑶不为所动，于是又转过身来对大青道：“青族长说得是，这本是我族之事，不该求助他人。但是，机缘巧合，青族长，你让我们认识了小瑶姑娘。”

见大青眉头微皱，巫咸微微一笑：“青族长不必多心，我等既是医者，医治各种病症正是兴趣所在，也是我等的生存之道。就如之前所说，我们一定会尽心医治小瑶姑娘，也确实希望小瑶姑娘移步登葆山，我们就近取药研究药方，才好下手医治。同时，等姑娘身体恢复，也希望能施以援手，用烛龙之力解决我等的难题。不知可否？”说完，巫咸微微躬身又是一礼。

大青左思右想一时难以决断，不知道十巫到底能否解决小瑶的问题，但既然他们有求于小瑶，总应该是有几分把握的。

现在小瑶的修炼已至紧要关头，只能姑且一试。且十巫神力低微，绝对敌不过现在的小瑶，大青觉得不会有太大危险。可是，他们又要借助小瑶的烛龙之力，这其中会不会有什么问题？

就在大青犹豫之时，小瑶却道：“好，我就去一次登葆山。”

听小瑶这样说，大青暗叹一声，不管怎样，有自己在她身边，总能护得她周全。那巫咸却又开口道:“那就请小瑶姑娘随我们而行，青族长请静候佳音。”说完，十人俱面露喜色，十分高兴。

大青错愕，小瑶奇怪地问：“大青不能和我一起去吗？”

巫咸赶紧答道：“如之前所说，登葆山对我等而言实在是重要，外人一概不得入，只有极特殊的病人才能入山。实不相瞒，我等一般在大荒各处游历，医治病患，这次是因为遇到了小瑶姑娘才聚到一处，打算合力医治。所以还望青族长见谅。”

大青还待说什么，巫咸又开口道：“青族长请一定放心，对于小瑶姑娘的状况我们已研究过了，对于怎么医治也有了想法，只要小瑶姑娘随我们去登葆山，我等保证定会还青族长一个完好如初的瑶姑娘。”

见这十人这样说，大青一时也想不出什么拒绝的理由，毕竟登葆山是医者的禁地，自己又有求于人，想到此处他又看向小瑶，见她一脸坚定的样子，看来是一定要去了。于是大青避开那几人，用无声之声对小瑶交代，要是遇到意外就在山顶啸叫，无论在哪儿自己一定会赶过去。

小瑶心领神会，点头答应。

然后，大青对那十人行了一礼，道：“如此就拜托各位了，这次若成，算大青欠各位一次人情，以后大青定有厚报。”

那十人纷纷还礼，最终簇拥着小瑶告辞而去。

小瑶走后，大青四处探访，终于来到了登葆山外。这座高山雾气环绕，只能隐隐看出山的轮廓，想要入内一探却束手无策。山外那层雾气似云环绕，红中带紫，不知道其中是否掺杂了迷药，只要深入，就令人头晕目眩，继而昏厥。

大青尝试了几次后便放弃了强闯的念头，他想起与小瑶的约定，只要她登顶长啸，自己从空中总能赶去，于是就守在山外。

可是，那啸叫一次也没有响起。

五

又过了很久，久到大青终于忍不住想再闯登葆山时，小瑶出来了。

大青记得那天天气阴沉，乌云集聚，似有雨将要落下。大青正准备找个地方避雨，却见登葆山终年不化的雾气散了。

少顷，从山中远远传来环佩轻响，又夹有唱和之声，只见那山中缓缓走出了一队人。走在最前面的正是那日见到的巫咸，后面依次跟着巫医九人，他们缓缓而行，口中吟唱之声不断，像是在赞颂着什么。等他们站定之后，从他们身后走出来一位女子。

那女子身上的衣裳灿若云锦，明若朝霞，腰间环佩叮当。再往上看，昔日飘逸的长发已经被束起，云鬓高耸。

她双手交叠于前，一步一步缓行来到大青面前，面容沉稳，形貌端正，雍容大气，虽然还是一样的容貌，却与之前判若两人。

“小瑶……”大青看着眼前之人，有些迟疑地开口。

“大青，久违了。”小瑶微微一笑，“我现在居于登葆山后王母之山西侧，以后你可称我西王母。”

“西王母？”大青满怀疑惑地开口，看着与之前判若两人的少女。

“大青，谢谢你为了我的事来往奔波，如今我已经功成圆满，你再也不用劳神费力了。”昔日的小瑶，而今的西王母说道。

“功成圆满是什么意思？”大青看着眼前的一切，显然在他不在的这段时间里，有什么重大的变故已经发生。

“就如此状。”西王母说完抬袖举手，手掌一翻，只见掌中一道神力冲天而上，击向苍穹，瞬时乌云四碎，天光大亮！

大青一时愣住。一旁的巫咸见此情状开口道：“青族长显然还有许多疑问，不如西王母移驾后山，再与青族长详谈。”

“如此也好。”西王母略一思索，又望向大青，“大青可愿意与我同往？”

大青一看这里确实不是说话之所，便点头答应。旁边的巫咸又开口询问：“可要我等随侍在旁？”

西王母只是淡淡道：“不必，我们自去即可。”

大青在一旁看着，压下满心的疑问，跟着西王母离开。

身后巫医众人躬身行礼：“恭送西王母。”

转眼两人来到王母之山，这里与之前的玉山截然不同，草木葳蕤，灵气四溢，石阶成行，巨大的山门屹立，极目望去，山巅似有巍峨的殿宇。西王母伸手设下屏障，隔绝内外，然后拾级而上。大青紧随其后。

“我知道你有很多疑问，”西王母行了几步停下，回望大青，“你对我助益良多，我本不该有事瞒你。你可还记得当初十巫来找你时说过的话？”

大青回忆了一下，答道：“他们当时有人年迈体衰，神力衰微，于是他们需要你的神力研制一种药，一种可以绵延寿数的药？”

西王母点头：“不错。但那不只是什么绵延寿数的药，而是可以起死回生之药——不死药。”她看着大青，一字一顿地说出最后三个字。

“不死药？！”大青震惊，世间怎么可能有这样的药？

西王母等大青平静下来，又接着道：“你的反应和我当时一模一样，我本也不信世间还有此药，但是，他们说服了我。”

说完，西王母转身又往上行去：“你可还记得当时老者的枯槁模样？可是你刚才看到的他们，可还有人垂垂老矣？”

大青愣住了，刚才那十人衣袂飘飘，鹤发童颜，无一老态。

“这样说，不死药制成了？”大青还是疑惑不解，“这与你的病症又有何关系呢？”

“尚未，只是有了雏形。因为我也需要这种药。”西王母接着说道。

“你也要？”大青紧走两步，来到西王母近前。“小瑶，”他脱口而出，“你的身体到底怎么样了？”

“我无事。”西王母并没有纠正大青，“因为他们研制的药物可以补益我的身体，让我能更好地吸收神力。刚才你也看到了，如今我已经神力大成。但是想要制成不死药，他们还需要不断地试验。”

“什么试验？”大青总觉得事情没有那么简单。不死药，听起来就像是逆天之物。

“也没有什么，就是用烛龙之力催化炉火，让各种入药之物更好地融合在一起，发挥全部的药效。所以如今十巫皆听命于我。”西王母边走边说。

“既然你已无大碍，小瑶，你又为什么非要不死药呢？你想过没有，你这样做，烛龙大神会答应吗？你明知道他是为什么守着钟山。”大青正色道，“你这样做无异于背叛他。”

西王母本来行在前面，闻言转过身来，也正色道：“我就是为了烛龙大神才非要得到不死药。”还没有等大青开口，西王母接着道，“我要让这世间每个人都长生不死，就算是死了，我也要让他们起死回生！我要让钟山再无魂灵，让那里空空如也，让他再也不用死守那座山！我要救他！”

“小瑶……”大青再一次被眼前的女子震撼。

让魂灵皆无，令钟山一空，这是无数人想都不敢想的事情，就被她这样轻易说出口。大青仰视着眼前的女子，心头震动。她如今眼神坚定的模样，就如初见时她一步一凿的样子，不，比那时更甚，面前的女子除了坚定，更多了一份不容置疑。

何况这个方法如果真的起效的话，那么从此小瑶就摆脱了被束缚于钟山的命运，这不是自己一直希望的吗？大青一时迟疑起来。

“大青，我希望你能帮我，你会帮我吧？”不知不觉路已走到尽头，大青仰头看着她站在台阶最高处，背后殿宇俨然，他忽然觉得西王母之名实至名归。

之后他们又一起去见了烛龙。果然，烛龙对于西王母的想法是反对的，他认为世上根本不可能有什么不死药，任何生灵最后都将走向死亡，这是天地定则，是无法改变的。可是西王母一意孤行，一定要用这种方法救烛龙。为此，三人甚至在钟山下打了一架，最后不欢而散。

而此时巫医十人开始在昆仑到处行走，他们拿出的药品确实比之前更加有效，不光能治疗病痛，还能增加神力延长寿数，巫医把这一切都归功于继承了烛龙神力的西王母。在那之后，有些族群有矛盾纷争，也渐渐会去找西王母解决。在他们心中，虽然烛龙大神久不现世，但是如今他已经有了继承人，除了继承他的神力，自然也可以继承他的威望。

对于这一切钟山都没有反应。终于有一日，西王母化身雪豹原身，立于山巅，仰天一啸，底下各族一齐应和，声势震天。

之后她戴上繁丽的玉胜，正式开始署理昆仑的事务。再然后，不死药的消息渐渐传了出来，一时归附西王母者众，其中就包括著名的青鸟一族。

但是仍然有不少部族奉烛龙为尊，昆仑至此分为两派，随着这两派势力的不断扩大，一向安宁和睦的昆仑终于有了纷扰……

一

草木松软，不知名的小虫开始鸣叫。

鼓大踏步在前面走着，后面跟着他要死不活的师父。

“小鼓，走慢一点呀。”

鼓充耳不闻，只管埋头往前赶。后面的窫窳只好迈步跟上，谁知一用力就动了气，一阵咳嗽声不由得冲口而出。

“喀喀……”

前面的鼓听到声音，立即停下了脚步原地回头，却没有立刻过来，只是皱着眉头，一副气鼓鼓的样子。

窫窳看到不由得好笑，边喘着气边说：“还是这样子可爱，和……和小时候一样。”说完他又忍不住一阵咳嗽。

鼓见状终于还是跑了过来，边把窫窳扶住边用手帮他顺气，嘴里却数落着：“还不快点，你的命就要没了。”

窫窳却不听他说，只趁机用手戳他的腮帮子，就像戳一面小鼓。鼓立时就要躲开，手又不敢放，只好僵在原地，眉头皱得更紧。窫窳因为恶作剧得逞嘿嘿一笑，却在见到宝贝徒弟似乎真生气之后讪讪放下了手。

“别总皱着眉头，小大人似的，不好看了。”窦窳见鼓的神色并没有缓和，又小声道，“没小时候好看了。还记得我第一次见你的时候，你才这么一点大，漂亮极了。”窦窳用手比画着婴儿的大小。

鼓也不知道是第几次听窦窳说起自己小时候的事情，耳朵都要起茧了，但他还是扶窦窳坐下，耐心地听窦窳再讲一遍。

“那时候我遇雨路过一片桐木林，正准备找棵树躲躲，却见最大的那棵树上枝叶交叠，掩映的一朵最大的花苞中竟然有个胖娃娃正呼呼大睡，那眉眼精致的样子，我走遍昆仑也不曾见过，就像花中的精灵一般。

“但可惜那宝宝只有花瓣蔽体，就这么袒露在外面，估计饿了也就喝点花蜜，完全是一副没人照管的可怜模样。我也不知道是谁家父母这么狠心，把这么漂亮的宝丢弃至此，没被什么路过的恶兽吞了就算命大了。

“你师父我心肠这么软的人当然看不过去了，左等右等也不见有人来，于是就把你带回了家，好吃好吃地供着，才把你拉扯成如今这般了不得的模样，是不是很了不起呀，啊？”

窦窳边说边去瞅宝贝徒弟的脸，希望自己这番吹捧能让他脸上多云转晴，可惜他的乖徒弟还是一脸阴郁，眉头紧锁地看着他。窦窳只有心中暗叹：唉，真是长大了，越来越不好哄了，不像小时候，给点吃的就腮帮子鼓鼓的，眉开眼笑。可自从两腮的那两块肉随着年龄的增长逐渐消失之后，乖徒弟就越变越严肃了，等自己发觉的时候，本来一马平川的眉宇间竟然有了褶皱。这不是要毁了这精致漂亮的一张脸吗?

他那边腹诽不止，鼓却不管那么多，手上用力，强拖着他就要往前走。

这番话听多了自己都能背下来了，鼓心想，幼时自己一觉醒来就到了个四处漏风的屋子里，面前是一张一看就不怀好意的脸，只一双眸子清澈明亮，似含着笑意。那人竟然好意思说从此以后就是他的师父了，看那殷勤的模样，只差没说是他的爹。

那人一天到晚笑眯眯地看着鼓的脸，也不知道是怎样从当时还是婴儿的一张脸上看出绝世风华和倾世风姿的。

鼓当时虽然年幼，但不是没脑子，只是力量有限，又懒得计较，就看着这人在自己身边忙前忙后，补好了四处漏风的屋子，又采来上好的花蜜，甚至粗手粗脚地试图给他缝件衣服出来。

日子久了，等到闲暇时，两人化出原形，一模一样的人面蛇身的身躯在山川间游走时，鼓恍惚觉得，说不定这人真是自己的父亲。

可是后来，窫窳生病了。

起初他只是时不时咳嗽两声，到后来身形渐渐消瘦，神力受损。于是轮到鼓开始忙前忙后地照顾他，尽力把两人所居的小屋弄舒适一些，又外出到处寻找灵草、灵药。可惜一种种药试过去，窫窳的身体并没有好转。从那时起，鼓似乎一夜之间长大了，万事更是亲力亲为，只希望窫窳能过得舒坦些。

见此情形，窫窳的病似乎好了一些，他天天乐呵呵地逢人便吹嘘自己有个了不得的徒弟，可鼓的眉头再也没有舒展过。直到他们听说了不死药的消息。

于是鼓立马收拾了两人的东西，拉上窫窳就往王母之山赶。可是窫窳不太想去。

此时的昆仑已经盛传西王母手中掌握着可以起死回生的不死药，她身边的十巫就是明证。传说其中一人明明已经命在旦夕，但服食了不死药之后，就如枯木逢春，很快身体康复，神力恢复如初。虽然还没有听到真正使死人复活的消息，但仅是如此，就足够令人心振奋。

可惜那不死药要炼制成功听说极为不易，虽然西王母心肠极好，不惜耗损神力带着十巫日夜不停地炼药，但所得也十分有限。还听说现阶段的不死药药效十分霸道，只有本来神力超群者才能服食，之后便可神力恢复如初。

尽管有诸多限制，但昆仑众人还是对西王母感恩戴德。此时的大荒各族征伐不断，此药的横空出世，无异于让昆仑立于不败之地。

只是因为不死药难得，所以每当一批不死药炼制成功，西王母都会在王母之山举行一场比试，选出其中的优胜者赐予灵药，用以救助他们族中的病患或者以备不时之需，而昆仑各家各族皆可参加比试。

可以想见，能上场竞技者皆为一时之选，背后很可能是整个族群的全力支持。哪怕有个别神力超群者孤身而来，想要在其中脱颖而出也是困难重重。所以窫窳并不想让鼓去冒险，他有自己的顾虑。

此时见又一次拖延成功，窫窳对鼓说道："小鼓呀，你师父我捡到你的时候，本已经受伤在身了。我这一生见过美景，吃过美食，识过美人，深知美好的东西都难长久，只要存在心中便足矣。何况上苍还让我在最后捡到了你，师父这一生无憾了。那不死药听着就不太吉利，要知道这世间万物有生就有死，一朵花、一株草如此，一座山、一片海亦如此，我们自然也不会例外，又何必去强求那逆天之物？更何况那东西也不是轻易可得的。"

鼓见窫窳又开始了老一套，只是眉头紧锁地听他说完，然后又一次说出相同的话："你明知劝不动我的，又何必把一样的话一再重复。我可以听你把话说完，但是说完后就继续上路。"

窫窳拖拖拉拉想尽办法，也无法阻止鼓拖着他向王母之山前进，谁知还没有到，就在半路遇到了意外。

一路前行，他们已经听说了各族出发去参加这次赐药大比试的消息。比如陆吾一族这次去的是他们的少主。陆吾一族是昆仑有名的神族，其原身状如白虎而有九尾，他们少主以族为名，就名陆吾，是年轻一辈中的佼佼者，曾孤身一人降服了駮。传说此兽威猛非常，喜食虎豹，可以说是陆吾一族的天敌，之前屡有族人遭其毒手。陆吾觅其行踪之后孤身前往，三日后回来时浑身伤痕累累，但拎在手中的硕大駮首令所有族人敬服。此事直接确定了其少主之位，后来他改名陆吾，风头一时无两。更难得的是听说此人公正严明，虽还只是少年，处事却极为公允。据说陆吾一族上下只待其成年，便拥立他继承族长之位，无一人有异议。

再比如英招一族的少族长英仪，亦是一位天纵之才。虽然大荒各族对他的印象大多停留在他那张令人惊艳的脸上，但细数他的经历才发现他几乎没有败绩，同样是一位不容小觑的人物。

还有朱厌、毕方等族听说也要派人参加。凤凰一族在昆仑的族人不多，再加上他们有涅槃之火，可能不会参赛，不过来见识一下也有可能。

除大族之外，也有大荒之上的神力超绝者孤身前往，比如长乘。此人来历成谜，就像是突然冒出来的一样，但闻其名者皆对其称颂不已。

眼见一场恶战即将启幕，窫窳实在是不想鼓投身其中。他这徒弟的本事他自己是知道的，虽说开始他也教了徒弟一些东西，但是入门之后，那境界可以说是一日千里。说起来又要老话重提，也不知道是谁家爹娘这么狠心，竟然舍得下这样的孩儿，随意弃之林中。要是窫窳有这样的孩儿，天天捧着都来不及。所以窫窳总是尽力照顾鼓，想让他忘掉自己被遗弃的事实，不要难过。

鼓年纪虽小，却过分懂事，从未见过亲生父母，又被陌生人带到了这么个地方，却很快适应下来。不见戚容，也不骄纵。他小小年纪就帮着窫窳做事，认认真真修习。

虽然鼓一开始开不了口，但一段时间以后，等到他终于开口叫师父的那一天，窫窳高兴得一晚上没睡着觉。鼓长大成人之后，更是全心全意地对待窫窳，为他的病四处奔忙。这次又是如此。

鼓虽然年纪尚幼，却神力超群。但此次毕竟非比寻常，高手林立，赛场之上生死相搏。他为了窫窳甘冒大险，窫窳又怎能不担心？

还是要想个办法不让他去才好。窫窳这样想着，步子又慢了下来。

此时他们是在山林间穿行，山路虽然难行了些，但路程短。以窫窳现在的身体不适宜化为原身行走，所以鼓带他走了近路。

窫窳一路的拖延终于见到了成效，等他们到林子时天色已经近晚，窫窳忙道：“今日天将晚了，就在外面休息一夜，明天再走吧。”

鼓看了一下天色，正准备说好，一看窫窳一脸喜色，又改口道：

“穿过这片树林再休息，时间来得及，只要你别拖延。”说着他率先往林中而去，窫窳只得跟在他身后。

刚进林中不久，就听有破空声传来。鼓在前面开道，身形腾挪把所有不明之物尽数拦下，没有一丝一毫落到窫窳面前。等攻击暂停，两人低头一看，原来只是一些细叶，但被有心之人利用之后就成了足以致命的凶器。

“是谁？出来一见！”鼓环顾四周，大声说道。

一位少年应声而出。鼓摆好姿势，正准备攻过去。却不料那人直摆手，刚出口一个“不”字，就被迫发不了声了。只见满林的藤蔓枝叶如灵蛇般游走，不光是匍匐在地，有些甚至可以飞至半空，直冲他们而来。

鼓连忙回身拉起窫窳，在空中快速躲闪。地上那位少年却似发出一声虎啸，伸出手来，利爪顿现。只见他双手交叉横扫，带出呼呼风声，奔到他身前的藤蔓顿时寸寸断开。

鼓和窫窳一看，原来这位少年是友非敌，而且实力不凡。两人正准备落到地上与这少年见礼，却不料一张大网从天而降，正好将那少年网在其中。

那少年怒吼连连，又试图用自己的利爪去撕开大网。可惜那网不知是用什么材质编成的，甚是坚韧。那少年连撕带咬，却一下子奈何不得。眼见他又急又气，张口喊出一个“哥”字来。

窫窳本来被鼓带着还在空中，此时忍不住笑出了声，对鼓说道：“你快去救他，都喊哥了，倒是乖觉。”

窫窳还是一本正经，看那少年虎爪锋利却也奈何不了那网，估计其中有些古怪，一转念，手中一股冻气直接喷出，一时白雾茫茫，整个罩住了那少年。

只听到接连几声喷嚏声传来，片刻之后，鼓俯冲而下，手中金光一闪，那网瞬间破了。鼓手中之物一闪而过，却是一柄弯刀。

那少年刚挣脱出了网，还没来得及对他新认的“哥”道一声谢，就拉着鼓往前奔了一段，反手扔出一颗珠子，只听一声炸响，树木瞬间倒了一片。

没等鼓和窫窳反应过来，又是接连几声爆炸，整片林子枝折叶落，几乎尽毁。想来那少年早就预备了这一招，却没有料到窫窳和鼓闯了进来，为了避免误伤两人才等到此时出手。

等他把这里清了场，又高呼一声："哥！"

只听一阵沉稳的脚步声从树林外传了进来，那是一个英武的青年，他手中还牵着两条绳子，末端拴着两个人。

此时这少年蹦跳着跑到青年跟前，高兴地喊道："哥！抓住了？"

那青年微一颔首，把那两人拉到跟前，让少年牵着。少年走过去给一人头上先给了一拳："叫你们再害人！"那两人双手被缚在身后，本就瑟瑟缩缩，又被这少年一拳猛地捶到头上，当即站立不稳，倒在地上。

那少年还打算上去一人给上一脚，被那青年制止，他目视一旁的窫窳和鼓，对少年说道："这两位是？"

"哦，我也正想问呢，他刚才还救了我，厉害！"少年对着鼓一伸大拇指。

窫窳和鼓这才明白这位青年是少年的哥哥，原来之前是误会了。等两人走到近前，那青年一拱手，道："多谢两位援手，我是陆吾，这是我弟弟蓐收。敢问两位大名？"

他竟然就是陆吾？窫窳和鼓有些意外，两人对视一眼，窫窳回了一礼，开口道："幸会，原来阁下就是陆吾。"

蓐收一脚把刚刚站起的两人又都踹到地上，拍拍手道："你们竟然不认识我哥？"说着好奇地上下打量两人。

鼓闭着嘴不说话，窫窳一笑："是我们孤陋寡闻了，不识得陆吾族的少主，今日一见，果然不凡。"

那少年还待开口，陆吾一摆手打断了："别听我这弟弟胡说，昆仑高人辈出，陆吾不足挂齿。倒是我看这位小兄弟身手了得，不知是哪家哪族的？"说着看着鼓，显然对他十分感兴趣。

"他是我徒弟，不是什么大家大族的。"窫窳把话接过来，又指着地上的两个人开口问道，"这是？"

"这俩家伙叫负和危，在这片林子里设置陷阱，专门坑害去王母之山比试求药的人。”蓐收插话道，“我和我哥也是有所耳闻，就来这林子里等着。可惜这俩家伙十分狡猾，很少露面。这次要不是你们来了，让这俩家伙露了行踪，我们还不好一下子把他们抓住呢。”

“原来如此。”窦窳点头，“这些人为了那不死之药当真是不择手段。”

“就是。”蓐收又开口道，“这些神力有限的人，不能到赛场上去正大光明地比试，就想些不入流的法子，能坑一个是一个，说不定就能逮着机会去弄一颗不死药回来。”

陆吾见鼓始终不开口，于是对窦窳说道：“两位也是去往王母之山求取不死药的吧？不如与我们同行，这条路还有诸多险恶之地，我们一起走一路也有照应，你们觉得如何？”

窦窳马上就想开口拒绝，和这种大族的人在一起非常拘束，鼓肯定不愿意。还没有等他开口，一旁的鼓却出声道：“多谢。”

窦窳有些奇怪，却见鼓走到了陆吾前面，行了一礼以示感谢，然后转脸看着他。窦窳明白了，鼓这是借机让他快走，和陆吾他们一起，他就没有办法再拖延了。

“好呀。”一旁的蓐收也很高兴，过来和鼓靠在一起，少年显然对神力高强又寡言少语的鼓很好奇，这下能一起走，就有机会再了解了解。

四人说着话，却忽视了地上的两人，那负与危趁机一头钻入地下，转瞬不见了。

“哎呀，这下可坏了。”蓐收懊恼地看着被啃断的绳子，“这两只大地鼠钻进土里可就不好捉了。”

“原来是两个鼠辈。”窦窳说道。

“就是卑劣鼠辈。”陆吾皱眉道，“此事确实不好办，这鼠辈狡猾异常，我们在此处蹲守良久才找到机会抓住他们，一旦逃脱就不知他们逃到何处了。眼看比试时间将近，我们还是先去，等过后再来收拾他们。如果他们的目的也是不死药，说不定可以在赛场看到他们，那时候我必不容情。”

窦窳点头，鼓跟在他身后。一见众人都没有异议，蓐收高兴地呼哨一声，片刻后就见一群白虎从天而降，上面坐着一帮随从模样的人，领头的几只背上空着。

这群白虎威风凛凛，虽然被人骑在背上，但野性未驯，刚一落地，此起彼伏的咆哮声响起，激起一路烟尘。蓐收一跃而上，坐在其中一头白虎的背上，招呼他们赶紧跟上。

陆吾对窫窳和鼓说道："两位请。这些白虎虽神智未开，但并不会伤人，两位请放心。"

窫窳和鼓显然没有想到会搞这么大阵仗，均暗道：不愧是出自大族，既然人家好心相邀，也只有客随主便了。

窫窳慢腾腾地朝其中一头白虎走去，心中盘算：到了王母之山再想什么办法拖住鼓，不让他参赛。

一边的鼓看着窫窳坐上了虎背，才朝另外一头白虎走去。可那头白虎见他靠近，竟然生出怯意，连连往后退了几步，爪子刨地，前肢下压，低声咆哮。

一旁的陆吾看到，上前一步，单手一托，止住了白虎后退的动作，又抱歉地对鼓说："见笑了，不如小兄弟坐我的坐骑。"说完他伸手一指。

就见领头的一头白虎，身形最巨，一双虎目似乎已经看懂了眼下的情形。它慢慢踱步过来，虽然身为坐骑，却脚步沉稳，居高临下地审视着鼓。

鼓却说不用了，转身站在了窫窳身边。陆吾见状也不勉强，跳上了虎背，说了一声出发，那只巨虎发出一声沉雄低吼，当先而去。

其他巨虎瞬时腾空，再一齐发出虎啸，奔腾向前，啸声震荡山野。鼓就跟在窫窳身边，并不曾落下分毫。

二

一路奔驰，数日后他们终于临近王母之山。远远望见天际一团黄云萦绕，中间隐隐传来金戈交击之声，夹杂电闪雷鸣，轰隆作响。

众人互相对视一眼，都心生疑惑：此时离正式比试还有三日，怎么现在就动起手来了？

正想着，只见一道亮光从下而上贯穿那团浓云，倏忽一兽从那亮光中闪现，临于黄云之上，一对羽翅用力一扇，飓风骤起，那团黄云瞬间消散。

那兽得意地长鸣一声，转过身来，原来是一匹白驹。

大荒之上的神人原身各异，大小不一，为了交流便利，多以人形现世，只有争斗时可能会显露原身，增加战力，平时较少有人无端显露原身。

但眼前这位显然不同。只见那匹白驹神俊非常，毛发耸立，气势非凡；一身白皮闪亮，动若雪涛，上又有黑色虎纹点缀，更显威武；一双硕大的翅膀生于身侧，动则生风，飒如闪电。

此时这匹白驹在浮云之上来回踢踏，忽而长啸一声，得意非常，正是英招。

“又是英仪这小子在显摆，待我去挠他一爪子。”蓐收一眼就看清了白驹的样貌，瞬间变出原身，虎啸一声，九尾一摆，踏破云烟，奔腾而去。

就见白虎转瞬到了白驹跟前，纵身而上，提起前肢就是一爪子。那边白驹耳听风声不善，闪身躲过，抬起后蹄就是一蹶子。两只白团子瞬时战在一处，又一触即分，昂首相对。

那边陆吾接收到窫窳和鼓询问的眼神，輾然而笑，道：“蓐收从小就和英仪不对付，也不知道打了多少回架了，无妨。”

原来双方早已熟识，但是看那架势不像小打小闹。那白虎和白驹身量相仿，一方力大，一方迅捷，各有长处，一时难分高下。

那白虎扑高俯低，一纵半空，看着竟不比白驹慢半分；而那白驹铁蹄纷沓，势大力沉，也分毫不比虎爪逊色。两者在空中交手，开始还能看清动作，片刻之后就滚作一团，在云层之上倏忽来去，旁人看到只当是一朵云在空中来回飘忽，蔚为奇观。

这边陆吾等人就在一旁观战，还时不时评价两句。那边天空忽然传来一阵骏马的嘶鸣，接着就如风乍起，一群英招展开双翅，迎面而至。当先一人变作人形过来见礼。

“陆吾少主。”那人一脸英气非常，躬身行礼，原来是英仪的随从看到半空中一群白虎压阵，怕自家少主有失，连忙都来到了近前。

陆吾应了一声，跟他们说不用担心，就是两人切磋技艺，有自己在，不会出大事。那人点头应是，也不再多言，就并排站在一旁观战。

他们两家不以为意，窫窳看了却一阵心惊。虽说昆仑少有争斗，但自从不死药的消息传出，各家各族暗中做的准备并不少。看陆吾一族，不光是陆吾本人深不可测，就是这蓐收也不可小觑。前面他与其兄配合无间，捉拿鼠辈；后面与这英仪你来我往，实力可谓旗鼓相当。再看他们的随从，也是进退有度，令行禁止，个个不凡。

这次比试人人皆可参加，那自然是一个家族内来的高手越多越有优势，换言之，对于势单力薄的参赛者而言，情况就不太乐观了。

这边窫窳正想着，那边蓐收和英仪俱已恢复人形，贴身战至一处。只听轰隆一声响，两人极快地对了一掌，神力迸发，周遭气浪掀涌，众人不由得闪避，都落下地来。

尘埃落定之后，窫窳只见当中站着一人，剑眉星目，高鼻薄唇，本该是一副生人勿近的样貌，但脸庞线条又十分柔和，使其显现出一种刚柔并济的特质。再加上此人举手投足之间顾盼生辉，贵气十足，确是个精彩人物。

英仪刚一落地，刚才那个随从就快步上前，替他整理了下仪容，又伸手递上披风替他披上。收拾好了之后，英仪才与蓐收一起并肩而行，来到了陆吾近前，双方见了一礼。

陆吾又向他介绍窫窳与鼓。英仪看到窫窳一脸病容，略问了下情况，还没有等窫窳说完，转眼见到了窫窳身后的鼓，神情立时一变。

“这位是？”英仪问道。

“这是我徒弟，鼓。”窫窳笑着回答，任凭对方是怎样出色的人物，只有自家徒弟才是最好的。

英仪上下打量着鼓，不由得流露出笑意：“小兄弟是哪家哪族的，住在何处？”

鼓眉头微皱，怎么都来问这个？

旁边的蓐收看了一眼鼓的神情，插话道：“怎么，终于见到一个比你还好看的了吧？英仪呀英仪，你也有今天！”说完他哈哈大笑。

那边英仪却丝毫不见赧然，大大方方道：“长得好看有什么好遮掩的？就你喜欢天天灰头土脸的。”

“你说谁灰头土脸的？”眼见一言不合，两人又要动手。

那边陆吾来到两人中间：“好了，这也要吵半天，不怕人家笑话吗？”

两人一哂，只见窫窳笑眯眯地看着他们，而两人讨论的人物鼓表情丝毫没变。

陆吾见那两人消停了，又转过头来问窫窳：“不知二位做何打算，随我们一处歇息可好？彼此也有个照应。”

旁边的蓐收和英仪难得意见一致：“是呀，住在一起，大家亲近亲近。”

鼓一听这个词，脸色一变，除了师父，他还从来没有跟谁亲近过。这帮人难道不是来抢药的吗？大家之后比试生死不论，怎么亲近？他只是想带着师父赶路，并不想与谁亲近，立马就想拒绝。

但是窫窳不管他的脸色，笑着回答：“那就麻烦诸位了。”

鼓看着自己的师父，不知道他脑子里又怎么想的，难道是回敬之前自己自作主张跟他们一起来？既然他已经开了口，鼓不好反驳，只是脸色又黯了一分。

窫窳看着鼓气鼓鼓的样子，暗自好笑。他想和他们在一起，不为自己，就是想让鼓多结交几个年轻的朋友。这帮少年神力不凡自是不用说，难得的是性子开朗，磊落大方，估计除了修炼，并没有多少烦心事。

反观自己的宝贝徒弟，虽然神力、样貌样样不差，甚至更为出色，但整天愁眉不展地板着张脸，仿佛有十万座大山压在肩上。少年人嘛，就该恣意洒脱，自在自得。唉，说到底都是自己这个师父拖累了他。

对于这次比试，窫窳也看出来了，并没有自己一开始想象的那么紧张。各家各族派出的基本都是自家的少主，就是存了试炼的意思。虽然不死药难得，但只要西王母和十巫不停炼制，总有机会夺得一颗，没必要真在一次比试中就和其他部族的人大打出手，争得你死我活，于自身无益。

所以小鼓去比一比想必也无妨，还可以趁着这次机会多结交几个朋友，这样哪怕窫窳以后不在了，能有几个靠得住的朋友在鼓身边，想必他也能把日子过下去。

眼见蓐收靠到了鼓的身侧，正和他谈笑着什么，旁边英仪也不远不近地跟着，时不时插两句嘴，反驳一下蓐收的话。鼓虽然还是板着张脸，但也认真在听。

这不挺好的嘛，窫窳想。

一行人一路前行，来到了山中一处风景绝佳的开阔之地，几座大屋围着一片大湖错落而建。见众人到了，早有前期到达的人在屋外等候，想必把一切都已准备妥当，只等自己家的小主人前来。窫窳和鼓平生都没有享受过这等待遇，一时有些惊讶。

陆吾俨然是做主之人，过来对窫窳和鼓解释道："这里是各家为比试临时搭建的居所，较为简陋，怠慢了。等比试结束，请一定来我族坐坐，到时我再好好招待。"

窫窳回道："客气了，这就很好了，多谢陆少主款待。"

一边蓐收对鼓说："大哥住中间那间，我住旁边，你要不要和你师父住我的旁边？那边风景很好的，我带你去看。"

英仪他们也住在这里，但是在另外一片，此时他踱步过来，说道："你那儿也能叫风景好？睁眼说瞎话，小兄弟和尊师不如和我们住一起，那才叫看风景。"

蓐收一听又要奓毛："英仪你是不是还想打架？！"

英仪却说："不打了，刚跟你打了一架，浑身是土，我要赶紧去洗洗，你反正天天一个样，洗不洗无所谓。"说完他又对鼓道，"小兄弟先好好休息，等明日我再来找你，难得见到一个如此钟灵毓秀的人物，我一定要好好结交结交，某只邋遢虎欣赏不了的。"说完，他也不管蓐收气得跺脚，自顾自地带着人走了。

鼓只想让窫窳早些休息，看他的脸色又差了一些，于是对陆吾说了一声“多谢”，就扶着窫窳到安排好的房间去了。

进了房间，窫窳在榻上躺好，笑着对鼓说：“小鼓不要担忧，为师的身子还撑得住。之前是我紧张过了头，现在看来这次比试并不会太过激烈，各家少主都在，估计比试也就是点到为止。毕竟要是有人伤了折了，谁的脸上都过不去。所以我们小鼓还是有希望去见见西王母，帮为师抢一颗不死药的，我还等着看我的宝贝徒弟在赛场上大放异彩呢。师父不会有事的啊，别担心。”

鼓只是皱着眉，听他说完这么一长串，才开口道:“你知道就好，你好好养着，等我三日后给你抢了药回来，你还可以继续唠叨。”

窫窳无奈地看着他，又开口道：“还有啊，这段时间你可以去找蓐收和英仪他们玩，高兴一点。我看他们虽然出身大族，但都是好孩子。你们年纪相仿，总能玩到一处去，不用总守着我。”

鼓看着他消瘦的脸庞，心说我不想和他们玩，你快点好我才能高兴。但是他最终什么也没有说，只点头说了一声：“好。”

三

到了第二日，蓐收和英仪果然来找鼓，说一起去见识一下山中风物。鼓本来不想去，但恰在此时，陆吾派来的随行医者也到了，说会看顾窫窳，让鼓放心。窫窳也一个劲地让鼓去透透气，再看门外两个一脸雀跃的神情，鼓便答应了。

此山与登葆山相连，山中宝物遍地，甘华、甘柤、白柳、璇瑰、瑶碧、白木、琅玕、白丹、青丹皆有，等闲难见。一路上蓐收不停地向鼓介绍各种珍奇，偶然有错漏之处，旁边的英仪就接上嘴，先嘲讽一番，再补充说明。

但这些都不是最重要的，他们今日的目的是来找视肉。

视肉是一种只生长在王母之山的异物，长得就像一整块肉，但其实是一种神奇的蘑菇，据说口感有如最上等的嫩肉，只要尝过一次必定终生难忘。这视肉还有一项特别之处，那就是用之不尽，今天割一块，两三天后就能长一块出来。要是能找到完整的带回去种下，那对于好食之人而言就是拥有了无尽的美食。

蓐收和英仪出生大族，打小吃遍昆仑的珍馐，但是对于视肉也只是尝过一两回，这一两回就能让他们暂停干戈并一起合作。因为这视肉虽然是蘑菇，但是会跑，且速度极快，凭个人之力是很难将其捕获的，只有行动迅捷的几人一起行动，才有可能成功。所以他们这次找上了鼓，誓要捉住一两只大饱口福。

一路上蓐收已经不知道第几遍提起视肉的美味，旁边的英仪鄙视地看着，估计再说下去，口水都要出来了。

他们已经在这山中转了好几圈了，视肉的影子都没有看到，某只傻虎还在一个劲地说好吃好吃，难道肚子都不会饿吗?

左边的英仪一边腹诽一边翻白眼，站在鼓右边的蓐收是看不见的，但是站在中间的鼓瞧得一清二楚，忍不住暗暗好笑。

此山至高处是王母居所，旁边就是选定的比试之地。远远望去，云雾缭绕，其中有巨石耸立，旌旗飘展。外围设有屏障，并不能靠近。

“只有比赛当天才会开放，现在看不到什么的。”蓐收在一旁说道。

他看鼓凝神注视着赛场，开口问道：“你是为了你师父来求不死药的吧？”

鼓看了一会儿，收回目光，道：“是。”

“你们师徒的感情可真好。”蓐收羡慕地说。

“你呢，为了陆吾吗？”鼓问蓐收。

“是呀，大哥与我不同，他是要继承族长之位的人，有不死药以备万一，总是好的。”蓐收回答。

“你们兄弟的感情也很好。”鼓看着他说。

“所以我不会留情的，这次的不死药我必定会尽全力一争。虽然你救了我，但是此事对不住了。”蓐收看着鼓说道。

“本该如此。”鼓平静地回答。

一旁的英仪嗤笑一声：“说得好像不死药就一定是你的一样。且不说那不知底细的长乘，就说眼前的朱厌、毕方，你打得过吗？”

“少看不起人了，毕方那独腿鸟有什么好怕的? 朱厌嘛，要是对上朱厌我也有办法。”蓐收却不管英仪的嘲讽，信心满满地说。

“行，我就看你怎么把牛皮吹破。”英仪掸了掸自己的衣服说道。

“那你等着，等我把他们都打败，看你还有什么话说。”蓐收提高嗓门。

“真要有那么一天，我就拱手相让，不跟你争了。”英仪笑道。

“好，那你可别反悔。一言为定！”

“一言为定。”

蓐收哼了一声，不理英仪，拉着鼓又往前而去，鼓却把步子放慢下来，这样落在后面的英仪也能跟得上。

半天找寻未果，三人随后来到一处溪流旁，暂时停下来喝口水，歇歇脚。恰好山下有人派人送来了炙好的肉。

蓐收一看就高兴了："肯定是大哥派人送来的。"一问果然。鼓也很佩服陆吾的细心周到，事事都想到前面，不愧是要做族长的人。

来人把炙肉从容器中取出，再在带来的草垫上摊好方便取用，来来回回弄了几回。蓐收这时候终于感觉到肚子饿了，等不到全部弄好就想伸手。一旁的英仪先在溪水旁喝了几口水，又净了手，这才走过来。

只有鼓一直盯着那铺好的肉。就在蓐收嚷嚷着“好饿好饿”准备伸手的时候，鼓忽然制止了他，示意他凝神去看。

蓐收不明所以地收回手，顺着鼓的目光看去，就见那一片肉中，有一块颜色格外鲜嫩的似乎动了一下。就在蓐收以为自己眼花的时候，鼓已经出手，可惜晚了一步。

就见那块鲜肉忽然喷出大量菌丝，然后借机一弹，转眼就飞出去老远。

“视肉？！”蓐收大喊一声，转身就追。就这一眨眼的工夫，他们遍寻不着的东西不知道怎么就混在了一堆真肉里面。

鼓和英仪同时跟上。就见那块肉在前面“哧溜哧溜”地跑得飞快，三人在后面紧追不舍。英仪化出原形，一马当先，快若闪电。鼓和蓐收一左一右包抄夹击。

三人动作不慢，但是那块肉总能从意想不到的角度躲开他们的追捕，忽上忽下，忽左忽右，竟然每次都能恰好脱身。

蓐收追了一路，气往上涌，大吼一声也化出原身，一个虎跃猛扑上去，可惜只抓住了些菌丝，还是让它逃走了。

蓐收气得大叫，那视肉猛地往右拐，冷不防旁边的英仪一翅膀扇过去，改变了它的行动轨迹。左边的鼓看准时机，弯刀出手，一刀又削下了些菌丝。

随着菌丝减少，短时间之内无法再生出，视肉的行动不再像之前那么迅捷。鼓和英仪一左一右配合无间，翅膀和弯刀齐出，蓐收在上面挡住上方的路，视肉终于跑得越来越慢。

在他们三个绕着王母之山不知道跑了多少圈后，眼见视肉终于唾手可得，忽然斜刺里一道烈焰喷出，只见那块视肉熟了！

“啊——”蓐收气得要升天，一爪子就往喷火的呆头鸟身上招呼过去。

那只鸟冷不防挨了一爪子，青色的羽毛掉了几根，疼得一声大叫，呼啦啦引来一群鸟，把蓐收三人团团围住。

“毕焰？”

“蓐收？”

那领头的一只鸟也认出了熟人，但并没有恢复人身：“你无缘无故地挠我干什么？”

“你……你还好意思说？！”蓐收气得结巴。

“你们烧了视肉。”英仪在一边开口道。

“所以呢？这块视肉也不是你们的吧？”对方问道。

“怎么不是我们的？你没看到我们正在追吗？！”蓐收火冒三丈，恨不得上去再挠一爪子。

“可是你们还没有追到，那就是无主之物，怎么能说是你们的呢？”这只青色羽毛之上长有赤色纹路的独脚鸟冷然说道，身旁的一众族人也纷纷应和。

“笑话，不是我们的，难道是你的？我们之前已经追了它好久，而且断了它的菌丝，所以它才放慢了速度。否则的话，就凭你能正好喷它一嘴火？做梦！”蓐收恢复过来，极快速地说道。

“你——”那毕方鸟一时气结。

“我怎样，要打架？来呀！”蓐收本来就气得跳脚，立刻接道。

周围的一帮族人见自家少主气得话都说不出来，把三人围得更紧。一见这架势，蓐收三人即刻后背相贴，一致对外。

“小爷怕你们一群杂毛鸟不成？！”蓐收化出虎形，怒吼一声，震荡方圆百里，就要纵身一跃。

“毕焰，莫非你要人多欺负人少？！”旁边的英仪厉声道。本来打算招呼人一起上的毕焰闻言一顿，旁边又有随行者上前与他耳语一番。随后只听他喝令一声，一半人围在外圈看住三人，自己带着其余六人合身扑上！

蓐收正等着他呢，看似要纵身扑在毕焰之上，谁知等毕焰张开翅膀过来，他又一缩身子，张开大嘴对准那独腿就是一口。这一口要是咬实了，非得咬断了不可！千钧一发之际，毕焰将腿后折躲了过去，转身惊出一身冷汗。

蓐收“呸呸”吐掉嘴里的毛，哼了一声：“跑得倒快。”

这一下毕焰怒火中烧，口中一吐，一道烈焰直奔蓐收而去。那边蓐收却早有防备，往旁边一躲，那火便落空了。

可是冷不防旁边一人口中也是一道烈火而来，眼看那火就要落到蓐收身上，旁边的英仪连忙双翅一扇，那火便被一阵狂风吹斜，落在了另一只毕方鸟身上。那只鸟连连惊叫，蓐收在一旁哈哈大笑。

旁边的鼓虽然也被两只毕方围着，但是并不着急，仗着灵活的身法，那火总也挨不上他的边，倒是弯刀会不时收获几根长羽。

三人皆以一敌二，就这样与六人缠斗，虽然空中不时有道道烈火来往穿梭，但蓐收三人总能瞅准空隙从容转身再攻击对方身后，一时只听“毕方”“毕方”的惨叫声不停地传来。只因毕方鸟的叫声就如呼唤它们自己的名字，叫声此起彼伏地不停响起，听起来颇为滑稽。

蓐收边打边笑：“你们这打架可忒费劲，打不过就打不过，这样叫上一天也不成呀。哈哈哈……”

那边毕焰闻言气极，双眼泛红，长鸣一声，忽然浑身羽毛奓开，口中猛然喷出一团火球。那火球直奔蓐收而去，且会随人而动，不能摆脱。

眼见蓐收一时忙乱，英仪奔至他身旁，极快地旋转一圈，他的双翅带起飓风，形成旋涡，把所有的火球都挡在三人身外。

毕焰一见此状急红了眼，招呼本来等在外围的另外六人一起动手。那外围的六人实力明显不同，他们一伸手，那火球迅速变大。当那十二个火球连成一线时，周围草木尽摧，半边天都红了。

这一下英仪压力大增，风与火相持不下，虽然他还在力撑，但毕竟只有一个人，渐渐就汗如雨下，沾湿了那一身华丽的皮毛。蓐收一见，纵身一跃就要跳出英仪的旋风，出去单挑毕焰。

就在此时，忽然咔嚓一声，一道闪电从天而降劈在当场，接着就听隆隆雷声由远及近，天际风起云涌。就在众人惊异之际，倾盆大雨轰然落下，把那燃烧的火球彻底熄灭！

天际一个长长的身影徘徊，低吟声回荡，威压无限，如尊神降临！

“何人在此？！”毕方一族中有人高喝。

“我。”就见那长长的身影瞬息幻化，变成了一个人的模样。

那是窫窳。

窫窳从天而降，昂然负手，目光环视一周，众皆惴惴。

“这么大一群人欺负几个小辈，真是好大本事。不如这样，我来代他们出手，如何？”窫窳一改往日笑模样，神情冷肃地睨视那几人。

毕方一族见一阵天雨把自己的火灭了，惊疑不定，要知道刚才的火球并不是一般的野火，普通雨水是绝难浇灭的。但是这位不知来历的人物似是轻而易举就灭了他们十二人内含神力的精纯之火，实在是大大出人意料。

远方虎啸连连，似乎连陆吾也要到了。毕方众人互相一对视，一个长老模样的人拱手道：“此次本就是一场误会，已然小试了一场，就不必再作计较了，就此告辞。”说完，他也不管窫窳的反应，带着毕焰和其余族人齐齐展翅，转眼就离开很远了。

这边，蓐收和英仪都上来跟窫窳见礼，比之前不知恭敬了多少倍。窫窳如前辈高人般受了他们的礼，转眼看到自己的徒弟一声不吭地站在旁边，腮帮子似乎又鼓了起来，暗叫一声不好，轻咳一声道："那个，今日也晚了，你们又大打了一架，早些回去歇息吧。"说完拔腿就想走。

"等下。"鼓却走到蓐收面前，掏出刚才藏起的视肉，迎着他惊喜的目光交到他手上，"给你，虽然熟了，但想必味道也不差，你先将就一下，以后有机会我再陪你捉活的。"

说完，鼓转身就准备随窫窳离开。蓐收却利爪一划，把那块视肉一分为二。他将其中一块递给鼓："今天要不是你们师徒，这块视肉也到不了我手里。今后，你这兄弟我交定了。"旁边的英仪虽然没说话，但也点点头。

鼓一愣，不由自主去看窫窳，见窫窳笑眯眯地看着自己，他便回过头来，冲着蓐收和英仪点头，"嗯"了一声。

四

等回到住处，窫窳又赶紧躺回床上。鼓进来看着他半天没说话。

窫窳看着自己的宝贝徒弟鼓着腮帮子，好像又回到了小时候，一时感慨，也不装睡了，翻身坐起，开口道："徒弟呀，这不是情况紧急吗？事急从权啊，我保证这是最后一次了。"说着他还伸出了手，状似起誓。

鼓拉下他的手："谁要你说最后一次了。"

窫窳本也没打算当真，看鼓终于有了动静，笑着说："不生气了？"

鼓却还是不肯轻易松口："你都已经病病歪歪的了，还赶过去干什么？"

窫窳却道："师父没事，刚才休息了一阵，有医者看过了，没有大碍的。再说那种场合还是我出面好一些，小鼓别担心，有师父在呢。"

"我不担心，是你担心，要不你为何要着急赶过去冒充我？"鼓脸色未变，说出的话却惊人。

窫窳一时无言。因为刚才打斗时化出原形、空中降雨的是鼓，并不是窫窳，窫窳只是在鼓隐身之后假装现身于人前，冒领了这份威名。从他发现鼓身怀神异之处起，他这样做已经不止一次了。

鼓小的时候，窫窳还曾经庆幸自己和小鼓的原身相似，都是人面蛇身，只颜色不同，这不是天生的缘分吗？

可是随着鼓渐渐长大，窫窳发现自己错了，因为小鼓并不是普通神族能够比拟的，他的神通远超窫窳的想象。鼓除了身姿迅捷又神力深厚之外，喷水吐火、降霜落雪也不在话下，当他化出原身在高空盘旋，瞳孔开合间，竟然令周遭有了昼夜瞬变之感！

这令窫窳惊叹，也不得不产生怀疑，这些神技直指钟山上那位传说中的神祇。可是怎么可能呢？从未听说那位婚配生子，这到底是怎么回事？

窫窳一面疑惑不解，一面告诫鼓千万不要在人前显露这些神威，免得引起不必要的麻烦，所以他也不想鼓来到此地参赛。

可要是小鼓真与那位大神有关系，自己这样做是不是又太过自私了呢？窫窳有时候不禁暗想。那位大神已久不现身于人前，现在能与之联系的只有西王母，是不是该找机会暗地里探查一下？

抱着这样矛盾的心情，窫窳最终还是随鼓来到了这里，但时时关注着鼓的一举一动，只要情况不对，他就赶紧顶上，就如这次。

他并不曾言明那位大神与鼓的相似之处，是怕鼓多想，毕竟当年他捡到鼓的时候，等了很久也不见有人来，确定没有人看顾才把鼓抱回家的。

从这一点上来说，要说鼓真与那位大神有关系似乎又很牵强，毕竟那位大神的神力通天彻地，绝不会弃自己的亲子于不顾……

到底是怎么回事，也许只有等见到本尊才能明了了。

转瞬之间窫窳脑海中闪过诸多念头，鼓见他一时愣神没有回答自己，就知道自己这师父又想蒙混过关。

“到底是为什么你总要这样做？”鼓看着窫窳。

“我只是怕我的宝贝徒弟受伤嘛。”窫窳回过神来，“你要是伤到哪儿了，师父可要心疼死了。”他像平日那样笑着说道。

鼓看着窫窳，他刚刚那一番奔忙，脸色又白了几分，虽然是笑着，但明显感觉压抑着痛楚。

算了，窫窳不想告诉鼓，鼓就可以不去探究，反正真相如何最后总会知道，也并不重要。不管抛弃鼓的人是怎样的大神，他只认师父，师父才是唯一的亲人。他一定会去夺取不死药，让师父恢复如初，然后长长久久地陪在自己身边，旁的人都不需要理会。

这样想着，鼓就不再追问，只帮窫窳把床榻整理好，好让他躺着更舒服，自己则出去处理那半块视肉，等师父睡好了起来一起吃。

窫窳见鼓转身出去才又睁开眼睛，刚才匆忙间赶去假冒小鼓，几乎耗去了他剩余的所有神力，连费心装扮的样子都快维持不了了。

无人的房间里，窫窳的脸色忽然变得灰败，一串压抑不住的咳嗽声脱口而出。随着他身体颤抖，肩上的乌发也渐渐变成了银丝。好不容易咳嗽稍缓，他抬起头，满肩白发披散，唯有那双含笑的眼睛依然明亮如昔，看向鼓刚刚离去的方向。

如今昆仑形势微妙，钟山的那位久不出声，西王母却声威日隆，设立的这争夺不死药的比试，更是无形之中将前来比试的一众大族拉拢到自己身旁。可是听说西王母与钟山之神素以兄妹相称，也许他们对此并不介意，而不管怎样，不死药总归对昆仑各族有益无害，也许这些都是自己的胡思乱想？来这一趟也算有所收获，鼓交到了一些不错的朋友，以后真有什么事也有些助益……窫窳神思倦怠，终于睡去。

等窫窳一觉醒来已是夜晚，内外一片安静，想是鼓为了不打扰他休息，让其他人都离开了。窫窳费力地坐起，用好不容易恢复的一点神力改变自己的样貌，让自己看起来没有异样，刚收拾停当，就见鼓擎着一支烛走了进来。

鼓把那支烛拿到窫窳跟前，仔细观察他的脸色，见他还是往日模样，就把那支烛固定在墙上，并没有说话，仿佛只要窫窳安好就再无所求。

可是窫窳看到那支烛时，突然觉得应该告诉这个孩子一些事情，一些可能关于他亲生父亲的事情。毕竟在身体尚好的情况下，窫窳会有诸多顾忌、各种打算，可是现下也许他并没有那么多时间了。

“小鼓，”窫窳笑着招呼鼓，示意他坐在自己身边，“一转眼你已经这么大了，关于你的亲生父亲……”

“我知道，他可能是烛龙烛九阴。”鼓却没有动，不等窫窳说完就打断道，“我自己的神力我最清楚，再说我终究原身与你不同，放眼昆仑，只有烛龙与我最相似，自然可能是他。”

窫窳吃惊地看着眼前的少年波澜不惊的样子：“你早就知道？”

“也不算早吧，从你第一次试图掩饰我的神力开始，虽然你不想告诉我，但我自己会想，想多了就知道了。”

窫窳素知自己这徒弟聪慧，但如今才发现还是低估了他。

“师父只是……只是有些不知道怎么开口。”窫窳低头自嘲道。

“那就不用开口。”鼓接着说道，“因为这本不重要。”

窫窳一听，连忙抬头：“怎么不重要呢？那是烛龙大神，有可能是你的生身之父呀。”

“可是他没有来认我这个儿子，我又为什么要认他是我的父亲？”鼓的语气仍然平静。

窫窳没有想到鼓竟是如此想的，又急忙开口道：“也许他是被什么事情耽搁了，也许有什么事情难住了他……”

鼓闻言并不开口，只是沉默。

窫窳越说声音越小，这些理由连他都觉得牵强，又怎么去说服鼓？那是烛龙大神，天上地下又有什么事情能难住他？于是窫窳也沉默了。

“这些我会去问的，你不要担心。”鼓看他无言，出声安慰。

“你呀……”窫窳看着眼前的少年，忍不住轻叹一声。他有着这世间少有的容貌，少有的神威，本应该和那些大族的少主们一样，恣意无羁，徜徉天地；而不是像如今这样，小心探查别人的心思，过分考虑他人的感受，活得这样拘束。

“既然你一定要去参加比试，那就说比试。”窫窳见鼓如此，只有转换话题，“师父还是希望，你不到万不得已，不要拼尽全力，尽展神威。能够见到西王母自然是好，如果见不到，你就直接去钟山，我总觉得西王母与烛龙之间并不简单。至于那不死药，我已经跟你说过许多次了，并没有那么重要。”窫窳语重心长地劝道。

“嗯，知道了。只要你还有余力掩饰自己的样貌，我就不担心。”鼓仍然平静地说。

窫窳目瞪口呆：“你……你……”

“不错，这我也知道，从你第一次用神力掩饰容貌开始。”鼓缓缓开口，语气沉重，“所以这件事我不能答应你，因为无论如何我都要得到不死药治好你。”

话音刚落，巨变陡生！

只见从地里突然冒出两个身影，抓住坐在床上的窫窳，猛地又钻回地下，只留下一根布条，上面写着“拿不死药来换”，之后再无动静。

这一切发生在电光石火间，饶是鼓也没有想到，在这里竟然有人能把窫窳掳走，就在自己面前！

他怒吼一声，一掌猛地拍在地上，整间屋舍顿时坍塌，眼前出现了一个深坑，可是窫窳还是不见了！

他迅速往外冲去，却被闻声而来的陆吾拦住了：“小兄弟，怎么了？！”

鼓此时心急如焚，顾不得多言，只挥手道：“走开！”他一把推开陆吾，就想化形而出。

此时蓐收和英仪也先后赶到，蓐收见状大声问道：“鼓，你怎么了？”

鼓一见是他，回了一句：“他们抓走了我师父。”

“谁？！”众人皆是大吃一惊，白天才见识了窫窳的能力，晚上他就被人抓走了？

鼓知道他们心中疑惑，但此时根本不想解释。他长吟一声，原身陡现，赤红蛇影风驰电掣般向之前的树林赶去。

“跟上。”陆吾见状喝了一声，率先跟上。

一行人使出全力，也只能勉强看到前面的蜿蜒身影，好在片刻之后就来到了目的地，是之前他们与负和危的相斗之处。难道是这两个鼠辈劫走了窫窳？

只见那人面蛇身的庞然身影在空中翻腾盘旋，暴躁异常，空中风起云涌，气象陡变，一声声雷鸣般的“还我师父来”来回震荡，动人心魄，却没有任何回应。

等了片刻，陆吾正待开口，忽地一道闪电划破黑夜直劈到地上，倒在地上的巨木拦腰而断，直接露出底下的地层。转瞬又是一道闪电，劈出一道同样的沟壑。同时阵阵雷声擂鼓般不断震响在耳际，令人肝胆俱裂。

随着鼓在空中往来盘旋，闪电惊雷交替落下，片刻不停，震动四野。看样子，鼓誓要把这方圆之地用天地之力犁一遍，以找出他要找之人。不过片刻，地上沟壑纵横，尘土翻卷，再也找不到一块平坦之处。

鼓看着地上的一切，静了一瞬，哪怕他掘地再深，也没有看到那人的一片衣角！他似是无法承受这样的结果，嘶吼一声，一个摆尾，忽有天火倏忽降落，纷纷砸在地上，再熊熊蔓延开去。他要将这片废墟烧成火海，再彻底燃成灰烬！之后又有瓢泼大雨从天而降，将这层灰烬反复涤荡冲刷，连渣滓都不剩！

面对这样的怒火倾泻，任何人都承受不起。

陆吾等人眼睁睁看着整块平地下陷了一人深，可惜鼓要找的人还是无踪影。终于他们化回人形，落到地上。鼓站在滂沱大雨中一言不发，只是双目赤红，戾气尽出，虽然还是原来模样，却已然完全变了个人。

缓了好一会儿，蓐收才小心地靠近鼓，轻轻唤他：“鼓，你还好吧？”

仿佛失聪的鼓半晌才回过神来，眼神也逐渐恢复正常。但他并没有回头，只说了句：“我要不死药，现在。”言罢，他转身即走。后面的蓐收想跟上，却被陆吾一把拉住，他对蓐收摇了摇头，再看时，鼓已不见了身影。

众人回去之后，蓐收还是担心不已，终于忍不住质问陆吾:“哥，你为什么拦着我？鼓一个人走了，他那个状况，万一出了什么事怎么办？！”

陆吾却从回来起就眉头紧锁，闻言并没有回答蓐收的问题，而是问了另一个不相关的问题：“你们知道鼓的原身是什么吗？”

蓐收还在生气，英仪道：“之前一直没有见他化形，这次是头一次见。是有什么问题吗？”显然他注意到了陆吾的不同寻常。说实话，今天鼓显露出来的神威震慑了他们所有人，英仪自问难与之对抗。

“现在还不好说。”陆吾摇摇头，并不打算细说，只是眉头并没有就此舒展。

蓐收却没有想这么多：“那天他师父化形也是这样呀，有什么好奇怪的。他这本事就是他师父教的呀。”

“是吗？”陆吾正色问他，“你看清楚了？”

“是……是吧。”见陆吾忽然这么认真，蓐收不敢确认了，又转头去看英仪。

“是的。”英仪肯定地回答，“但他师父是青色蛇身，不是赤红色。”

“人面蛇身，赤红色……”陆吾慢慢吐字，若有所思。

听到这几个字，英仪猛地神情一变，也沉思起来。

蓐收却还在着急，忽然见一个二个都不说话了，忙跳着脚说:“你们倒是说话呀！你们说他的最后那句话是什么意思？他要不死药做什么？”

这句话倒是点醒了沉思中的两人。

“应该是求给他师父的，他的师父不是病着吗？”英仪接道。

“那好说，回头比试的时候我帮他！只要我们打败了其他人，总能得到一两颗不死药。”蓐收忽然神情严肃地对两人说道，“大哥、英仪，我知道你们都肩负族中希望，对不死药势在必得，这次算我求你们，之后比试开始，如果遇到了鼓，千万手下留情，让他能得一颗不死药去救他师父，好不好？”

英仪忙说道：“你这是什么话？你认他当兄弟，我自然也是。

再说这不死药又不是只炼这一回，西王母仁慈，今后必有机会，又何必急于一时。”

见英仪答应了，蓐收喜出望外，连忙又去看陆吾。

却见陆吾并没有开口，蓐收急道：“大哥？！”

陆吾见蓐收着急了，终于回过神来，安抚他道：“大哥当然可以答应你。”眼见蓐收就要道谢，陆吾忙止住他，又拍拍他的肩，望着远方缓缓道：“可是，我只怕他等不到比试之日了。”

两日后，比试之日当天，王母之山忽然传来了令人难以置信的消息：保管不死药的大神葆江被害，不死药被夺，凶手正是鼓！

消息传出引起一片哗然！西王母下令整个昆仑捉拿凶手，捉住凶手者赐不死药。

帝俊纪

一

鼓背着窫窳一路疾奔，身后洒下一路淋漓鲜血。

他一面不停呼唤背上已经气息奄奄的窫窳，一面强忍住眼泪疾行，想要逃离这里，逃离昆仑，找个没人认识的地方躲起来，永远也不要被人找到。

他不敢回想这两天发生的事情，但是那画面像在脑中扎了根一样，时不时就要搅动他的神经，难以摆脱。

自那日从树林离开，鼓就直接上了登葆山。众所周知，西王母虽然居住在王母之山，但炼药是在登葆山，炼好的丹药也一律是由长居此地的葆江保管。

葆江身为守药人，却无人知晓他的原身为何。据说他神力高绝，与人搏斗时从未显露过原身，得知西王母炼就不死药的消息后，他特来相投。西王母便将药交给他保管，他也从未有负所托。

一想到窫窳在两个鼠辈手里生死难测，鼓就心急如焚。窫窳本来就时日无多，万一那两人因之前的事拿他泄愤，那……鼓已不敢再想，只有加快脚步往登葆山而去。

明明知道这样上山去讨药希望渺茫，他也顾不得许多，无论怎样他都要拿到不死药去救窫窳。

等鼓来到登葆山才发现山中雾气缭绕，隐隐散发着一股诡异的药味，这里有各种天材地宝，更有人人求之不得的不死药，却根本无人敢闯，首先这满山的药雾就能让人望而却步。

鼓本来想着凭着一股气硬闯进去，速战速决，但等他真正走进这诡异的深山中才发现，那些红色的雾气似乎对他没有影响。其实他早就发现自己似乎体质特殊，百毒不侵。但此时不是探究这些的时候，他只一心往山中而去。

虽然红雾对他造不成伤害，但是阻碍了他找人的道路。山中的道路本就崎岖，再加上云雾缭绕，一时难辨方向。

如今他只有往山中最高处而去，再做打算了。

一路往上，山中竟然一个人也无，只有鸟鸣啾啾，流水潺潺，但是鼓没有心情欣赏这些，要不是为了留存神力，他恨不得化为原身直飞顶峰。

在山中辗转一番之后，小径之上眼见顶峰在望，忽然有人高喝："何人擅闯我登葆山？"

鼓见面前忽然出现了六位白须白发的老者，手中各持药杵、药锄等物拦在前面，估计就是传说中的十巫等人。

"晚辈特来求取不死药，望各位前辈放行。"鼓恭敬行礼道。

其中一人打量他一番，估计在疑惑他怎么没有被山中雾瘴影响，问道："可有西王母手书？"

鼓迟疑一瞬道："没有。"

"没有手书，你凭何讨要不死药？"另一人发话道。

"就凭我。"鼓应声说道。

六人一听鼓此言，立刻心生戒备，几人不动声色地移动脚步，握紧手中物。

"晚辈为师父求取不死灵药而来，他如今危在旦夕，还望各位前辈成全。"鼓又行了一礼，诚恳地说道。

"你可知炼成不死药有多难，每一颗都要耗费我等与西王母极大心力，如果个个都像你一样来求，多少都不够。"又一人开口道。

鼓心中着急，但还是强自冷静地回道：“晚辈也知道莽撞，但是为了救师父，”他低下头再次行了一礼，“望各位前辈成全。”

六人对望了一眼，其中一人越众而出：“看你心意甚坚，既然口舌无用，这样吧，你如果可以越过我们六人，就任你去找葆江。”说完，他退了回去。六人站位各有章法，俨然是一个阵法。

鼓喜出望外，他本来以为此次擅闯登葆山会极其艰辛，免不了一场恶战，但是没有想到对别人而言凶险万分的雾瘴对自己无用。如今这六位长者也十分通情达理，显然没有打算出手伤人，只是考校鼓一番，想确定他就是去参加比试，也是有资格能拿到一颗不死药的。

想到这里，鼓站直了身体：“那晚辈就得罪了。”

就见那六人站成两排，一排三人，等鼓来攻。

鼓也不再多话，闪身来到近前，与前面那三人战在一处。那三人围成圈缠住鼓，让他难以脱身。即便他奋力脱身而出，另外三人也都牢牢守住路口，一步不退，只守不攻。同时之前的三人又围攻过来，如此反复，鼓一时难以突破。再加上他们手中各自不同的药物，普通人真是难以登上顶峰。

鼓看出其中关窍，身法忽然快了起来，本来是三人围住鼓，转瞬之间，变成了鼓围住他们三人。只听得一阵噼啪之声，几人交手不断，等声音停止，就见三人已经倒在地上。另外三人大惊失色，眼看着鼓来到近前，不免有些慌乱。他们三人本就不如前面那三人，慌乱之下被鼓觑到破绽。鼓极快地闪身，等那三人回过神来，发现他已经站在他们身后，距离顶峰只有一步之遥了。

“罢了，”之前那人一抬手，“你既然能突破我们六人，证明本事不差。且药瘴对你无损，证明你与我们有些渊源。但是，我等也许久未见西王母，不死药现下都在葆江手中，他可不像我们这般好说话，又或者他根本就不会跟你说话，你自己小心。”

鼓谢过巫医六人，心中总算松了一口气，看来西王母炼这不死药真是为了昆仑，之前自己可能想多了。他只要诚心求药，想必葆江也不会太为难他。

刚才搭话的那位巫医一抬手，无意中指向了山顶的一处洞穴，想必那儿就是葆江的所在。鼓跨步而上，想着马上就能拿到不死药去救窫窳，脸上终于露出了笑容。

那洞穴并不遥远，鼓转瞬即至，站在洞外朗声道："葆江前辈，晚辈为救师命，特来求药。"

洞中并无动静，鼓也不在意，直接进入。

洞内阒然，漆黑一片，但鼓并不慌张，他生来就拥有一定的夜视能力，虽然不能完全看清楚，但能将就看个大概。鼓缓步而入，并没有遇到任何阻碍他试着出声："葆江前辈？"但无人应答。就在鼓继续深入之时，忽然似有疾风扫过，鼓连忙闪身躲过，但慢了一瞬，一缕头发飘然落下。

"葆……"鼓还想呼唤，可惜回答他的只有接连不断的薄刃。说其是利刃又不尽然，鼓抽出弯刀抵挡，却没有传来铿然相击的声音，它更有韧性，竟然能阻弯刀一时，激荡回旋之后能以更大力道再次袭来，这更像是丝！

恍惚间，鼓终于瞥见前路布满了密密的丝！从天到地无处不在，它们竟然是黑色的，与这晦暗无光的洞穴融为一体，要不是鼓眼力非常，断难发现。鼓仔细分辨，终于认出这是蛛丝，剧毒之蛛吐出的丝！

此时，因为外来者触动了其中的一根蛛丝，满洞穴的蛛丝竟然都动了起来！它们本来就布满了洞穴的每个角落，此时又动荡不停，令人完全没有容身之处。再加上蛛丝本身锋利无比，又韧性十足，从令人完全意想不到的角度吐出，似乎还带着黏性，稍有不慎不是被割伤就是被黏住，甚至缠上，令人无从招架。布置这一切的人，就如守在暗处的蜘蛛，只要静静看着，看着落入网中的猎物从垂死挣扎到无力抵抗，再从藏身之处慢慢爬出来，便可轻而易举地将其收入腹中！

鼓手里的弯刀握得更紧了些，他不再试图呼唤葆江了，因为喊也没有用，眼前这明显就是个杀阵，对方就是要置一切擅闯者于死地，不死不休！

所以侥幸是不存在的，鼓本来就想估计要拼尽一身神力，才能为窫窳拿到不死药，现在的情况不过是验证了他的想法而已。

那就来吧！鼓心里想着，便握刀迎了上去。

他把那柄弯刀施展开来，那是窫窳为他做的刀，刀似圆弧，可吹毛断发，刀脱手之后可随心意回旋往复，击杀敌人后再回到主人手中。他从收到这刀之后，从未让它离过身。

如今它被主人灌注了神力之后更是成为了一把神器，仿佛有了自己的意志，在被鼓抛上半空之后，在层层丝网之间来回扫荡，如片片银光穿透黑夜的束缚，在反复激荡的交锋之后终于割破了蛛丝，让其掉在地上。

可惜还没等鼓松一口气，新的蛛丝便又从洞穴内壁长了出来，仿佛只是一瞬间，丝阵又恢复如初！

鼓看着身上被划破的衣衫，缓缓吐了一口气。

这次他没有贸然再去割断某一根丝，而是利用极快的身法原地造出了旋风，那风从脚底而起，旋转成柱，把所有的蛛网倒吹了回去！虽然只是一刹那，但就是那电光石火间，鼓从网中间漏出的空隙穿了过去！

可是还没有等鼓站稳脚跟，又有破空之声传来。鼓忙闪身，铮的一声，只见地上多了一根半人高的针。猩红的一根说是针，不如说是一根刺，一根毒刺！

本来鼓还猜测葆江的原身是一只蜘蛛，但此刻见到毒刺，他对葆江原身的揣测又不确定了，因为这分明是一根蝎刺！只是如此长的刺，不知原身得是多大的毒蝎。

但此时并不是思索这些的时候，只听微小的破空声不断，根根毒刺竟然如雨落下，让人无处可躲！

鼓手中的弯刀轮转不停，相击之声不断，如暴雨降落，又如珠落玉盘，只见毒刺纷纷落下，转眼地上竟然铺了一层。

眼见一路阻碍不断，鼓知道只有尽快突破，见到葆江本人才能有结果。于是他以神力催动，那把弯刀竟然一变二，二变四，从前后左右四个方向把鼓护住，鼓飞身而起，快速向前。

这样走了一程，前面又传来窸窸窣窣之声。鼓屏气凝神，横刀在前。果然，忽然不知从何处飞出一只活物，扑扇着翅膀吱吱叫着扑了过来。鼓听音辨位，挥刀立斩，那东西被一劈为二，是一只吸血蝙蝠。

鼓抬头观察，不知何时，洞中出现了一对对红点，它们忽明忽暗，幽幽地闪着红光，那是一双双蝙蝠的眼睛！下一瞬，它们一起吱吱叫着，扇动着翅膀，飞向了鼓这个唯一的异类。

鼓的弯刀再变，四化为八，更加密不透风地护着鼓一路向前。只是相较之前的死物，这些蝙蝠显然更加灵活，在见到同类被弯刀劈下后，它们小心地寻找着一闪而过的空隙，妄图偷袭。

鼓一路挥刀不停，刀锋渐渐被鲜血染红。从他记事起虽也经历过一些厮杀，但从未像这次一样，孤身一人面对这重重难关。以前窫窳身体尚好时，自是不会让他有一丝损伤，就是后来窫窳生病，只要有事也是挺身挡在他身前，用自己并不宽阔的肩膀试图护他周全。窫窳总说是自己有幸偷走了鼓，可以让鼓陪伴自己走完最后的日子。可是在鼓心里，却是自己幸运才能遇到这样好的师父，两人就如亲人一般。

这些一闪而过的念头变成了向前的勇气，一时之间，空中向上抛撒的蝙蝠的尸体与不断俯冲向下的活蝙蝠竟然看起来数量相当，只是这满洞穴的蝙蝠竟然像是杀之不尽、灭之不绝。鼓用神力催动八柄弯刀其实已经是极限了，这招他不会轻易施展，但是此时为了争取时间，也顾不了许多了。

终于在洞中堆满蝙蝠尸体的时候，鼓看到了一个巨大的黑影伏在洞中。他喘着粗气，紧握住手中重新化为一的弯刀，沉声说道："请葆江前辈赐药。"

那黑影在洞穴尽头，只能看到模糊的身形，并无声息。鼓慢慢走近，横刀在前，又重复了一句："晚辈请葆江前辈赐药。"

那个巨大的黑影还是没有动静，鼓又进了一步："葆江前辈？"就在鼓打算再靠近一点时，只听唰的一声，一张大网从天而降，把他罩在其中！

鼓没有想到过了前面的蛛阵，此处竟然还有蛛网等着他，这一下躲闪不及，他被罩在了中间。鼓迅速撤身，带着那张大网也迅疾后移。他挥动手中的弯刀试图割断蛛丝，可是这结网的蛛丝比之前丝阵的丝似乎更为坚韧，他试了几下竟然都没有割断。鼓又想像之前一样发出冻气，可就在此时，从前方黑影之中竟然又射出了毒刺，这些毒刺看着竟然比之前那些更粗更长，就像利箭一般射向网中的鼓！

鼓在网中毕竟行动受限，虽然极力左躲右闪，但还是有一根刺刺中了他的手臂！那根刺力道极大，鼓只觉得整个人竟然被那根刺带着往后掼在了地上，终于手掌一松，同时血飙了出来！

一时之间，鼓只觉得自己半个身子都没有了知觉，他缓了一瞬忍过这巨大的疼痛，抬眼去看那根刺，猩红的一根，整个贯穿了他的手臂，弯刀落在一旁。

鼓半跪在网中，鲜血洒落，顿时之前的吱吱声又起，那些吸血蝙蝠闻着血腥味又要卷土重来。但是奇怪的是，此处似乎有什么更为恐怖的存在压制着它们，使它们只敢在外围鼓噪，不敢越雷池一步。

鼓看着周围的动静，见蝙蝠一时过不来，便伸手缓缓扶上那根刺，想用力把刺拔出来。就在此时，一个嘶哑的声音响起："别动，动了你就死定了。"

鼓一半的手臂被血染遍，闻言并没有放下自己的手，而是冷冷地道："前辈不觉得说得太迟了吗？"

"小娃娃不识好歹，我这毒刺毒性非常，如果不动还能有一刻生机，要是拔了，毒性蔓延全身，立时毙命。"那个沙哑的声音哼了一声，继续说道。

"哦，那我还要谢谢前辈提醒了？"鼓缓缓站起身来。

"我等了许久都没有一个活物来自投罗网，今天终于来了个会喘气的。别着急，你那一身血肉终归都是我的。"那黑影说着，忽地似换了口气，盯着鼓受伤的手臂垂涎欲滴，似乎马上就要上来撕咬，因按捺不住，终于慢慢站了起来。

那是怎样的一副身躯啊，和蜘蛛一样的八条粗壮的长腿支撑住身体，末端锋利如刀。背后一条覆盖着鳞甲的蝎尾高高扬起，似乎随时都会射出毒刺，伤人性命。只有通过上半部分神人的躯干才能依稀认出旧日的模样，偏偏他后背上还有一双巨大的蝙蝠翅膀！他就像是把这些毒物的部分躯干拉扯断裂后再移到了自己身上，成了这副诡异的模样，不知道还能不能称之为神人一族！

眼见鼓眼中露出惊异之色，葆江得意地笑起来："怎么，见到我这副样子吃惊了吗？可是你如今这副垂死挣扎的样子不就是拜我所赐吗？为了获得更高的神力，这点牺牲又算得了什么呢？！咯咯咯咯……"那笑声刺耳难听，如嗓中含着沙子。

鼓正皱着眉，忽然笑声戛然而止，刚才的声音又出现了："小娃娃快走，莫要再寻不死药了！"但转瞬那粗粝的声音又冒了出来："哦，你竟然还能站着？奇怪……"

"这就奇怪了，那我这样你不就要被吓死了？"鼓猛地用手拔出臂上的毒刺，之后八把弯刀再现，蛛网尽断，随后他纵身一跃，旋风似的逼近葆江！

葆江绝没有想到，鼓在受了他一刺之后竟然还有余力反扑，且眨眼之间就到了近前，紧跟着那八柄弯刀飞旋而至，只一刀就斩断了他的蝎尾！

"啊——"葆江惨叫出声，从口中又吐出了大量蛛丝，试图困死鼓。可惜鼓已经料到他必有此招，一闪身就到了他背后。葆江的八只长腿来回腾挪，却还是慢了一步，只见寒光一闪，背后又中了一刀，血如泉涌。

这一刀下去，似乎是刺激到了这已浑不似人的兽，他口中发出"嗬嗬"声，一双眼睛赤红，八条如长刀的腿铿铿作响，誓要把鼓削成碎片。

鼓却倚仗自己身形灵活，在八条长腿之间穿梭，转眼之间已经斩断了两条腿。他每斩断一条腿就问一句"不死药在何处"。虽然葆江也曾用蝠翼飞纵，可惜这处毕竟是洞穴，他难以避开鼓的弯刀。

终于，又一条腿被斩断之后，葆江浑身是血地倒在地上，用剩下的一条腿指向了洞穴的某处。鼓飞身而起，一刀凿进去，隐约碰到了一个硬物。他用力挖开，终于从岩层深处掘出了一个不知道用什么材质做的匣子，晶莹剔透却又坚硬无比，其中放着两颗发着莹光的药丸。鼓大喜过望，回头又把这匣子拿到葆江近前，问道："这就是不死药吗？"

此时的葆江只是发出了诡异的笑声，口中含糊说道："你会后悔的，后悔……"话音未落，只见层层岩石坠落，砸在葆江巨大的身躯上。看来不死药就是这洞中的关键，失了不死药，这洞穴瞬间就要坍塌了。

想到此处，鼓不再迟疑，一把将不死药揣入怀中，再也不看葆江，奔出洞穴，在轰隆隆的山岩倒塌声中，风驰电掣而去。

鼓再次来到负与危所在的树林，这次只是把装有不死药的匣子高高举起，片刻之后，耳边传来窸窸窣窣的声音，似乎是从地底深处而来。

终于一个身影破土而出，獐头鼠目，果然就是那二人中的一个。他也不敢靠近鼓，只是远远地喊道："你……你把药扔过来。"

"我师父呢？"鼓看着那人，恨意在胸中激荡，立时想一刀剁了他，但窫窳还在他们手里，他只能咬牙忍住，伸手打开了匣子，将药展示给他看。

"你先把药扔过来，我……我们就放了你师父。"那人又结结巴巴地开口。

鼓只沉声又重复了一遍："我师父呢？"

那人见鼓的一双眼睛抑制不住杀气，又看他手中使劲，生怕他捏碎了那匣子，于是再不搭话，只一溜烟地转身又不见了。

鼓在原地站着，看似沉着冷静，其实已经心急如焚。他在登葆山杀人夺药，这事估计马上就会传开，一旦西王母知道了此事，必会派人追查，到那时整个昆仑都不安全，自己得赶紧带着师父离开，只要离开了昆仑，就能有一线生机。

鼓又看了看自己的手臂，虽然因为体质特殊，侥幸没有中毒，但是失血过多，身体仍然有些乏力。不过这些都不要紧，要紧的是师父不能出事。

终于，地下又传出了动静，有尘土翻起，又过了片刻，终于有人破土而出，其中一人双眼紧闭被另一人挟持着，正是窫窳。另外一个鼠辈在另一边等着接药。

“师父……”鼓只看了一眼，眼泪差点掉下来。

只见窫窳面目憔悴，被人紧紧拽着，远远看着都觉得瘦骨难支，随时都能倒下。

“放下我师父！”鼓急忙喊道，脑中一片空白。

“你……你把药扔远一点，我们拿到药自然放了你师父。”

此时的鼓已经无法思考，只想立刻奔到窫窳身边去。他把那装了一颗不死药的匣子奋力往另一人扔去，同时立刻跑向前。那两人一见药已得手，忙弃了窫窳，又往地下一钻，片刻不见了身影。

窫窳失去了支撑，转眼就要倒在地上，鼓抢步上去，终于在窫窳倒地前接住了他。

“师父——”眼见窫窳的气息若有若无，脸色已如死人一般，鼓心痛难当，明明上次离开时师父还好好的，转眼间天翻地覆，竟然就似要永绝人世。

不会的，我不允许那样的事情发生，还好，还有一颗不死药。

鼓让窫窳靠着自己，从怀中掏出了那颗贴身藏好的药丸。它被包在一片撕下的衣角之中，保存得好好的，散发着温润的光芒。鼓拿着那颗寄托了他所有希望的药丸，颤抖着手让窫窳服下。

药丸入口之后，窫窳的脸色瞬时被激得一红，血色马上涌现，气息也急促了起来，连原本冰冷冷的躯干似也有了暖意。

果然是神药！

又等了片刻，窫窳终于睁开了眼睛，迟疑地开口：“小鼓？”

一瞬间，鼓的泪落了下来，还好，还好赶上了！

二

鼓把窫窳背到背上，再拿衣带将他和自己绑紧。

窫窳刚恢复神志，还不清楚发生了何事。他浑浑噩噩过了数日，开始只是被人挟持于地下某处，无人看管，当然也没有饮食。后来有一日那两人忽然来到，对着他恶语相向，又拳打脚踢，肆意折磨。他的神力本就所剩无几，人渐渐挨不住了，本以为此次在劫难逃，只是可惜没有在临死之前再见小鼓一面。

谁知醒来之后他竟然真的见到了小鼓，只是小鼓这是要带自己去哪里？他一见鼓的手臂，连忙唤道："小鼓，你受伤了？快放我下来，我帮你疗伤！"

鼓一路奔波，只身闯山，杀人夺药，只凭着一个念头，那就是救窫窳。为此，他与所有人为敌也在所不惜。只是听了这一声，他忽然觉得所有的伤口一时都疼了起来，仿佛一身铮铮铁骨也难以支撑，立时就想像小时候不小心受伤那样，先被窫窳大惊小怪地责备一番，再被细心照料，耳边还有"小鼓不怕，有师父在呢"的安慰话语。

可是此时并不是想这些的时候，他还要带着师父闯出去！

想到这里，鼓吸了一下鼻子，缓了一下，让声音沉稳一些："没事，师父，小鼓带你走。"窫窳并没有问他要去哪里，为何要去，只是就着这样的姿势，要他把受伤的手臂举起来仔细检查。见伤口确实已经止血了，于是窫窳应了一声："好。"

小鼓想做什么就去做，窫窳知道自己现在帮不了他更多，那就不要成为他的负担。他刚才给自己吃的不知道是什么神药，好像身体在一瞬间又有了知觉，虽然不能化形，但是确实好受了不少。小鼓之前一心一意要去找不死药，现在却绝口不提，只说要走。之前自己被抓时隐隐约约听到那两人说要用不死药来换，那刚才小鼓给自己吃的莫非就是了？

鼓没有化出原身，而是隐匿行踪，带着窫窳往深山密林之处急急穿行，尽量不想引人注意，可还是遇到了意外。

临近傍晚时分，只见山中晃出一人，身材魁梧，毛发皓白，肤色却如火炭，肩头扛着一根铁棒，这人稳稳地站在前面的山道上，看到了鼓，咧嘴一笑："停步，兄弟，此路不通。"

鼓不欲多生事端，转身打算走另一边，可是刚一迈步，那人又转到了面前，面带一样的坏笑。无论鼓转向哪个方向，那人都拎着棒子挡在前面。

鼓于是也不动了，沉声问道："你想怎么样？"

"我想怎么样？"那人嘿嘿一笑，"这不是明摆着吗？！你就是那个偷了不死药的人吧，还杀了葆江大神？"说着，那人来到近前，围着鼓走了一圈，啧啧两声，"真是看不出来，你这么能呀！"

说完那人在鼓的面前站定，用大拇指指着自己："我，朱厌，要拿你去换不死药，听懂了没有？"

先不说鼓什么反应，窫窳一听这话大吃一惊，小鼓给自己吃的果然是不死药，但这药却不是他通过比试得来的，而是杀人夺药！眼下这事估计整个昆仑都知道了。拿住鼓去换药？那就只能是西王母下的令！

鼓一听，也大致猜出了眼下情况，他有心跟窫窳解释，但现在不是时候。

"这位小兄弟，小鼓不是故意要杀人夺药的，他是为了救我。"窫窳抢先说道。

那人闻言，上下打量了窫窳一通，问道："你又是谁？"

"我是他师父，之前受了重伤，所以小鼓是为我取药。如果你以后有了师父就会懂的。"

"师父？"朱厌哈哈笑道，"我才不管什么师父呢，我以后也不要师父。"他说着把铁棒一杵，"今天你们说什么都没有用，我就是要拿你们去换不死药。"

鼓闻言抽出弯刀，神色一肃："休想。"

那朱厌不再搭话，手中棍子一起，直接大力压了下来。鼓手中弯刀上举便迎了上去，只听铮的一声，两下相击，一片火花四射。那朱厌呀了一声，退了一步，看了下自己的棍子，又看了眼鼓，赞道:

“不赖嘛。”

鼓看似不动声色，但刚才那一下势大力沉，他心中暗想这人力气不小。刚才受的伤毕竟有影响，他接了刚才那一下估计伤口又裂开了，幸亏衣服已经被血染透了，窥窳看不出来。

鼓手中的弯刀一化为四，前后左右把朱厌围在中间，这是之前他在洞中的招式，他心想只要能困住朱厌一时，只要能越过他就行，没必要硬拼。

可那朱厌一见这招高兴起来，说了一句“我也会”，转身竟然变出了四个朱厌，手中各持铁棒与弯刀战到一处，叮叮当当打得好不热闹。

鼓手中弯刀再变，四化为八，那边朱厌晃了一晃，也翻了一倍，一根铁棒左挥右挡，如轮翻转，灵动异常，口中不停喊着：“再来再来！”

鼓一见此状，知道用兵器难以突破，纵身一跃，飞入半空，片刻之后，空中轰雷掣电，震天骇地，直直劈向朱厌。

朱厌擎着棒子，直指向天，在风雨大作中现出原形，就见那身形越变越大，片刻已经如山耸峙，原来是一只巨猿！他舍了那根铁棒，双拳猛地捶到地上，待大地轰鸣，群山回响，再跃至半空，要与那云中似隐似现的蜿蜒身影决一雌雄！

鼓浑身的战意也前所未有地高涨，这朱厌实在是他平生难得一见的劲敌。之前的葆江虽然也强，但是双方都受制于地形，鼓又一心取药，总归有所束缚。但在此处遇到了朱厌，鼓被激出了斗志，本来想着过去就算了，此时却只想真真正正地打败他，让他跪地求饶！

他盘旋身躯在空中游走，竖瞳冷冷地盯着眼前的巨猿，只一瞬间，无数惊雷落下，落到那巨猿身躯之上，但那雄壮的身躯竟然如同铜铸铁浇一般，虽然一身毛发略有损伤，却整体无碍。

鼓见状直冲云霄，片刻后再俯冲而下，周身闪电缠绕，如万千把弯刀呼啸而至，金光闪耀，似要把猿身扎出万千个窟窿！但见那巨猿双掌擎天，挡在头顶，竟然就凭一双肉掌挡住了那万千闪电。

眼看鼓暂时偃旗息鼓，朱厌纵声长笑："你还有什么招，尽管使出来！小爷接着！"

只可惜他话还没说完，瓢泼大雨从天而降，冲在他脸上浇了他全身，立时淹没了他的声音，转眼间水涌了上来，没到腰间。"啊！"这猴子天不怕地不怕偏偏怕水，等水淹上来，立马往山上高处跑去，边跑还边喊着："你小子使诈，怎么还会喷水呢？有种你别跑，停了水小爷再来与你战个三天三夜，谁跑了谁是孬种！"声音渐远，却连人影都不见了。

那边鼓恢复人形落到地上，却脸色一白，口中涌出一股腥甜，又被强咽回去。刚才一场比斗他虽然最终把那猴子赶走了，但实属侥幸。之前与葆江争斗一场他本就受伤未愈，现在连连催动神力，其实耗损颇大。鼓惊觉自己竟有力不从心之感，一时愣怔。

此时窫窳从他背上下来，扶住他："小鼓，小鼓，你还好吗？"说完他就要把刚恢复的丁点神力传给鼓。

鼓急忙用手阻止："师父，我没事，你别担心。"他看着窫窳的样子，头发半黑半白，形容枯槁，知道师父只是勉强支撑，只有逃离了昆仑，找到地方静心休养才有可能让师父恢复旧貌。

想到这里，他又站直身子看着窫窳："师父，我没事，我们赶紧离开这里，我跟你说，我不是故意杀人夺药，那葆江他……"

忽然林中阵阵风起，远远传来一句话："做都做了，还有什么故意不故意的，可笑。"说完，就见林中风声愈紧，扯动片片树叶沙沙作响，转瞬叶片如箭般横切而来。

鼓弯刀在手，轮转成圆，把窫窳护在身后，厉声喝道："谁？出来！"

林中缓缓走出一人，面纱遮住脸庞，看不清面目。

鼓警惕地问道："你是何人？为何不敢以真面目示人？"

"你这样藏踪匿迹与我又有何区别？"来人淡然答道，"你杀人夺药罪大恶极，我就是来惩罚你的人。"这人说完，身形倏忽不见，只听霎时风起，忽然四周充满了杀意。

鼓弯刀再分，左右各一把护住自己和窫窳，如今他只催得动两把弯刀了。只听得叮当一声，不知从何处发出了薄刃击在弯刀上的声音，薄刃与弯刀一触即分，却劲道非常，它在空中转变了轨迹，竟然掉头又向鼓而来！这与鼓之前在山洞中遭遇的蝎刺不同，完全无迹可寻，令人防不胜防。

鼓只有小心再小心，弯刀舞得飞快，但那点薄刃仿佛能钻过风雨的空隙透进来，窸窸窣窣如同虫鸣，又如蛇行，且密密麻麻越来越多，似乎整个空间都充斥着令人不安的声音。在这阵阵魔音之中，薄刃穿行，追魂夺命。

终于，鼓一个错眼，一柄薄刃从不可思议的角度蹿到身后，鼓手中的弯刀阻挡不及，眼看薄刃就要扎上背后的窫窳。鼓只能拼命转身，试图用自己的身体去挡那刀锋，窫窳却在此时用力抱住了他，只听噗的一声，那薄如蝉翼的利刃扎进了窫窳的后背，力道未减，刀锋竟然从前突出，贯穿胸膛！

“师父！”鼓大喊一声，简直不知道要怎么办。

他眼睁睁地看着窫窳的身体被利刃的劲道带着往前挺了一下，又霍然软倒。他连忙用臂膀挽住，却在摸到满手濡湿之后浑身颤抖。他看着那满手的鲜血，再去看一瞬间血色全无的窫窳，开口时声音已然凄惶：“师父！”

“小……鼓……”窫窳勉力抬起手来探向鼓，鼓连忙一手抓住。

“别……别担心，”窫窳缓了一口气，勉强勾了一下嘴角，“师父既然吃了你抢来的不死药，那就死不了，别怕，师父会陪着你的，一直陪着你。”

鼓抓住那只手，如同抓住自己的性命，喉头哽咽：“你说话可要算数。”

“算数。”

鼓一瞬间化出原身，长啸一声震荡八方，他把窫窳驮在背上，就要往昆仑边界而去。可是身后之人紧追不舍，手中的薄刃仍然如细雨般沙沙不绝。鼓却不管不顾，只想要带着窫窳尽快逃出昆仑，找到一处可以容身的地方，让他好好休养。

他动作加快，如风掠过，身上也不知道被那利刃划出了多少道血口子，终于落到了一处无人的山谷中。

鼓小心翼翼地把窫窳放下，此时的窫窳已经陷入昏迷，若不仔细看，胸口的那点微弱的起伏都要看不到了。若非他之前服用了不死药，鼓简直不敢想象此时的情景。

鼓自己身上也伤痕累累、鲜血淋漓，可是浑然不觉，只是紧张地看着窫窳，想伸手去把他身上的利刃拔出来，可是手指颤动，根本做不到。

鼓看着窫窳，握紧双手，万分后悔带他来这一趟。他们窝在自己那四处漏风的屋子里，虽然什么都没有，却舒心畅快，是彼此唯一的亲人，不用去想什么身世，也不用理会别人，就算是命不久矣，可只要每天开开心心的，就不算虚度。所以窫窳一开始说的就是对的，他们就不该来，是他的一意孤行害了师父。

鼓的眼眶通红，他颤抖着将手再次伸出，在窫窳的背上摸到那薄薄的一柄利刃，它牢牢地嵌在窫窳的身体里。鼓用两指捏住那一点寒凉，咬紧牙关，终于心一横，手中用力，把那柄薄刃拔了出来。

就在此时忽然传来嗒嗒蹄响，一头野牛不知从哪个山坳贸然闯了进来。鼓眼神一冷，手一横，手中利刃飞出，那牛喉头喷血，应声而倒。

再看窫窳，随着利刃离体，后背鲜血涌出，脸上最后的那点血色也消失了。鼓连忙用之前准备好的衣角裹紧伤口，又用手按压，暂时止住血。

他们连日奔波，一身伤病，顾不上吃喝，眼前这头牛处理一下正好可以给窫窳果腹，有了体力才有希望恢复身体。鼓取了牛身上最鲜嫩的部分在溪边洗净，又架火烤熟，等他处理好拿回来时，却不见了窫窳的人影。

鼓吃了一惊，连忙四顾，却在那头死牛身上找到了窫窳。只见他一身白衣早就不复当初的样子，浑身上下血迹斑斑，也不知道是自己的血、鼓身上的血，还是此时正在吞咽的牛血！

他伏在牛背上，口凑近那头牛的颈脖处，就像渴极了的人大口大口地吞咽还冒着热气的鲜血，浑然不顾自己一身狼藉。

“师父？”鼓吃惊地看着眼前的窫窳，这是因为受伤太过，所以需要补食吗？但怎么看都有些诡异。

那边窫窳听到了鼓的呼唤，他的目光有一瞬间的迷茫，但很快又恢复过来：“小鼓，你回来了。”鼓走到他近前，上下打量他，发现他的气色竟然好了很多，难道是生血比较有效？鼓暗自思忖。

“小鼓？”窫窳见鼓不出声，唤了一声，又看到他手里用叶子托住的牛肉，便把他拉到一旁，“快吃吧，吃了再好好休息一下，师父守着你。”

看到窫窳关切的神情，鼓打消了自己的疑虑，只是饮些血，也没什么大不了的，他们恢复原身时也吃过。

看到窫窳竟然行动自如，鼓瞬间又高兴起来，看来那不死药果然有效，不枉费自己奔波一场，只要窫窳从此以后能好起来，自己怎么样都是值得的。

想到这里，鼓擦擦手上的水，撕下一片牛肉递给窫窳：“师父，你先吃，虽然没有视肉好吃，但我注意了火候，应该还是能入口的。”

窫窳接过来，转手却将肉塞进了鼓的口中：“让你吃你就赶紧吃，吃块肉也要推三推四的。师父已经好多了，别瞎操心。我说过的话我记得，我会陪着你。”说完窫窳笑起来，眼睛弯弯地看着鼓。

此时，见到窫窳这个样子，鼓终于觉得一直提着的心落回了原处，脑中一直紧绷的弦“嗡”的一声松了。一瞬间所有的害怕、担心和不知所措集体爆发再一起消失，身上所有的伤口却开始叫嚣着疼痛，可他顾不上这些，只是一把抱住了窫窳，泪潸然落下。

“师父，我害怕。”

“小鼓不怕，师父在呢。”

三

两人不敢停留太久，匆忙上路。

窫窳虽然身体还很虚弱，但至少不会有性命之忧。鼓却不敢掉以轻心，因为窫窳忽然变得十分嗜睡，开始还强打精神和鼓说话，可是说着说着就没有了回音。中途他们又杀了一匹野马，窫窳喝了一些马血后精神短暂恢复了一些，但立即又陷入了沉睡。要不是他的鼻息声就在鼓的耳边，鼓简直忍不住又要乱想。

这些都是小事，鼓背着窫窳赶往昆仑边界时想，只要他们出去，一切都会好的。

鼓揣着一颗七上八下的心往前去，终于昆仑边界在望，只是这次又来了人，来的还是熟人。

陆吾、蓐收和英仪一字排开，挡在他们的必经之路上。

“你们也要拦我吗？”鼓看着眼前熟悉的三人点点头，没有再说什么，只是横刀在手，“那就来吧。”

“鼓，这到底是怎么回事？！”蓐收着急地喊道，“你可知道西王母已经下了令，整个昆仑都在捉拿你们，只要捉到你们就可再赐不死药！”

“猜到了。”鼓淡然回道，“不错，葆江是我杀的，药也是我抢的。你们要是想捉我换不死药，那就来吧。”

“你！”蓐收被他这话堵得说不出话来。

旁边的陆吾拍拍他的肩，示意他冷静，迈步而出，对鼓说道：“既然是西王母下令，各家各族都会闻令而动，何况还有不死药。我们赶在他们之前候在这里，就是希望听你述说原委，看此事还有没有转圜的余地。”

听到陆吾这样说，鼓缓缓放下手中的刀：“你们来晚了，我这一路而来，早就有人知道了消息，我已经跟他们交过手了。”

“是何人？”旁边的英仪开口道，又看到鼓似乎有伤在身，“你受伤了？”

“我没事，其中一个是朱厌，还有一人蒙着面，手中使薄刃，不知道是谁。”鼓摇摇头回道。

“你已经跟朱厌交过手了？”蓐收又着急地道，“他可不是一般人。”说着他就想过来看鼓的伤势。

鼓见状后退了一步：“你们别过来，此事与你们无关，你们不要搅和进来，只要让开道让我们过去，就算我们没有白相识一场。

以后，我与师父也永不再回来，我们就此别过，相见无期。”

“你这说的是什么话，我们兄弟一场，你遇到这样的事，我们岂能袖手旁观？是不是大哥？”蓐收说着，也不管其他，一步跨过去和鼓并肩站在一处。

鼓见到蓐收如此，终于露出了一丝笑意。

英仪见状，沉吟片刻，也迈步走了过去。陆吾见他二人过去，却没有搭话，也没有任何举动。

“大哥？”蓐收见状连忙去唤陆吾，“我们要帮鼓逃出去，是不是？”

“我不是不帮他，但是首先要弄清楚到底发生了何事，最好能有更好的解决方案，而不是一味地逃跑。”陆吾见蓐收着急，解释道。

“可是大哥……”蓐收还想再说什么，却听见有人高声说话。

“陆少主果然是明白人，你这一步跨出去可就是与西王母为敌，与整个昆仑为敌，这可不是一个人的事，这是关系整个陆吾族的大事，可要想清楚了再做决定。”

来人声音尖细，声调高昂，带着一股生怕人听不见的刻意感，正是那日见到的毕方族的长老，而他身边毕方族的一群人正簇拥着他们的少主。

“又是你们，当日还没有被打怕吗，还来讨打？”蓐收一见来人，厉声问道。

“哼，今时不同往日，今日可不只有我们来了，你看看还有谁！”说完，他们让开道路，从远处走来六个白衫白发之人，正是当日的六巫。

在六巫身后，还有源源不断的人群聚集，显然都是听到了风声后赶到此处来缉拿凶手，顺便看能否分得一颗不死药的人。

“大家请听我一言！”眼见人越来越多，此事怕是难得善了，陆吾手臂一举，高声说道。

人群暂时一静，陆吾接着说道：“我与这位小兄弟相识，我可以向各位保证，他绝不是滥杀无辜之人，这其中必有什么误会。”

陆吾又对鼓说道：“你尽管说出当时的情景，不要紧，只要你是迫于无奈，我必助你离开。”

身边的蓐收、英仪也拍拍鼓的肩，鼓看了他们一眼，终于站出来说道：“因为葆江已经失了神志，变成了怪物。”

此话一出，众皆哗然！

“胡说八道！”那六巫越众而出，其中一人对鼓大喝道，“我等当初看你求药心切，放你一马，让你去找葆江，想着你神力不俗，必能通过他的考验，再诚心恳求，葆江他悲天悯人，定会把药给你。可是你求药不成，竟然杀心一起害死了他，让他葬身山中，连尸骨都找不到。你此刻竟然还敢在这里狡辩，血口喷人！”

那六人义愤填膺，来到近前，眼看就要把鼓三人围起来。其他人一听六巫这样说，纷纷躁动起来：“杀人夺药，不能放走了杀人凶手！”

蓐收和英仪连忙背对背站着，三人对外，但他们二人眼中惊疑不定，显然对鼓的说法也有怀疑。葆江在昆仑口碑甚好，据说他除了神力高绝，为人亦极为公正，从无偏私，所以西王母才把不死药交给他保管，就是相信他有能力处理好不死药。

如今鼓却说他神志全失，变成了怪物，实在是匪夷所思。但看鼓肯定的神情又不像是在说谎，这到底是怎么回事？

对面的陆吾显然也没有想到会听到这样的回答，一时沉吟，没有说话。而那六人显然异常气愤，二话不说就要动手。众人见那六人在前，也一拥而上，终于把鼓三人团团围住。

陆吾见状还想再说什么，可此刻人人口中大喝“抓住凶手”，个个凶神恶煞地往前，仿佛眼前就是不共戴天的仇敌，已没有人会再听他说什么。

鼓见状，一声长啸震彻天地，等众人再看，巨大的赤红色身躯半隐半现，大水从天而降，试图把人群驱散。可是众人一见他化出原身，也纷纷腾到半空，化出原形。半空之中庞然大物挤挤攘攘，猿蛇龙象、熊兕虎豹，黑压压一片似乎要把天都遮住。

鼓看着他们一个个口中说着为葆江报仇，目露贪婪之光地看着他却像在看不死药，忽然心中生出一丝异样来：那西王母炼这不死药真的是为了昆仑吗？难道师父之前的猜测是对的？

他把窫窳牢牢地负在身上，他手臂的伤还没有痊愈，神力也损耗巨大，但此时看着这帮虎视眈眈之徒，他轻蔑地笑了。不过是一帮唯利是图之辈，如果他真是传说中那一位的后人，又何惧之有？

于是他不再保留，既然这么多人不肯放过他，那他也将倾力一战，这样才对得起这般华丽的舞台，与所有人奉陪到底！

鼓身躯伸展，再飞纵而上。他的速度快如闪电，不，连闪电都追不上，把所有人都远远地抛在身后。他飞纵在所有人之上，让所有人都只能仰望，就像仰望不可动摇的信仰。

他双眼开合，额头上缓缓出现了一只竖瞳。那只瞳开始只是一条缝，放出冷光，就像天光乍现。遽然，那只竖瞳睁开了，如一支烛照彻世间，从天到地，万物万象无所遁形！就在这样的光明中，所有人都被照得睁不开眼，有的想要强行对视，眼睛瞬间被灼伤，再不能视物。

“你……你是？！”所有人惊疑不定，他们不知道眼前的神迹该如何解释，这分明是只有那一位才能拥有的神力！

没等他们回过神来，那只竖瞳又陡然闭上，于是所有人又置身于绝对的黑暗之中，天地间没有一丝光亮，比最深的深渊还要暗，比最暗的夜还要黑。他们从未置身于这样的环境之中，只能惊恐地互相呼叫，惊慌失措。

在这样纯粹的黑暗之中，有鳞甲开合的泠泠之声传来，如沙子磨过每个人的耳膜，仿佛有不可言喻的庞然大物滑过身旁，只鳞甲之锋利就可令人胆寒。果然，寸息之间，有暗红的弧光一闪而过，所有人脸上、身上血光乍起，血流出来，如溪水蜿蜒。

这样的杀意、这样的神威令人心悸，让人胆寒，所有人同时屏住了声息。

黑暗的威慑只在瞬间，但所有人都仿佛经历了漫长的生死，他们浑身颤抖、惊魂不定，心中有所猜测，但又不敢置信，自己面对的到底是怎样的敌手。

众人回到地面，鼓还是原来的样子，背着窫窳，只是现在所有人看他的眼神已然不同，虽窃窃私语却不敢擅动。

鼓不再理会他们，蓐收和英仪靠过来，一左一右护着他往昆仑地界而去。

“站住。”

忽然有朗朗女声传来，虽然声音平平却似含有无限威压，众人闻声四望却并不见人。半晌之后，极远处的雪峰之上出现了一个影影绰绰的身影，云霞为衣，霓虹作帛，只见其脚步轻抬，竟似从空中踏步而来，转瞬来到近前，凭空站立，眼睫下垂。

底下众人这才看清来人，竟是西王母！一时之间众人纷纷匍匐在地，不敢抬头。

鼓见周围众人都跪了下去，连身边的蓐收、英仪也不例外。片刻之后，只剩下鼓一人负着窫窳昂然而立。

他抬眼看着眼前的女子，见她发髻高耸，玉胜横插，容貌绝世，雍容大气。原来她就是西王母。

“你是何人？”西王母开口道，并没有降下身来，而是俯视着他。

“我是鼓。”鼓昂头扬声看着她道。

“你父母是……”西王母有些疑惑地开口。

“我没有父母，我只有师父。”鼓截断她的话。

“师父？”西王母看向窫窳，脸色一沉，“就是为了他，你杀了葆江？”

“他已经疯了，变成了怪物。”鼓回答。

“哦，是吗？就像你背上背的师父一样吗？”忽然西王母手指轻抬，一股神力注入窫窳体内。

鼓背上的窫窳陡然一动，似要从沉睡中醒来。鼓感觉到背上的动静，连忙把窫窳放下来，让他靠着自己，小声唤他：“师父，师父。”

接着，窫窳果然缓缓睁开了眼睛，可是他口中发出嗬嗬声，双目赤红，看了一眼鼓，然后一把推开他，起身往一个身上还在淌血的人扑去。那人猝不及防地被他扑倒在地，刚想挣扎，冷不防被他一口咬到颈侧，立即鲜血淋漓。

“师父！”鼓不敢置信地扑过去，把窫窳从那人身上拉开，却见他目露凶光，满嘴鲜血。窫窳见鼓来拉扯自己，转头就要往鼓身上咬去，却又在见到鼓满眼的心痛担心之后，似乎恢复了片刻的清明。

“小鼓？”他喃喃出声。

“师父，是我！我是小鼓呀！”鼓连忙把他嘴角的血迹擦去，又扶着他的肩，痛心地发问，“师父，你……你怎么了？”

“我……我控制不住自己……”窫窳边说边猛地抱住了自己的头，似乎痛苦难忍，又用力把窫窳一把推开，“你让开！”接着他又往另一人扑去。

“师父！”鼓奋力抱住窫窳，不让他再去害别人。窫窳在鼓怀中左冲右突，却始终摆脱不了，猛地头又疼起来，终于抱住头忍不住发出了哀号。

鼓更加用力地抱住窫窳，他猛地把头抬起，愤怒地看向尚在空中的西王母：“你做了什么？你对我师父做了什么？！”

西王母的声音淡然，甚至流露出一丝悲悯：“我什么也没有做，只是催化了他体内的药力，他的药是你喂给他的。”

“我？我给他的？”鼓看着窫窳疯癫的模样，忽然脑海中闪现葆江的身影，也是一样双目赤红，也是一样言语颠倒，“不死药，难道是不死药？！”

鼓嘶吼出声：“是你的不死药害了我师父！”

此话一出，众皆哗然，不死药，竟然是因为不死药？！

西王母抬步来到众人头顶，她声音洪亮，瞬间压下一切杂音：“不死药本就只能最强者服用，设立众人竞技比试的意义也正在于此，神力平庸技不如人者，不得觊觎！”

她说完释出神威，众人只觉威压临身，不能抵抗，只有把身体伏得更低。

忽然响起一声长啸。只见鼓击晕了窫窳，让他躺好，而后冲天而起，直奔西王母。

这是他第一次在人前完全展露身形，只见人面蛇身的赤红身躯蜿蜒不知几许，却再也没有之前从容优游的姿态。他上天入地，飞快翻腾，片刻后风雨雷电齐聚，齐齐砸向西王母。

可惜西王母只是挥挥衣袖，天上的浓云便瞬息散去。等鼓再闭合竖瞳，本不可视物的黑夜之中，西王母却直视无碍。

她就站在那里，看着天际游走翻腾的赤红色身影，眼中神色却有了变化，似乎有什么强烈的情绪翻涌，却又被死死压制，话语还是淡淡的："很久很久以前，我也曾见过这样的情景，只是因为那一眼，一切就如美梦般一直在心底留存至今。"

"但如今见到了你，我知道梦该醒了。"她说着大袖舒展，那浓黑的天幕竟然随着她的动作一点点往上收缩，天光透进来，越来越亮，所有的一切都一览无余。

鼓知自己的神力与她相比相去甚远，且连番厮杀下来，身体负荷其实已近极限，但眼前之人，他无论如何都要打败，要灭了她，为师父报仇！

于是他咬紧牙关，用力一抖浑身的鳞甲，那些带着殷红鲜血的鳞甲如千万柄弯刀割向西王母，就如下了一场雨，一场血雨，终于令那个一身霓裳的人身上也染了红！

"还我师父来！"鼓浑身浴血地一字一顿道，眼睛死死地盯着西王母。

西王母一瞥身上的几道血污，却无动于衷，哂笑一声："师父，你哪里还有什么师父？"

在一片血雨中，地上的窫窳不知道什么时候醒了过来，却不复原本的模样，他变成了人面牛身马足的怪物！他张口也不再是人言，而是婴儿般的叫声。他大张着口往身边的人扑去，就要啖肉饮血！

"师父！！！"

鼓悲痛欲绝，俯冲下去瞬间变回人身，一把将那个怪物抱在怀中，而怀中的窫窳终于泯灭了最后一丝人性，一口咬在了鼓的肩膀上！

"师父。"鼓并没有动，仿佛遍体鳞伤的不是他，肩上汩汩流血的也不是他。他只是把窫窳的头抱在怀中，窫窳披头散发，满目血污，五官扭曲，恐怖狰狞，却还是初见时的模样。

“师父，我后悔了，你说得对，我们不应该来，我带你回去，无论你变成什么样子，我都带你回去！”鼓说完又想一掌击在窫窳后脑，将其击晕。可是他已失血太多，手举起的瞬间竟然眼前一黑，一阵恍惚，窫窳乘着这个时机挣开了他的怀抱，奔向了旁人。

不知是不是血气所激，窫窳竟然变得力大无比，转瞬之间已经袭击了数人，众人惊叫着躲闪，鲜血四溢。

就在鼓起身试图再去抱住窫窳之时，忽然不知从何处飞来一支箭，那箭似流火般瞬间穿透了窫窳的身体。

“不！！！”鼓大喊着扑过去，接住了窫窳倒地的身躯。

窫窳又变成了人形，那一支箭插在他的心口，箭尖还在颤动。

“师父，师父……”鼓的泪终于落了下来。他颤抖着伸出手，想像上次那样，把箭拔出来，却在试图用力之时被窫窳制止了。

“小鼓……”窫窳看着鼓，把自己的手放在他的手上，摇了摇头。

“师父，师父，没事的，只要拔出来就没事了，就像上次一样，啊……”鼓连忙握住窫窳的手，泪如雨下。

“小鼓，别哭，”窫窳勉强伸出手拭去他脸上的泪，“师父怕是要食言了。师父不想再变成那个样子……”

“不，师父，不要扔下小鼓一个！你说过要陪着我的！师父，你说过要一直陪着我的！”鼓大恸，紧紧抓住窫窳的手，死不放开，终于崩溃地哭喊出声。他不能接受失去窫窳，无论如何都不能接受这样的结局。

“小鼓，师父这一生最高兴的事就是找到了你。你去……去找你的父亲，只要你的父亲还在，他们……他们所有人都动不得你。”窫窳气若游丝，手上使劲推着鼓。

“不，我不要，你就是我唯一的亲人！现在你要舍了我吗？要舍我而去吗？师父！我不要，我不允许！”鼓连连摇头，把窫窳紧紧搂在怀中。

“快去……”窫窳口中吐出最后两个字，手遽然落下。

“不——”鼓大声嘶吼，如同泣血。

可是，任凭他再撕心裂肺，悲痛欲绝，那双总是含笑的眼睛都再也不会睁开了。

再也不会有人像小时候那样，用手指戳着他的脸，唤他小鼓；再也不会有人对他嘘寒问暖，尽自己所能给他关爱；再也不会有人把他当自己的孩子一样捧在手中，放在心中，为他考虑，为他思量；再也不会有一人像窦窳，是他此生唯一的师父、朋友和亲人，亦是他活在这世上唯一的倚仗、温暖和信仰！

所以他不能失去这些，这本就是他活在世上的理由。

“我不会让你离开我的，师父……”

忽然空中有风声起，大雪落下，覆了肩，白了头，寒了心。

就在这一片纯白中，有蓝色的火燃了起来。那是明亮纯粹得如海水般的蓝色火焰。不同于这世间的任何一种火焰，它一旦点燃就会一直燃烧，直到把所有的一切都化为灰烬，没有什么能阻止，也没有什么能抵挡！因为它本就是涅槃的火，是从心中烧起来的火，再加上庞大的不顾一切的神力的宣泄，片刻就如潮汹涌，如浪翻卷，奔腾向前，带着毁天灭地的力量，要把眼前的一切，把整个昆仑全部席卷，全部毁灭！

哪怕是如靡草一样的生命，也要燃起烈焰，荡起火舞，烧掉不公，烧掉愤懑，烧掉这污浊的世间！一往无前，不死不休！

周围的人猝不及防被那火焰波及，就像被一张张蓝色的网捕获，彻底束缚，无从逃脱，从大声惨叫到变成飞灰不过眨眼之间。

蓝色的火焰一刻不停，从这里铺展开去，瞬间就席卷了眼前的一切，就像大海卷起惊涛越来越汹涌澎湃，无从遏制，无法制止。

西王母瞬间变色，身形拔高，但那火似有了自己的意志一般竟然紧追不放，急掠如风，又如影随形，紧跟着她的身影急速上扬。

西王母低头看去，明亮的火焰中，刚才还低着头悲痛欲绝的少年，此时怀里抱着他的师父，头昂了起来，一双眼死死盯住西王母，半分不移。

生死大仇，誓要报复！

蓝色的火焰有如水的形态，恣意汪洋，没有水能够熄灭，没有火能够抗衡。它就像一张天罗地网，要把所有人都包裹其中，从地到天，由近及远，目之所及，只剩一片蔚蓝。

那火烈烈燃烧，包含着不屈、愤怒，还有滔天的恨意！那是失去了不能失去的人才有的恨，那是与仇人玉石俱焚的焰！西王母仔细分辨着那张脸，试图从中找到熟悉的影子，可是事与愿违。因为眼前的这个人与记忆中的那个人是如此不同，那人是高高在上的神祇，永远从容镇定，明知死期将近，也能从容不迫地安排身后事，从来不见急迫之色。哦，只有一次，那一次她触怒了他，他出手差点伤了她。除此以外，他永远只如高山一样令人仰望，只有她见到过他不一样的样子。

可是，她以为的唯一，原来早就有人见过了。

在这孩子身上，西王母竟然看出了与自己相似的表情，那样的愤怒、不甘，恨不得毁天灭地，可惜结局早已注定。她也是从这样的痛苦中蹚过来的，那么让别人尝尝又有何妨？眼前的人就算是那人的孩子，又有何不可？毕竟她与他早就分道扬镳，再不可能并肩。

此时那蓝色的火焰竟然如海水般卷起旋涡，冲天而起，直奔西王母而来！

西王母眉头蹙起，大袖翻转，释出神力，与那巨大的火焰旋涡正面对上。那火被沛然神力压得一滞。鼓只觉得心口似被大锤猛然一砸，顿时喷出一口血来。但是他无视这些，那熊熊燃烧的火焰只顾顶着压力，又要上扬，誓要吞噬面前的西王母。

西王母没有想到眼前的少年竟然还有余力，心道确实不愧是那人的骨血，但又怎样？今日就算是那人亲至，也不能将她怎样，因为她早已不是过去的她！

西王母仰天长啸，啸声激荡，令所有在场的幸存之人心头震荡，就如那日群雄被西王母高山之上的一声长啸震慑一样，无从抵抗。

再看西王母身形变大，在半空中有如神像俯视蝼蚁，双掌抬起再轰然拍下，那无可匹敌的巨大力量直接拍散了那好不容易冲到眼前的烈焰，并且去势不减，直奔鼓而去！

就在此时，空中忽然传来怒吼，似乎有什么庞然大物在急速靠近！

四

“孩子！”

绵延千里的赤红身影闪现，瞬间化为人形落到众人面前，那是烛龙，烛九阴！

他扬手就接下了西王母的一击，却并不看她，只是急急回头看向烈焰中的鼓。可眼前是令他肝胆俱裂的画面。

那是蓝色的火焰，这世间独一无二的蓝色火焰，他也没有办法熄灭的火焰，那是蓝蓝的火焰！就如记忆中的那场火！

烛龙趔趄了一下，心脉猛然收缩，呕出一口血来。他强行从钟山赶来，本已心脉受损，眼前这一幕实在令他无法接受，于是只有吐出血来才能喘息。

当年他和蓝蓝心存侥幸地送出了羽毛与鳞甲，想着万一上天垂怜，能再诞生一只蓝凤凰，那就让那个孩子自由自在地活着，不要回钟山，不要牵扯进烛龙的宿命中来。这是他们的一点私心，却没有想到最终是这样的结局！

火焰中的鼓看着外面那个与自己形貌相似的人，那是他的父亲，是众人口中的大神，是这天上地下神力最强的人。可是又有什么用呢？他小的时候父亲不在，他被人欺负的时候父亲不在，他最需要父亲的时候父亲还是不在！他也曾期待过，父亲哪一天能从天而降护佑他，可是从天而降的是窫窳，不是父亲。所以他再也不期待父亲了。

现在，父亲来了，但是晚了！

从很小的时候开始，鼓就知道自己的原身可以幻化成另一种形态——凤凰，只是这凤凰之身颇为特殊，是一只湛蓝的凤凰。鼓从未向人提起，连窫窳都不知道。因为他自己也不清楚这凤凰之身的威能，所以从不显露。

可是，此时此地，他心中满腔的愤怒无法宣泄，牙咬出血，眼流出血，心渗出血，只恨不能把眼前的仇敌撕碎！在无声的呐喊中，那愤怒就有了形，覆了色，那是血脉中流淌的蓝色的火焰，是这世间最烈的火！就让这毁天灭地的大火烧了仇敌，烧了昆仑，烧了一切！

如果自己的身躯被烧成了土、扬成了灰，那就燃烧自己的精神、自己的魂灵！把自己的一切都献给这场烈火。只要它一直烧，一直燃烧，让所有人都知道他的愤怒、他的痛苦、他的不甘，再把一切都埋葬！

至于外面的人是谁，与自己有什么关系，他都不想去理会！只可惜如今就算拼尽所有，他也难以如愿了。

鼓默然收回目光，闭上眼睛，把怀中的窫窳抱紧。如果这就是结局，那他只想和师父在一起，谁都不要来打扰。

可是，耳边传来轻柔的声音，身体竟然还有触感，有人轻轻地说："孩子，父亲来晚了，对不起。"

鼓不得不睁开眼睛，看到那个自称他父亲的人，穿过蓝色的火焰来到他的身旁。

"你与你的母亲很像。"烛龙来到鼓身边，珍视地看着眼前痛苦的少年，那是他和她的孩子，可惜刚见面他就要失去，痛心、悔恨、愤怒，很多话哽在喉间，不知从何说起。

"母亲？"鼓迷茫地看着烛龙。

"是的，你的母亲，她是一只桐花凤，蓝色的桐花凤。这里是她生活的地方。你要毁了它吗？"烛龙轻轻地问。

"你就是为了这个来的吗？"鼓看着眼前的人，心想：多么可笑，自出生后他就从未看过自己一眼，自己一路跌跌撞撞走到这里，其中经历了什么，他一点儿都不知道。如今自己就要死了，他终于赶来了，就为了这么可笑的理由？

"那么我的母亲呢？"鼓问烛龙。

"她为了救我，燃尽了自己。"烛龙至今都不愿回想那一幕，可是没想到同样的一幕如今就在眼前。

"是吗？那必然也是愤怒的火焰，您又怎会理解？"鼓不再看他，"您走吧，您的出现只会让这火更烈些。"

烛龙没有想到鼓会是这样的反应，还待说些什么，忽然沛然神力席卷而至，那来自西王母。

烛龙扬手一掌以神力相抵，把鼓护在身后。他终于转过身来直视西王母：“你要干什么？！”

“我干什么？”空中之人发出一声嗤笑，“这昆仑都要被你儿子毁了，你说我要干什么？你不是一向最看重这些吗？难道你就为了一己之私袖手旁观？烛龙大神，或者师父？”

“我不是你师父。”烛龙冷声回道，许久不见，她早已不是记忆中的模样了。

“是，你从来没有承认过，可是我的神力是从何而来，是谁当年嘱咐我要接替你镇守钟山？”西王母扬声说道。

他真的来了，他终于还是来了，在他们背道而驰之后又过了多久呢？她终于又一次见到了他。

他看起来比之前又憔悴了一些，但那冷肃端严的样子还是和过去一样。她过去还能从他口中得到一些鼓励和安慰，可如今看他对着自己眉头紧锁的样子，出口的想必只有斥责。

往日种种，再不可得。

西王母嘴角勾了一下，又迅速正色道：“我本来也不想叫你师父，我叫你烛哥哥你更不会回应。如今看到你儿子对待他师父的情形，忽然觉得师父这个称呼也不错，可是这样你依然不愿应我。”

“你还敢提我的孩儿。”烛龙终于怒了，“你的不死药害了他。”

“是啊，我的不死药，可是我炼不死药是为了谁呢？师父。”西王母在空中缓缓而行。

“我早就告诫过你，此法有违天道，定不能成功。是你一意孤行，非要逆天而为，就算你的初衷是为了我也不行。”烛龙正色道，“如今果然。”

“所以呢，你想怎样，把我就地正法吗？就像当年一样？休想！

“今时今日，我再也不是过去那个一心倾慕于你、只想救你的懵懂少女，而你也不再是神力通天的烛龙。烛九阴，烛九阴，烛照九阴，滋味不好受吧？那钟山已耗损了你太多力量，如今的你还能有往日的几成神力？你真以为自己就是不败不死的吗？！”

随着西王母的大声质问，她终于渐渐露出了原身。那是一只巨大无比的雪豹，皮毛雪白，墨纹俨然。它昂首立于空中，长啸一声，遍野的大火似乎又被压了一压。

西王母目光直直地看着地上的烛龙，看着他的儿子，他和别人的儿子！她心中只觉得可笑，自己信誓旦旦地要去救他，用尽所有的力气，甚至不惜变成另一个样子，可是他眼中根本没有她。那她到底是为了什么走到今天？可笑，太可笑了！

她不甘心，她怎么能甘心？她付出了太大的代价，不能就这样算了！

她飞身扑向他，果然他变成了当年在钟山之上看到的样子，脊如山，身似峦，盘桓蜿蜒，蜷曲舒展，变化万端，和当年一模一样。

可是，她知道一切早已与当年不同。所以她出手时不再留情，且明白他也一样。他们以神力相抗，以威压相抵，空中撕扯出闪电，气浪掀起，声震四野。

这里本已是昆仑边界，从高空望去，整个昆仑广袤的大地尽在眼中。那大地之上层层叠叠的高山共有九重，从这里向西延展共二十三座。

而此刻，一瞬过后，两人神力尽泄，只听到轰隆一声巨响，整个昆仑山脉闻声而动！那声音一层一层震荡开去，大地震颤，山峦崩摧，一时之间昆仑的所有生灵惴惴不安，不明白发生了什么事情。

两人神力对冲，击在对方身上，然后各自后退一步，暗自心惊。

西王母没有想到，时至今日，烛龙依然有如此神力，他盘旋在空中的身躯依然矫健，他的神力仍然深厚，震撼众人。他就算有些折损，也不是她能轻忽的，这本是天地之间最磅礴的力量，没有人能顿挫，一如从前。

烛哥哥，烛哥哥，今日，是她最后一次这样叫他了，这一场过后，一切就再也回不去了。

那她就索性决裂到底！她要让他明白，她的心意不能就这样被无视、糟蹋，付出必须有报偿！

就见雪豹一个甩尾，仰天又是一啸，可是这啸声与之前不同，声音更加浑厚激烈，那是虎啸！

随着这声虎啸，眼前的雪豹变了模样，身躯变得更加庞大，雪白的皮毛变成金黄色，四肢变得更加粗壮，獠牙拉长，指爪锋利，寒光凛凛。但身上的纹样还是豹纹，一条雪白的豹尾在身后摇动。

她已不再是她！

烛龙见到眼前惊人的变化，一时愣怔："你为何变成了如此模样？"

西王母仰天长笑："我为何变成这样？"她又恢复了人形，可惜那已经不能称之为一个人。只见她虎齿豹尾，蓬发戴胜，说话间如虎啸阵阵，令人胆寒。

"你说我为何变成这样？"笑声止住，她睨着他，一字一顿道，"因为我也吃了不死药呀。"

话音刚落，本来被压制的蓝色火焰忽然暴涨，如接天的浪一般涌过来！原来她早就知道吃了不死药会变成如此模样，变得不再是自己，她却还是用此药来哄骗世人，让那些人心甘情愿地前赴后继，听她号令，供她驱遣！

变了模样的西王母仿佛冲破了某种禁忌，她翻掌间竟然硬生生压下了那滔天的火。此时的鼓已神志不清，早已感觉不到自己的存在，只觉得自己越来越轻，越来越轻，仿佛冲破了一切束缚，终于要飞起来了，顷刻就能远去。

可是，仇人就在眼前！师父的仇还没有报！

于是他的双臂变成羽翼，身躯覆上翎毛，在滔天的蓝色火焰中，一声凤鸣，九天回响！他终于变成了一只凤凰，一只浴火的凤凰！那是天地间独一无二的鸟，挟着天地间最刚烈无匹的焰，带着满腔的仇恨，箭一般直直向前冲去。这是他最后的力量，誓要置那人于死地！

"不！"有人在耳边嘶吼，但他已无所顾忌。

只可惜，他拼尽全力的一击，却被那半人半兽的怪物轻易挡下。轰隆一声之后，他觉得自己碎了，碎成了千万片，碎成了漫天蓝色的羽毛，飘在空中，落在地上，再慢慢消逝。其中一羽被那人接在手里。他看见那人心痛难抑，看见泪水落了下来。

算了，鼓决定原谅他了，也许这么多年，他真的有什么苦衷，所以没有办法陪在自己身边，而自己只要有师父就够了。

恍惚中有声音对他说："你还有什么心愿未了，父亲一定帮你办到。"

"为我师父报仇。"他道。

那人答道："好。"

一片朦胧中，鼓眼前仿佛又看到了旧时窫窳的模样。师父整天只知道观花看草、品酒赏乐，一回头，笑眯眯地唤他"小鼓快来"。而他会慢腾腾地走过去，边走边想今天的晚饭在哪里。

窫窳虽然是师父，却总是让鼓这个徒弟操心。以至于有时候他忍不住想，窫窳是有多幸运捡到了他，要不然饿死了都没人知道。

可是，后来他才明白，自己是有多幸运遇到了窫窳，遇到了另一种人生。所以他才会牢牢守住，再不放手。

鼓感觉自己的魂灵飞了起来，窫窳的魂灵不远，他必能追上。终于他拥住了那个影子，注入了自己最后的力量："师父，你不愿陪着小鼓，小鼓却愿陪着你，永远陪着你。"

五

漫天大雪还在飘舞，天却低得令人喘不过气来。

乌云在天上聚集，风似吼，雷似怒，就如在场每个人心中的恨意，喷薄欲出。

烛龙目送自己与蓝蓝的孩子远去，把手里那片蓝羽放入怀中。他站直了身体，怒视王母。

"怎么，生气了，要报仇吗？他早就活不了了，在他燃起烈火之后。哦，我想起来了，难怪传闻在钟山之中能看到蓝色的火精，那就是他的母亲吧？"西王母轻描淡写地道，转眼又狠狠盯着烛龙，"可是你什么都没有跟我说！"

"我和蓝蓝的事情为何要告诉你？我早就告知无意于你，你却一意孤行，何况还有那只青鸟……”

“够了！”西王母猛地截断烛龙的话，“你现在说这一切都是我一厢情愿，与你无关，要是过去我也就认了。可是如今，我不会再被人轻易摆布！你不是想报仇吗？想知道我为什么会变成这个样子吗？别着急，我慢慢告诉你，等我说完，看你还能不能说与你无关！”

“当年为了救你，我答应承接你的神力，可是我本凡躯，根本无法承受如此巨大的力量。在接受了几次神力传输之后，我的身体终于到了崩溃的边缘，虽然有大青帮我疏导，但也无济于事，直到十巫到来。

“那时的十巫已经开始炼制不死药，却屡次失败，因为他们的神力无法完全催化药力，而我可以，等到药成即可补益我的身体，正是一举两得之事。

“开始我们都小心翼翼，控制着药量和神力，制出来的药丸果然能解人病痛并延长寿数，就如现在的十巫。可是这都不是不死药，我们最终的目的是起死回生。可笑那时的我还一心想着魂灵尽复，九阴一空，那样你就不用守着钟山，我就能真正地救你。而且那时候我也已经濒临死境。于是我们开始加大药量，又找来了不死树的果实，再用神力完全催化，制成了第一颗不死药。

“我明知可能有危险，但别无选择，只有将它吃下去。然后结果你也猜到了，我开始无比地渴望血肉，当时正好有一只猛虎经过，我化为原身吃了它。再然后我就开始神志不清，变成半虎半豹的样子，谁也认不出，只是腹中饥渴，化为恶兽……

“可是我怎能认命？我还要去救你！于是我苦苦挣扎，苦苦压制自己，拼了命地用神力冲刷经脉，重塑骨骼，每时每刻都恨不得死过去，可是想到你，我又逼自己活了过来。

“终于，我熬过来了，不死药成了！我没有忘记你，却变成了如今的样子。这副样子你觉得可怕吗？你再也不唤我小瑶了吗？可是我这样做是因为谁呢？！

“为了你，我付出了这样惨烈的代价。如今，你一句与我无关就想轻易揭过，做梦！我今日就要让你尝尝这刻骨铭心的滋味，让你也体验这求生不得、求死不能的感觉。这番挣扎让我获得了前所未有的强大力量，这也是拜你所赐，所以你说我到底是应该痛恨你，还是感激你呢？烛九阴！”西王母状似癫狂地说着，任凭在场的人震惊地看着她。这天大的秘密被遮掩了许久，无数人对它揣测了许久，却没有人能猜到其中隐含的血腥内幕。

西王母还在说着，毫不在意，因为如今已经没有什么值得她在意的了。

“哦，对了，还有葆江。他当年在钟山重伤濒死，你都束手无策，我却向你保证有办法救活他。于是你我赌了一次。那时我已熬过了药效，以为葆江本身神力强大，也会同我一样，哪怕身体异化，最终也会恢复神志。可惜我没有料到的是，他一个人在那洞中苦苦挣扎了那么久，变成了那副模样，却始终半疯半癫，再也回不去从前。所以你儿子把他杀了，也算是让他解脱。同样，如今有人把你儿子的师父杀了，也是让他解脱，他又有什么可抱怨的呢？

“他们神力不够强大，意志不够坚定，只有我，为了你脱胎换骨，向死而生，最后成功了，你说这是不是天意？！”

西王母说完，纵声大笑，不知是感到欢愉还是痛苦。

半晌，她止住狂笑，睥睨在场所有人：“不死药，不死药，它是可以起死回生，也可以令人生不如死，如今你们知道了这个秘密，”她话语稍停，又铿锵地继续，“如何抉择，全凭自己！结果如何，自己承担！生死有命，怨不得人！”

烛龙站在地上，看着半空中的西王母轻描淡写地述说别人的生死，神威赫赫地告诫众人不得生报复之心，就好像她所说的都理所当然，不容指摘，不得辩驳，有如神谕。

西王母，西王母，她真的再也不是当初的小豹子了。

烛龙与她对视：“也许一开始是我错了，我不应该把镇守钟山、守护生灵的责任强加于你，说到底你当年也只是个孩子，却拥有了驾驭不了的力量。如今这错误就该由我来终结。”

“错误？”西王母轻笑一声，“我错了，你的孩子难道就没有错吗？”她手指下指，只见昆仑草木尽摧，连大地都承受不住烧灼，龟裂开来，露出丑陋的伤口。放眼望去，四野尽成焦土。

她说完深吸一口气，看着烛龙："如今的局面，多说无益。错，我就错到底！"

话音落下，西王母一臂上举，五指微张，掌心之中仿佛有电光闪现，本来就不断聚集的风云被那只手牵引、搅动，开始奔涌、盘旋，渐渐形成一个巨大的旋涡。风声由之前的呜咽变成咆哮，宣泄着勃发的怒意。而暴雪更凶，不再是从天而降，而是被那巨大的风云之力裹挟，反而向天上卷去，加入那巨大的旋涡之中。

那旋涡越卷越大，盘旋在空中。本来天已经完全黑了下来，但不断出现的巨大闪电，伴随着仿佛炸响在耳边的隆隆雷声，却又将天空变成黑色的幕布，映现它恐怖的模样。

整个昆仑都看到了，所有人都惊恐地看着空中出现的巨大异象，惊惶不已，如临末日。

那旋涡像是要把天也卷进去！它越压越低，越来越近，仿佛要带着那无可抵挡的巨大力量压向大地，压垮那些大地之上挺立的峰峦、巨木，让这个天与地再不分彼此，让万物众生重归混沌！

忽然，一道白光冲天而起，磅礴浩大，转瞬就如一把利剑刺中那旋涡中心，光明在霎时间扩散开去，就如剑气涤荡黑暗，扫除阴霾！

那是天地间的一支烛，从天地初开便存在，亘古恒远，历久不变。那是天地间永恒的光明力量，不会被任何黑暗遮盖，不因时光流转而更改，光照世间，惠泽万物。

随着白光不断扩散变亮，那黑暗中心的旋涡越卷越急，妄图把那白光吞没。天暗得像是要滴出水，乌云翻滚，如野马奔腾，天与地似已融合在一起，再也分不出彼此。一错眼，那白光仿佛要被这无边无际的黑暗淹没，天地间一片静寂，再也不见一丝光亮。

可是也就在刹那，黑暗的中心被无数条白线刺破，就像一块黑布本就包不住光芒，如今被那万千光线贯穿，漫天的黑暗就如云絮般被撕裂、分割，片片消散。那光便透出来，照出来，漫出来，直至无处不在！

西王母微微晃身，深喘了口气，看着地上的烛龙。他脸色苍白，衣襟上血犹未干，但只是站立在那儿，就无可匹敌，不可摇撼。

西王母一眼看过，收回目光，不再迟疑。

她昂首向天，一声长啸仿佛越过天际，在整个昆仑回荡。然后她恢复了原身，就那样直直向烛龙撞来！

烛龙身形瞬变，庞大的蛇躯横挡，只听砰的一声巨响，磅礴之力震荡开去，周围的山脉崩塌，河水倒流！

一击之后，西王母口中神力聚集，形成光球。她嘶吼咆哮，然后光球轰然而下。烛龙口中同样神力聚集，同样的光球乍现，也直奔西王母而去。两人同时发力，本就同源的神力施展开来，如同一人。

两股不可言喻的相似力量正面相接，一瞬间，山河崩摧，天地翻覆，周遭一切尽成齑粉。人人生起屏障，勉力抵抗。但是仍然有不少人被神力波及，轻则折骨，重则丧命，一时间哀鸿遍野，哭声震天。

在这样的伟力之下，昆仑外围的山脉也受到了影响。那些本来喷出熔岩的火山忽然从底部开始崩塌，本来遮天盖地的烟尘竟然开始消散。火红滚烫的熔岩和崩塌的山体掩埋了那些本来燃烧着的树。

昆仑的天空一时被黑暗笼罩，一时又光明大盛。一时雨雪风霜似要把人掩埋，一时又烈日当空将万物炙烤。人们从来没有遭遇过这样的情况，只觉得天地都变了，而自己不知能否存活。

黑夜与白昼倏忽交替，时间仿佛长出了翅膀，飞速向前。

西王母和烛龙缠斗在一起，时间仿佛又被拖住了脚步，能看到空中两人的一举一动，指爪相交，利齿相对。巨大的神力冲撞甚至令空间发生了扭曲，周遭一切开始变形、褪色。两者的身躯一时如水纹荡漾，一时又坚若磐石，仿佛石像被刻在空中。

西王母与烛龙不断地冲撞，风云都被踩在他们脚下，只有极致的速度和无限的力量的对决，不死不休。他们每一次交手都仿佛要天塌地陷，磅礴的神力从他们身上不停倾泻，山河难以承受，就似被一双巨手反复地摧毁、重塑，又再次崩塌。

昆仑山脉的二十三座山齐齐感应，有的被直接拦腰截断，有的巨石不断滚落，草木被掀起，伴随着霍然大涨的河流，汇成滚滚泥浆，落到山下骤然裂开的沟壑中。所有的鸟都飞了起来，不断悲鸣；大地上百兽慌不择路、惶惶奔跑，所有生灵都只想逃离这面目全非的地方。

转眼间，山河巨变，往日乐土不复。

就在这天翻地覆的时刻，忽然有如雨的金箭从天外而来，它们携带着陌生的神力暂时打断了烛龙与西王母的缠斗。那金色的光芒前所未见，仿佛一只巨大的鸟的羽翼。

金色的大鸟从昆仑外而来，这是从未有过的事情，外围的火山、弱水早就断了外物进出的可能，怎会有飞鸟凌空横渡？

片刻后，就见一只他们从未见过的巨大飞鸟降临昆仑。它的羽翼带着夺目的金光，在一瞬间带来了万丈光明。

一声长鸣，清越激昂，是他们从未听过的声音，似能涤荡一切黑暗。这一幕让仓皇奔逃的生灵们暂时忘记了恐惧，一时之间，众皆仰望。

只听一声长鸣，金色的大鸟振动双翅，身披光明，降临到所有人面前！

一

那只巨大的身披金黄羽翼的飞鸟，如鲲鹏展翅，却又浑身金羽闪耀；三根长长的尾羽拂过，如金波起伏，比凤凰更夺目。

它乘风而来，跃过还在零星喷发的火山，双翅微动，击散本来环绕的滚滚烟尘，落到众人眼前，化为了一个俊朗的少年。

“金翅鸟？”空中不知何时已停手的西王母与烛龙恢复人身，出声询问。

“是，敢问两位前辈可是烛龙与西王母？”少年眉头微皱，也开口问道。

“你与帝俊是什么关系？”西王母又问道。

“他是我哥哥，我是太一。”面对两位传说中的大神，太一并没有打算隐瞒，可是他们为何要这样殊死相斗？

“果然。”西王母和烛龙心中暗道，宿命之人真的来了，却又偏偏在此刻到来。

当初，金翅鸟族将统一神族、君临天下的预言晓谕大荒，所有族群都有所耳闻，昆仑也不例外。

帝俊从东而来，已经统一了大荒的许多地方，但是对昆仑始终按兵不动，这其中原因自然是顾忌到烛龙和西王母。

虽然所有人都认为统一大荒的必是帝俊，几乎没有人知道太一的存在，自然也不会对他有任何期待。但烛龙对金翅鸟族的预言有自己的想法，因为他亲眼看到了在璀璨至极的光球划破天际之时，还有一颗暗星随行。它虽暗淡无光，却隐藏了无限力量。这引起了烛龙的注意。

果然，虽然帝俊有心隐瞒，但烛龙还是知道了他有一个十分看重的双生弟弟。烛龙猜想，他必然就是那颗暗星。

在传授西王母神力之后，烛龙也把这些告诉了她。而此时那颗暗星就站在他们面前。

要不是在如此极端的时刻，烛龙定会好好考校一下这也许会改变整个大荒局势的少年，可惜时机不对。

“刚才那阵箭雨可是你所为？”烛龙问道。

“是，我见两位的形态好似传说中昆仑的两位大神，一时情急才动了手。”太一看眼前之人虽然只是简简单单地站着，但强大的神力令人不由得拜服。

想必这位就是烛龙大神了。太一心想，虽然哥哥同样神力强大，但是烛龙给人的感觉完全不同。他仿佛已历经岁月风霜的反复磨洗，永远不会湮灭。

而另外一位华服女子想必就是西王母了。此时她只是站在一旁，冷冷地看着烛龙与太一说话。

看到两位衣衫染血，太一心里有些惴惴，不知道自己这样贸然打断两人的争斗是对是错。不知何故，昆仑的两位大神竟会如此生死相搏？

“我本来和我的朋友被困在昆仑山外，一直无法进入，没有想到因为二位争斗，外围火山和弱水地脉齐齐改变，我这才冒险一试。”太一见两人沉吟，又解释道。

“之前那一箭可也是你？”忽然一旁的西王母开口。

太一见她渊渟岳峙，气势十足，确实也不负大神之名。只是她问到刚才那一箭，那一箭并不是他射的，他没有那样的箭术，那是羿。

当时在昆仑之外，他和羿反复尝试都没有办法入内，火山和弱水组成的屏障令他们无法穿越。就在两人一筹莫展之际，有风吹过，烟雾暂消，两人竟看到里面模样恐怖的怪兽暴起伤人，瞬间几人死伤，余下之人似乎束手无策。当时火山喷发的隆隆声盖过了其他一切声响，他们并不知道到底发生了何事。羿见情急，这才出手，一箭穿云，直接射中了怪兽。之后烟雾笼罩，就又看不清了。

如今西王母问起，看她面色不豫，莫非是做错了？太一暗自思忖。羿那一箭可裂石开山，怪兽显然是活不成了。后来地脉改变，自己仗着有金羽护身，这才冒险一试，等过了屏障一看，昆仑山崩地裂，百兽俱惊，这才施展羿传授的箭术隔开了两人。既然如此，那自己就一并认下好了。

想到这里，太一回答道："不错，也是我。"

本以为西王母还有其他话说，谁知她只是又看了他一眼，就把目光转到了烛龙身上，那目光似有嘲讽又似只是淡淡一瞥，太一更觉心内惴惴。

一旁的烛龙听到西王母之言，也把目光转到太一身上："你可知自己射杀了何人？"

太一一听，见果然有问题，忙解释道："当时一瞬只看到怪物伤人，才仓促动手，莫非其中另有缘故？"

烛龙稍一迟疑，又开口道："那是我孩儿的师父，当时只是误食了毒药，所以变成了那副模样，并不是什么怪物。"

"毒药？"西王母在一旁冷笑，没等太一开口，又问道，"你所为何来？"

太一一听西王母这样问他，对她行了一礼，正色道："正是为了不死药。"

"哈哈哈哈……"西王母一听此言终于大笑出声，讥讽之意更甚，"烛九阴，看来这一赌是我赢了。"

烛龙却没有看她，只是对太一道："你欲求长生不死？"

"是，我欲求长生。"太一暗想，哥哥生病的事情不能轻易吐露。

虽然自己不理世事，但也知道哥哥迟早要对昆仑用兵，自己无足轻重，可是说不定眼前之人就是兄长来日的劲敌，还是谨慎为好。

西王母与烛龙在知道了太一将至的消息后，曾有一赌。烛龙对太一有所期待，想他此来必有要事待办，不会是为了那不知真假的不死药。但西王母猜测太一来此必是为了求长生。

两人两次设赌，赌注都是烛龙不得干涉西王母再继续炼制不死药，也不得干涉她号令昆仑。

如今听太一这样说，西王母虽然赢了，却只觉得讽刺。烛龙是天地正神，只觉得所有人都和他一样，对于生老病死淡然处之。只要天地永恒，天规地矩也必能长久。他却不知人心鬼蜮、笑脸魍魉，这个世上就没有不为自己打算的人。只要有一丝可能，长生不死甚至是起死回生，对人心而言就是永远的诱惑。

起初她也一心一意只为救他，可是从什么时候开始这份心意变了？是从自己成为昆仑的主宰，众人一呼百应的时候；还是自己历经生死，将一番心意捧到他面前，却只换来严厉斥责甚至是出手相对时？

可笑那次钟山一别后，她还想着回去后再不断尝试改良不死药，不再吸收天地生气，终有一天要让所有人都能长生不死，让他也让自己不用再守着那片死地。只可惜这些都还没来得及实现，她就永远失去了机会。

如今这所谓的命定之人，横穿整个大荒来到昆仑，所求仍是一句长生，真是可笑啊。

西王母这样想着，又忍不住嗤笑一声："不死药我可以给你，但是要问这位烛龙大神答不答应。"

太一本来还有些忐忑，听烛龙所言，羿是杀错人了，自己还在想有无补救之法，万万没想到，西王母竟然答应将不死药赐予他。

那烛龙大神呢？刚才两人还在生死相搏，想必定是有什么重大过节，那他会不会阻止自己获取不死药？太一心中有些不安，但想起帝俊又坚定起来，无论如何自己是一定要为哥哥求到药的。

此时周围幸存的众人好不容易等到烛龙与西王母停手，皆松了一口气。一时痛苦呻吟之声此起彼伏，场面悲惨。

烛龙一看周遭情景，再看拦在自己和西王母之间的太一，终于把手一摆道："罢了，此事需要从长计议，你们二人都先随我回钟山。"

众人见烛龙开口，纷纷点头，他们本就惊魂未定，见证了这样一场旷世之战，又听闻了昆仑最大的秘密，其中是非曲直也实在不是他们能置喙的，于是纷纷行礼后告辞而去。只有蓐收和英仪等人因为变故太大迟迟回不了神。

本来蓐收见到鼓为了窫窳只身对抗西王母，好几次都想冲出去帮忙，却被陆吾死死拦住，最终只能眼睁睁看着鼓自焚而亡，痛哭失声。他不管大神之间的纠葛，只知道自己的兄弟无辜惨死，自己却因神力有限，不能帮他报仇。

后来烛龙大神来了，鼓的仇终于能报了，可是这不知道从哪里来的小子，竟然能让烛龙大神将丧子之仇都放下。他再也忍不住，冲出去喊道："烛龙大神，您不能忘了鼓呀，不能忘记给他报仇，您答应了的！"

旁边的陆吾连忙一步跨出，施礼道："舍弟情急失言，还望烛龙大神见谅。"说完就要拉走蓐收。旁边的英仪却不动，只看着蓐收的动作。

烛龙闻言转过身来，看着眼角犹红的蓐收，点点头："你放心，我必为他报仇。"说完，烛龙看向太一，示意他和自己一起回钟山。

太一却对烛龙道："我还有位朋友在昆仑外，等我与他会合，即刻就去钟山拜访前辈。"

烛龙于是不再停留，身影一闪，转眼就远去了。旁边的西王母也不再言语，转身紧随烛龙而去。

陆吾见大神们俱已离去，放下心来，示意蓐收跟他一同回去。蓐收跟在陆吾身后，狠狠地看了太一一眼，抛出一句"你给我等着"，然后愤愤离去。英仪紧随其后。

太一不知道这莫名的敌意从何而来，也不再深究，只是赶紧又化出原身，飞出昆仑去找羿。

羿在外面等得焦急，也不知道太一成功了没有。本来他们在外面不得其门而入，正等得着急，那火山却似因受到巨大的震荡而忽然崩塌。羿想和太一一起飞过去，但太一怕火山喷发并未完全平息，中途会有意外，于是劝羿留在原地等他的消息。金翅鸟的羽翼坚硬无比，确实比自己的苍鹰翅膀强，何况太一还有金羽护身，于是羿最终同意留在原地。

只是等了这么久也不见太一出来，不要有什么意外才好。正在羿焦急不安之时，巨大的金翅鸟出现在视野之中，太一终于回来了。

太一向羿诉说了事情原委，羿听完之后，对于他冒认自己杀人之事并不赞同，此事是自己做的，理应由自己承担。太一这样冒认不知会引起什么难以预料的后果。但太一本是一片好意，羿还是很感激自己的这个兄弟的，至于进去之后如何，只有随机应变了。

听到烛龙与西王母的争斗，羿也十分惊讶，本来求取不死药就不会简单，如果有大神刻意阻拦，此事估计会比预料中更加困难。现在看来，烛龙成为此行的阻力的可能性更大一些。

听完羿的分析，两人面面相觑。那可是烛龙大神，天地初开就存在的神祇，神力深厚已经超出他们想象。如果他不同意赐药，他们又该如何？

不管怎样，他们只有先去钟山再说。两人不再迟疑，进了昆仑，直奔钟山而去。

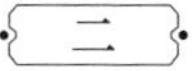

二

大战之后，钟山一片静默，只有一人伫立山前，那是西王母。

等到太一和羿赶到，他们见到了此生都难以忘怀的景象。高山之上一条巨蛇盘踞，山峦起伏皆为脊骨，巉岩森森俱为甲片，巨蛇环绕住整座大山，再把身躯深深扎入山中。

“敢问西王母，这……这是烛龙大神？”震惊之后，太一开口相询。

“不错，正是烛龙烛九阴。他被困在这座山中就要死了。”西王母转过身来，一脸平静地说道，“很震撼吧，我第一次来这里看到这一幕的反应和你们一样，所以我想救他，从那时到如今。只可惜，他不想让我救。”

太一和羿惊讶万分，一时说不出话来。

西王母又回头看那巍巍高山，山体已经全变成了岩石的颜色，再也不见一丝活气，原本暗红柔软的部分俱已消失不见。

他是真的要死了吧。

一滴泪从眼眶滚出，却在落地之前被手拂去。

“既然来了，那就去见他。”说完，西王母当先进入山中，太一和羿紧随其后。

钟山之中，烛龙果然等着他们。太一和羿又与烛龙见了一礼，再次说明了来意，希望烛龙能允许西王母将不死药赐予自己。

烛龙却不置可否，只是跟他们述说了一遍西王母炼制不死药的过程和不死药的危险，因为有了太一那一箭，又不可避免地提起了鼓和窫窳。但他并没有详述，只是问太一是否还要不死药。

太一和羿万万没有想到，不死药竟然如此凶险，背后已经牵扯了几条人命，甚至包括烛龙大神的儿子。两人顿时踌躇。

西王母见状开口道:“既想得长生，哪能不冒风险，不付出代价。再说你是金翅鸟族，是帝俊的弟弟，神力高绝，又有何惧？”

面对西王母明显的诱导之词，太一还是面露犹豫之色，旁边的羿却神色微变。

对于太一而言，他本不想要什么不死药，只是哥哥帝俊生病了，起因还是他，他必要尽全力为哥哥取得药。在来昆仑之前，他很高兴，因为比起其他的药，不死药可以说是最为保险的解药。不管帝俊最后如何，只要不死药在手，都可保命不死。所以在来之前，太一对不死药势在必得。

可是万一哥哥从此变成陌生人，变得不认识自己，甚至变成神志尽失的……太一不敢想下去，哥哥就是哥哥，不能变成别的样子，一丝一毫都不行。相信哥哥站在此地，也必会和他做出一样的选择。

想到此处，太一顿时清醒过来，对烛龙与西王母道：“我想清楚了，这不死药我不要了。打扰二位了，这就告辞。”说完，他转身拉上羿就准备离开。

旁边的羿却一动不动。

太一惊讶：“羿，你……”

羿却对西王母和烛龙行了一礼：“望前辈赐我不死药。”

“哦。”西王母饶有兴致地看着羿，“苍鹰族？倒是够胆量。”

太一一听羿这样说，扳着羿的肩膀道：“你疯了？你难道不知……”

“太一，你属于金翅鸟族，而我来自普通的鹰族，其中差了多少，你是不会明白的。”羿平静地开口，“所以我需要不死药。”

“羿……”太一惊愕，完全没有想到羿会这样回答。他正想说什么，却看到羿隐晦地朝他眨了下眼，虽然只是一瞬间的事情，但是太一确定自己没有看错。

难道是他什么计划？太一迟疑了。

“既然你非要求取此药，那作为兄弟我会帮你，就当回报之前你救我一命。”一愣之后，太一立刻反应过来。

西王母看着眼前的两人，眼神玩味，随后开口：“你要不死药的条件可就不同了。想必你也知道，在昆仑想要求得不死药，必要经历一番比试。如今比试虽然没有了，但是不死药也不是这么轻易就能给你的，我还是要考验一番。况且如今你也知道，就算你拿了药也未必是好事。”

羿和太一正准备满口答应，一个低沉的声音传来，却是烛龙开口了：“我有答应让你把不死药给他吗？莫非你忘了我们之间的账还没有算清？”

“你终于开口了，我还以为你忘了呢。”西王母对烛龙道，“如今怎么办呢？你看重的人也要不死药呢，虽然是为了别人。”

“他为了谁又与我何干？我只要为我儿报仇。”烛龙却不理会太一与羿，只是对西王母道。

“那你还在等什么？动手呀。”西王母却全然不惧。

烛龙没有言语，也没有动手，只是看着西王母，似乎在思考着什么。

西王母又笑了，看着烛龙讽刺道：“你不能杀我的。杀了我，谁为你守着这满山魂灵呢？如今的你已经守不住了吧？”

这又是何意？太一与羿面面相觑，疑惑不解。

西王母继续说：“你一个人守在这里已经多久了？是不是自己都记不得了，烛龙大神？从天地初开你就守在这里，守着这大荒之人死后的世界，恨不得把自己也变成了死人。我本来以为自己可以救你，可以把你从死人的状态中解救出来，为自己活一次。可惜，我不知道早就有人已经做过了，让你真真正正体会活着的感觉的那个人不是我，是那只蓝凤凰，你甚至还跟她有了一个孩子。可惜，如今那凤凰不在了，连那孩子也死了。你是不是也离死不远了呢？”西王母本来笑着说，满不在乎，可是忽然声音哽咽，仿佛连自己也控制不了，泪就那样掉了下来。

“你来杀我呀，为你儿子报仇，为你儿子的师父报仇！其实在我服下不死药的时候，在我变得面目全非的时候，我就已经死了。如今站在你面前的人是西王母，早就不是小瑶了，你又有什么好犹豫的呢？！”

烛龙还是看着她，眼神复杂，却仍没有动手。

“你看，你就是这样的人，永远背负着不能卸下的责任，总是把那些无足轻重的东西看得比自己还重。这个世界变成什么样子又与我们何干？只有你，驮着那些人命、魂灵、秩序、规矩，驮到自己承受不了了也不放手，驮到死为止。你以为有人会感激你吗？你错了，没人会感激你的，他们只会憎恨你。他们感激的人是我，是手握不死药的我。你信不信，就算整个昆仑知道了不死药的秘密，仍然会有人找上门来求我，因为没有人能抗拒永生不死的诱惑，就像眼前的这两个。”西王母的声音因为之前的哽咽变得沙哑，却又有了咬牙切齿的味道。

也许连她自己都不太清楚，对于眼前这个人自己是怎样的心态，爱他，恨他，都太肤浅，也太苍白。时间已经太过久远，爱恨都已无法定义，只有一点她无比确定，那就是这种情感铭心刻骨，至死方休。

烛龙看着眼前陌生的女子，比起她面目全非的样貌，让他完全认不出来的是她的心吧。

“那又如何？你猜得没错，我是要死了，但是临死之前我照样可以灭了你，还有你这害人害己的不死药，你信不信？有一点你说得没错，我这一生都在为别人考虑，如今终于可以解脱了，之后如何我管不了，也不想管了。因为我相信总有人会遵循天地大道，看顾昆仑和整个大荒的生灵。”烛龙说这话的时候转而看向太一。

“烛龙大神，”太一虽然不是很清楚两人讨论的事情，但直觉此事非常重要且与自己有关，“您说的到底是何事？如果需要我相助，我必义不容辞。”

烛龙看着太一，虽然相识的时间不长，但只凭刚才他对不死药的态度就能看出眼前目光清澈的少年是个心有定见之人，不会轻易被外物诱惑，单凭这一点他就比大多数人要强。虽然他说之前那一箭是自己所为，可是一同进来的另一位少年身背弓箭，且箭囊中的箭羽与窫窳所中之箭一致。而后来的一阵金色箭雨分明是神力所化，倒像是他所为。他这样做的目的不言而喻。

希望他真是预言中的那个人。

烛龙暗自沉吟片刻，对太一说道：“既然你问了，那我就告诉你。这个秘密要从很久以前说起……”

等烛龙说完九阴之地的秘密后，太一和羿都大为震惊。想不到在昆仑，在这钟山之中，烛龙以一己之力独自镇守着大荒死后的所有魂灵，维持着生与死的界限与天地的秩序。天长日久，烛龙为此几乎耗损了所有神力，他与西王母的纠葛也由此而起。

且不说两人之间的纠葛谁对谁错，烛龙为大荒所有生灵所做出的这份牺牲，就值得所有人感念铭记，而不是像之前西王母所说的没有人会感激。如果生死没有了界限，没有人畏惧死亡，这个世界会变成什么样子呢？

所有作恶之人会毫无忌惮地活着，强大的会一直欺凌弱小者，对死没有了畏惧，对生亦不会再有眷恋，那到时世界会重新变成混沌一片，所有人都会浑浑噩噩地活着，与死无异。

太一这样对西王母说着，烛龙眼中露出欣慰之色，也许他终于等到了对的人。

西王母听完，嗤笑一声，手从太一指向烛龙："烛九阴，你看，你终于等到了一个和你一样的人，满口的天地大道、严刑峻法，还说什么生死没有界限，所有人将生不如死。你们怎么不想想，多少人生离死别，多少人爱而不得，多少人明明相爱却不能相守，怎么就不能再给有情人一个机会？你们一样无心无爱，一样冷酷无情，有什么资格审判我？！"

太一听完没有辩驳，西王母之前的做法也许不对，但是她对烛龙的心意也令他感动。

难道这一切就没有两全之法？

"也许，"太一沉思片刻，再次开口道，"我有一法可试。从昆仑引一条地下暗河至东海，从极西到极东，对所有魂灵进行审判，判对错，定刑罚，赏善罚恶之后再让所有魂灵进入此河中。在此过程中他们会忘却过往，成为没有记忆之人。等到东海之后，我会请兄长设法，将他们的最后一点魂灵投入新生之人的身躯中，这样他既是他，又不完全是他。如果有缘，和前世相识之人相遇，心有感应，便可以再续前缘，一了遗憾了。"

此番话出口之后，不光烛龙，连西王母的眼神都变了。

"魂灵犹在，再续前缘……"西王母喃喃道，似乎心有所动。

烛龙则从怀中掏出了一片蓝羽，那片翎羽散发着蓝莹莹的光，包裹着窫窳与鼓的一点魂灵。烛龙小心翼翼地将其托在掌心，问："那他们也有转生的希望吗？"

太一看着他，诚恳地说道："前辈放心，我必不负所托，为前辈达成心愿。"

"好。"

停了一刻，烛龙终于转向了西王母，眼神复杂。这是他最初选中的寄予厚望的孩子，如今长成了如此模样，神力高深，威仪俨然，但凡有言，众人无不应和，她早就不见当初趴在他身边求他化身一见的模样了。比起最终只见了一面的鼓，眼前的她才更像自己的孩子。可是自己终究是狠心的吧，既没能去照顾孤身一人的鼓，对眼前的她也没有什么怜惜，直接就赐予了那样残酷的命运。可是如今尘埃落定，再也没有办法挽回，如果是自己做错了，如今自己这冷寂、亘古长存的生命也终于要走到尽头了。

那就这样吧。

烛龙缓缓举起一掌，对西王母道："你最大的错处在于，明知服食不死药会令人神志尽失，面目全非，却只字不提。因为你要将其作为控制昆仑各族的筹码，是也不是？无端地引起昆仑各族的争斗，把他人的性命玩弄于股掌之中，既不敬畏死的尊严，亦不珍惜生的宝贵。如今，我要收回你的神力，你可有话说？"

西王母闻言，凄凉一笑："我明知钟山之中封存了你最后的所有神力，还是跟你来了，就是想看你到底要怎么对付我。收回我的神力，哈，我是不是还要感激你没有直接一掌拍死我？"

说完，西王母又对太一道："你刚才所说的魂灵转世是不是定能做到？"她目光灼灼，似乎生怕从太一口中听到否定的答案。

太一不知道她是何意，只是点头道："一定。"

"那好，今生已是如此，我们的账就等到来生再算。下一次，我一定会比那只凤凰先找到你，看你还能不能拒绝我。你动手吧。"说完，西王母闭上双眼，等烛龙落掌。

烛龙一掌拍在西王母的天灵处，西王母只觉浑身一震，然后冰冷彻骨，浑身神力就如被冰冻凝固，再也发不出分毫，同时她的发丝竟然在一瞬间变得雪白。

西王母看着飘散在鬓边的华发，惨然一笑，但心中一点热意支撑着她往外走去。她现在就去等着，只要等到烛龙寿尽，自己先找到他，再和他一起转世，来生就能在一起了。到那时候就是崭新的她与他，一切又可以重新开始。只要再来一次，再有一次机会，她一定会牢牢抓住他，再也不会做错事，好好守在他身边。这样想着，她简直就要迫不及待了。

"且慢。"烛龙出声唤住她。

“还有何事？”西王母停住脚步，却没有回头。

“你且先回去炼制一种药，一种能让人彻底忘却过往的药，每个人转世之前都须服下此药，才能干干净净地转生。只有这样才能达成太一说的条件，否则无法渡过暗河。从此以后，你就守在河边，看尽人生百态，了悟世事无常，真正懂得生死之意，到时候你会知道该怎么做。”

“难得我还有一点可用之处。”西王母听完，只对烛龙说了这么一句话。

她心心念念要和烛龙一起转世，此刻却不愿再看他一眼，今生已然缘尽，只待来生。她最后对太一和羿道：“你们俩听着，只要能取来大风之羽与九婴之鳞，这最后的不死药就归你们了，它也将是最成功的不死药。”

太一听罢，想说什么，但终究没有开口，只是最后看了西王母一眼。

西王母却不再理会，也没有回头，一步一步去了。

烛龙见西王母离去，心中微叹，转过来看向太一和羿：“你们到底是因何需要不死药？你们应该知道此药危害。”

羿正要开口，太一答道：“我们深知此药之危害，但也请前辈相信我们，我们一定会谨慎用好此药。我们也会去取那大风之羽与九婴之鳞，用这颗药去救该救之人。”

“也罢，如果你们执意如此……”其实烛龙对太一求取不死药是有过猜测的，如果太一是真正的预言中的天选之人，那被削弱的必定是另外一位，那么他为谁寻药就非常明显了。至于这只苍鹰倒是出乎意料，虽然神力平平，但是箭技出众，也并不简单。反正药只有一颗，到底要怎么办，就看他们自己了。

烛龙看着钟山之中的一片茫茫之地，万千魂灵倏忽来去，自己的使命终于要完成了，自己身上的责任终有放下的一天。

他喟然一笑，对太一说：“你们且去吧。我会从现在开始修建暗河，望你能早归东海，完成承诺的一切。此去我们应该再见无期了。如果真有一日你站在了最高处，望你善待众生。”

太一看着烛龙平静地说着这些话，心中感慨万千：这些从天地初开就存在的神祇已经存在太久太久了，久到他们的存在似乎是天经地义之事，无人质疑。谁又能想到这样的他们有一天竟然也会从这天地消失。

但如果有一日他们真的消失了，那也并不是多么惊天动地的事情，他们会像一片叶归于大地，一滴水归于大海，只是回到了他们来的地方。所以西王母大约是要白等了，烛龙不会有魂灵转世了，他本就来自天地，自然也要回到天地中去。他就像一支烛，燃尽了自己，只把光明留在世间，从此无处是他，又无处不是他。

三

离开钟山，太一和羿缓步而行。远处飞来一只伯劳鸟，与一只西行的燕子邂逅之后又匆匆东去，再不相逢。太一心有所感，驻足良久。

半晌，太一问羿到底为何想要不死药，羿略一沉吟，回答："如果我说只是想要神药护身呢？"

太一吃惊道："可是那样会变成……"

羿却平静地说："你们都没有想过，如果只吃一半呢？那它可能就只是普通的灵药，何况我们这次去取羽毛和鳞片，再交由西王母炼化就会更添胜算。太一，如今灵药只有一颗，我们一人一半，相信我，不会有问题的。你不是一直想要给你哥哥治病吗？这药你拿回去，无论什么病都能药到病除，这不是一直以来你期盼的吗？"

太一万万没有想到羿是这样打算的，他果然比自己想得多，而且这个主意乍一听似乎可行，再说哥哥神力深厚，未必扛不住这只剩一半的药效。要是药真的有效，那他就再也不用担心了。

其实刚才烛龙的一番话带给他极大的震撼，只是当时情况特殊，他没有表露出来而已。那就是关于天地共主的预言，为什么烛龙仿佛知道些内情，难道他真的从天谕中知道了些什么？这些话只有帝俊曾经告诉过自己，自己对旁人并没有吐露过半分，就连羿也只是零星知道一点，只知道自己是为兄长求药而四处奔走。

看到烛龙，太一无法控制地想到了帝俊，虽然他们看起来不太一样，但是帝俊曾经说过的话又回响在他的脑海里，有一天兄长也会耗尽神力，然后消失在天地之间，除了这个所谓天地共主的位置，他什么都不会留下。太一不相信那是真的，可是为什么烛龙也这么说，他是不是预见到了什么？

太一从来不相信那个预言，或者说他拒绝相信。他要给哥哥找到灵药，让他健健康康地活下去，在那个位置上坐得稳稳当当的，千秋万载地坐下去。他要亲手打破那个预言，证明那是错的，这是他一直以来不停奔波的动力，是他的精神支柱。

可是在这极西之地，在这离东海最远的地方，有人告诉他那个预言有可能是真的，这是除了哥哥以外第二个这样告诉他的人。而且烛龙不是普通人，是天地初开就存在的神祇，这让他心里慌乱不已，但又无人可以倾诉。

所以羿在旁边唤了他几声，他都脸色苍白，神思不属。羿只得伸手拍了拍他的肩，担心地看着他："太一，你怎么了，你还好吧？"

太一终于回过神来，看到羿，想起了他的建议，将不死药一分为二，自己要不要试试呢？眼前的药说不定就是解开自己心结的神药，哥哥神力高深，只要扛住了药效定能康复。只要哥哥一如往昔，那就能证明预言错了，一切就都解决了。

可是，如果哥哥扛不住呢？如果哥哥变了呢？变得不再是他，变得再也不认识自己，那要怎么办？一想到这里太一觉得血都要凉了，不，他不能冒这个险。哪怕这不死药再有效果，他也不能冒这个险，因为他承受不住那样可怕的结果。

哥哥不能有一丝一毫的改变，一点儿都不行。他一定会想到办法救哥哥，但不是用这样的办法。

想到这里太一看着羿，说道："不，我不能把这药给哥哥，我不能冒这个险。羿，如果你非要这不死药，我可以帮你，虽然我并不赞成。但是我不会让哥哥用的。"

羿听太一这样说，洒脱一笑："我猜到了，你那么看重你哥哥，不敢轻易尝试，我知道。”说完他又搂住羿的肩膀，“我就不同了，普通神族一个，有这样的好机会当然不能错过，生死无常，冒险也要试一试。”

听羿这样说，太一放下了心中的大石，振作精神：“那好，那我们就一同去闯一闯。”

九婴据说藏身于北方凶水之中，九头一尾，凶猛非常。它每日需要九种食物供奉，要不然就会暴起伤人。这样的凶兽，就算不是为了不死药，他们也要尽力除之。

于是两人打算出了昆仑向北而行。可惜还没有出昆仑，他们就被人拦住了，那人不是别人，正是蓐收。

蓐收穿着一身白衣，站在之前的大战之地，那是太一和羿进入昆仑的地方，亦是蓐收眼睁睁看着鼓消逝的地方。

也不知道他在这里站了多久，此时听到太一和羿的声音，他缓缓转过身来。

“你们，”蓐收用手指着太一和羿，“杀死了人，就想这样一走了之吗？！”

太一和羿见是之前放言要报仇的少年，只见他红着一双眼，眼中满是对他们的仇恨，甚至扭曲了本来英俊的面庞。两人对视一眼，太一走上前去：“请问你是何人？”

“我是何人不重要，重要的是你们害死了我的兄弟，我要为他报仇。”蓐收咬牙切齿地回道。

“你的兄弟难道是鼓？”太一迟疑道，之前烛龙虽然提到了鼓和窫窳之事，但是说得并不详细，而且主要是针对西王母所说，所以太一和羿知道的情况有限。如今听这少年提起，他故而发问。

一听此话，蓐收更加悲愤：“你们实在是欺人太甚，杀了人，害了命，完全不放在心上，竟然连名字都不问一句！你们听好了，你们杀的人名字叫窫窳，你们害死的人名字叫鼓。他是窫窳的徒弟，烛龙的儿子，我蓐收的兄弟！”

“可笑烛龙大神连自己儿子的性命都不顾了，竟然就放你们两个杀人凶手这样离开！”蓐收眼中有泪，“他不报仇，我来报！你们一箭不问青红皂白就这样杀死了窫窳，害得我的兄弟最后也因此丧命！虽然主因是西王母的不死药，但要不是你们，他们不会死得这样轻易！如今，你们想像无事发生一样就这样离开昆仑，做梦！我必要你们血债血偿！”蓐收说着就要动手。

“且慢！”羿忙喝止了他，“我们本来在山外，只是看到怪物伤人这才射了一箭，前因后果皆不太明了，这到底是怎么回事？你就算要报仇，也要让我们明白到底为何。”

蓐收听羿这样说，一把拭去眼中的泪：“好，我就让你们死得明白！”接着，蓐收就将遇到窫窳与鼓的经历述说了一遍。他本来就心情激动，如今回忆起往日众人相处的情景，好像就在眼前。

其实蓐收与窫窳、鼓相识的时间短暂，但就在短短数日里，他与鼓有了深厚的情谊，连带着对窫窳也十分敬重。鼓虽然没说，但看得出来，一直是他照顾生病的师父窫窳，其中的关切连蓐收看了都十分动容。后来鼓和蓐收、英仪结为兄弟也是如此，虽然他话不多，但有事情绝不搪塞。

蓐收平时接触的都是昆仑的大族，从来没有接触过普通神族，可自从鼓救了自己以后，自己就对他另眼相看。相处下来，鼓果然表里如一，踏实稳重，是可以信任之人，蓐收对他更加欣赏。后来窫窳被困，鼓展现出的深厚神力震惊了所有人，原来他竟然是烛龙大神之子。自己的兄弟果然不凡，当时蓐收还这样得意扬扬地想。

可谁知，就算鼓神力过人，就算他是大神之子，也摆脱不了命运的捉弄。虽然他也曾抗争，也曾挣扎，可转眼间就在蓐收面前变成了蓝色的飞羽，再也不复相见！而眼前的两人就是这一切的起因，罪魁祸首！更加可笑的是，就算所有人都知道这一点，可是竟然没有一个人站出来为鼓和窫窳讨回公道！没关系，哪怕只有自己一人，蓐收也必不会就这样放他们离开。

太一听完蓐收的述说半晌无言，原来烛龙大神的孩儿命运如此坎坷，与父亲只见了一面即是死别。羿那一箭确实太匆忙了，可以说是间接害死了鼓。可是，按当时的情景难道不应该救人吗？但要说这师徒二人之死与他们毫无关系又说不过去。

旁边的羿一听蓐收的话，立即站了出来："其实……"

太一马上拦在他前面，接过羿的话："其实我们也很抱歉，但我们确是无心之失。这样吧，我站在这里受你一招，希望这一招过后，你能稍解心中悲伤，让我们过去。"太一边说边在背后微微摆手，示意羿不要说话。

太一知道羿一定会站出来承认那一箭是自己所为，但是为这件事没有必要大动干戈，只要受一招，此事就有望化解。他有金羽护身，总比羿更有把握一些。太一自从知道自己身上有帝俊留下的金羽，颇有几分有恃无恐，因为他知道哥哥总在护着他。

可惜太一把事情想得太过简单，蓐收听了他的话，嗤笑一声："两条人命只抵你一招吗？你真是太过狂妄！"

太一没有想到蓐收会这样说，不由得一愣。

旁边的羿见状上前一步："实话告诉你，那一箭是我射的，与他无关。你到底想怎样？"羿看着蓐收沉声道。

蓐收上下打量羿。他一开始并没有把羿放在眼中，因为之前无论是西王母还是烛龙显然更看重太一，因为他来自金翅鸟族，是东方帝俊之弟，而这羿只不过来自普通苍鹰一族。但如今看他一身猎装，背负长弓，一看就是位箭手，难怪能从昆仑外射出那一箭。

"我想如何？我要你们血债血偿！"蓐收恨声道。

"我们是两个人，你只有一个人。"

眼前之人虽然气势汹汹，神力不凡，但毕竟只是位少年，看着竟比羿和太一还小。

"你敢看不起我？"蓐收眼都要红了，"就凭我一人，你们也休想离开昆仑！

"谁说只有他一人？现在不是就有两个了。"话音刚落，一旁的林中又转出一人，显然早就等在这里了。

"英仪？"蓐收一见来人，出声唤道。

"鼓也是我的兄弟，为他报仇不只是你一个人的事，我不会坐视不理。"英仪对蓐收点头。

太一看来人虽然容貌俊秀，但神情沉稳，威仪自成。此时两人并肩站立，与他和羿对峙，分毫不让。

他和羿这次来昆仑只见识了烛龙和西王母的神威，对其他人并不了解。如今观两人谈吐、服饰，他猜两人想必是昆仑的大族子弟、后起之秀。

太一和羿实在无意与他们动手，可是看着蓐收咬牙切齿的模样，估计不肯善罢甘休。虽然确是太一一方理亏，但他也不能束手就擒，难道非要打一架才行吗？

还没等他想出解决之法，对面的蓐收已忍无可忍，攻了过来。

只见他一步跃起，身在半空，手攥成拳对着羿的面门而来。这是全无花招的一拳，却霸道非常。那拳还没到，拳风就扑面而至。

羿连忙身体一闪，躲了开去。另一边的英仪一展折扇挡住了欲上前帮忙的太一。那一拳没有打到羿的身上，拳风扫去，却直接在地上轰出了大坑。英仪一看蓐收这是真怒了，与平时跟自己切磋截然不同。

羿闪身躲过，反应也非常快，等他转过身来，箭已搭在弦上。只听一声弦响，一箭追风而去，也对着蓐收的面门。虽然看似迅猛，但熟知他箭势的太一知道，羿这已是手下留情了。这么近的距离，真要伤人，这一箭根本就不会发出声响让人察觉。看来羿的心思与自己是一样的，还是希望能早点化解矛盾，不至于大动干戈。

可惜蓐收不这样想。他一看羿出箭了，立即想起窫窳中的那一箭，更加怒不可遏，闪身躲过之后，快步拉近与羿的距离，好让羿没有时间搭弓射箭，无法招架自己的拳。可惜还没有等蓐收靠近，羿已经跃至半空，并在空中转身，转眼之间一箭又出，向蓐收而去。

旁边的英仪一看，手中折扇脱手，快速飞旋，直接磕飞了那力量有限的一箭，同时他飞身挡在蓐收之前。

蓐收一看英仪手中的武器显然更适合对付羽箭，也不再犹豫，转身又朝太一而来。他来到太一近前，双拳闪电般齐出，瞬间笼罩住了太一。太一不欲与他对抗，只得矮身往下，颇为狼狈地躲了过去。

羿见太一危险，手指微动，欲射一箭解围，谁知折扇转瞬即至，他只有暂时躲闪。

四人便成两两对敌之势战至一处。蓐收一心要找太一报仇，毫不留情。太一却躲躲闪闪，始终不愿与他正面对上，以致险象环生。旁边的羿心中着急，每欲相救，却又被英仪挡住，不得脱身。时间一长，太一一个躲闪不及，竟然被蓐收一拳打在胸口，往后趔趄几步，一丝血落在嘴角。

“太一！”羿心中大急。他万没想到，他和太一经历多少坎坷险境，最终都平安度过。如今在这里，在这少年手中，太一竟被打到吐血。这说到底还是因为之前自己那一箭，想到这里，羿手中三箭在手，再不客气，一箭撞飞折扇，两箭直往蓐收而去。同时他从空中落下，往太一身边而去。

太一见羿脸色骤变，忙安慰他："我无事。"

接着他又擦去唇边血迹，对蓐收道："我之前就说受你一招，如今已经受了，你气消些了吗？"

蓐收没想到太一打的仍然是这个主意，一时愣住了。

四

就在两边暂时罢手之时，忽然一个声音传来："咦，有架打，怎么能少了小爷？！"

话音刚落，一个火红的身影飞来，手中铁棒一杵，尘土飞扬。

“咦，蓐收，是你？”来人一眼认出了蓐收。

“朱厌？”蓐收也认出了来人。

“远远就见气浪掀腾，估计是有人交手，原来是你呀。”朱厌把铁棒往肩上一扛，“怎么样，要不要小爷我帮你？”

太一和羿见来人身材魁梧，毛发皓白，肤色却如火炭，满脸的桀骜不驯。

“不用，不关你的事，你不要插手。”蓐收一口拒绝，同时和英仪对视一眼。朱厌性格喜怒无常，一贯我行我素，此时出现也不知道是好是坏。

“哦，难得我今日心情好，好心助你，你竟然不领情？那我可就帮他们了。”说着，朱厌对着太一和羿招呼一声，“哎，你们这边看着不行呀，小爷我帮你们打这一架怎么样？”

羿手中弓箭未放，出声道：“不劳动手。”

“哎，你们怎么不知好歹，打个架磨磨唧唧的，一点都不好玩。还好之前我跟那夺取不死药的小子打了一架，要不就要手痒好几天了。”朱厌漫不经心道。

“话说那小子的身手可真不错，神力也深厚，可惜当时应该是有伤在身，又要顾及他的师父，所以我们虽然较量了一番，但是打得不尽兴，不尽兴。”朱厌说起之前那一战，手舞足蹈，眉飞色舞，完了又把手一摆，似乎觉得甚是可惜。

蓐收一听就知道与他交手之人是鼓，顿时又勾起心中伤感。枉自己还自诩他的兄弟，却什么都不知道，什么忙也没有帮上，结果就让他落了个那样的下场。

想到这里，蓐收悲愤交加，用手一指朱厌：“你……他当时已经受伤了，又要照顾他师父，你怎么下得去手？！”

朱厌一听蓐收这话，眼一瞪：“小爷我一向想动手就动手，还需要谁的允许？你难道是第一天认识小爷吗？笑话！再说了，当时西王母下令，捉拿夺药者，必有重赏。你自己不去，还能拦着别人不成？”

蓐收一听他提起西王母，更加怒不可遏：“好，你动了他，我就不能与你善罢甘休！你不是要打架吗？来呀，奉陪到底！”

朱厌一听乐了：“这可是你自找的，待会被打得满地找牙，可别去跟你哥哥哭鼻子。”

蓐收气往上涌，虎步一迈，一拳就轰了过去：“废话真多！”

朱厌眼看拳来，也直接一拳挥出，不躲不闪，直直对上！

轰的一声，气浪掀起。蓐收只觉一股大力袭来，虎口生疼，身体后仰，连忙脚步一错，勉强站住。

再看对面的朱厌，无所谓地甩甩手，哂笑一声：“要来真的咯。”他说完手腕一翻，铁棒携风带雨呼啸而下。

旁边的英仪早就有所提防，此时忙一扇子接过。可惜那扇子对上铁棒略显不足，只听咔嚓一声，虽未折断，但已然受损。英仪正要变招，旁边蓐收一拳袭向朱厌后背。朱厌铁棍过肩一滚，解了蓐收的攻势，同时棒势未尽，又顺势扫向英仪。英仪连忙变掌挥扫，让过棍风。转眼间，朱厌就扫开了两人。

朱厌提棍在手，手指一一松开又握紧，轻轻晃了晃头。蓐收一见此状，怒气填胸。他其实知道朱厌的弱点是水，但此处远离水源，之前的弱水又早已干涸，何况太一和羿还在，他一时不好引朱厌去水源处，只有在此地硬撑。

想到此处，蓐收发出一声虎啸，只见凛凛白虎出现在云烟之中，身后九尾俨然。

“哦，化了原身了。好呀，这才好玩嘛。”朱厌说完，双手握住铁棒，就往那白虎而去。

蓐收口中又是一声长啸，也往朱厌猛冲而来，同时虎口一张，一口就咬向了他。朱厌见蓐收张口，不敢硬受，连忙往旁边一闪，同时翻身而上，手中铁棒就往蓐收的脑袋砸下。蓐收急忙转身，同时九条尾巴齐扫，就要把朱厌扫下身去。

可惜那朱厌竟然一分为二，一个挡住了那九条尾巴，另一个还是举棒往蓐收的身上招呼。就在这危急时刻，旁边一匹骏马赶到，就要往朱厌身上踩踏。朱厌连忙往旁边一滚，闪身躲过。

“哟，又来了一个，小爷我也不惧！”朱厌说完，分身合二为一，身形陡然变大，虽然他没有化形，却也和蓐收与英仪一般大小了。

只见他手中一根铁棒上下翻飞，堪堪和英仪与蓐收斗了个旗鼓相当，不分上下。两只巨兽嘶吼奔腾，口中神力聚成光球，落在朱厌身周。可那人腾挪跳跃，异常灵活，再加上一身火炭皮肤，似是铁水淬炼的，并不惧怕。

又斗了一轮之后，朱厌站在半空，将铁棒扛在肩上，咧嘴一笑：“就你们这样子，要为那小子报仇，似乎不能够呀。”

“不错，那小子本就该死，谈何报仇？”忽然，一个冷冷的声音插了进来，接着远处又有一人现身。

只见他白纱覆面，倏忽就从远处到了近前。那边蓐收一见又来了一人，和英仪恢复人身落到地上，质问道：“你又是何人，凭什么这么说？！”

“我是何人，我是葆江的朋友长乘，你们口中的兄弟杀了我的兄弟，这笔账又该怎么算？”长乘还是冷冷地说道。

“那是因为葆江已经变了，他服食了西王母的不死药。”蓐收不服气地说。

“那小子的师父也变了，是那小子给他服食了西王母的不死药。”长乘接道。

“你！”蓐收一时语塞，手指着长乘说不出话来。

“你什么你，那小子背着他师父逃命时，我也跟他交了手，你是不是也要和我再打一场？”长乘站定一伸手，“奉陪。”

眼看着蓐收又要冲到长乘面前与之交手，太一高喊：“诸位，暂且住手，请听我一言！”

只可惜除了蓐收和英仪，另外两人并不认识他，而蓐收只当他是仇人，根本就不会听他的，英仪显然只跟着蓐收。

于是太一一声过后，蓐收还是冲到了长乘面前，伸手就是一拳，要先把他的面纱打掉，看看他是何许人，敢在鼓危难之时为难他。

长乘身体急退，避开拳风，反手就是两把薄刃冲蓐收而去，但还未到蓐收近前，一把折扇飞旋，干脆利落地将其击飞了。

同时蓐收飞身向前，双拳齐出，眼看就要打到长乘身上，就见长乘似一缕飞烟，身子以诡异的角度躲开了蓐收的攻击，再次拉开了与他的距离，飞刃再出。

眼看蓐收、英仪又与长乘战到了一处，旁边的朱厌嘿嘿一笑：“我也来！”说着他举棒就要加入战局。可就在他身形一动的瞬间，有人伸手拦住了他，正是太一。

太一在钟山听了烛龙述说过往之后，十分钦佩他，后来又在此处听蓐收讲述了鼓和窫窳的故事，心有感慨，因此对蓐收的情绪十分体谅，就算蓐收一拳打伤了自己，也并不以为意。

虽然太一并不认同蓐收这样一心报复的行为，却能够理解。这恰好说明蓐收心性耿直，他是真的把鼓当作兄弟，所以哪怕面对强敌也毫不退缩。不管怎样，兄弟之仇不能不报。

只是这件事论起来原因复杂，并不只是单纯的是非对错，如果说有人错了的话，那也错在西王母，她是一切事情的根源。虽然她也可称为不幸之人，但这并不能成为她造成他人不幸的理由。

况且鼓和窫窳的悲剧虽然已经发生，但太一会尽力给他们一个新的开始，其实众人不必这样大打出手。只是如今这个形势，太一说话没有人听，大家只有先打一场再说。

朱厌一看太一出手，有些意外，将铁棍一横："你们一伙的？不对呀，刚才他不是还打伤了你吗？"

太一微微一笑："他与我开个玩笑而已，不错，我们是一伙的。"

那边蓐收见太一出手挡住了朱厌，正要说什么，可惜长乘的薄刃挨着他的脸就飞了过来，喘息之间根本开不了口。

朱厌听太一这样回答，一挑眉："你小子不错，这受了伤还要凑热闹的劲头我喜欢。不过你确定要和我凑这热闹吗？"

旁边羿见太一已经出手，自然不会袖手旁观，替太一答道："不错。"

"好，爽快！那就来！"朱厌说完，铁棍又起，带着呼呼风声就往太一身上落下。太一旋即转身，朱厌一棍落空，忽觉背后风至，却是太一不知何时绕到了他身后，一掌拍下。

朱厌立时矮身躲过一掌，单手拎棒又往太一砸来。忽然一箭悄无声息来到眼前，朱厌棒子一抬，磕飞了那一箭，却也吃了一惊。他未料到眼前两人身手了得，且配合默契，并不是轻易就能应对的。

但同时朱厌也来了兴趣，棍子舞得更加威风，而且身形极快，一会儿和太一对上一掌，一会儿又飞到半空试图给羿一棒。可是太一和羿也算久经战阵，不会容许朱厌就这样玩笑般地逗弄他们。两人神力一提，太一的出掌速度明显加快，攻势凌厉，一掌下去地上尘土顿起，枝叶覆地。

朱厌不得不收起刚才戏谑的心思，手中的铁棒舞出呼呼风声，一棒砸在地上即现一道裂痕。同时空中羿的羽箭如闪电而至，且追随着敌人不断变化轨迹，简直令人无从提防。朱厌被他们两人联手逼迫，渐渐地离开了原地。

就在三人纠缠在一起之时，忽然一柄薄刃飞来，同时传来一声怒吼，蓐收的身影忽然闪现。一瞬间，羿闪电般射来一箭，射飞了那柄薄刃，同时那一箭力道未减，向着长乘笔直而去。此时，蓐收也正奔到朱厌面前，一愣之后，伸手就给了他一拳。

蓐收此时已经奔至太一身旁，而羿则去了长乘近前。

战局瞬变。

蓐收没有料到竟然要和太一并肩对敌，不禁向他看去。那少年对上他的眼睛，微微一笑，似乎对他刚才的举动完全没有在意。蓐收收回目光，一时微愣。

其实刚才太一喊那一声蓐收听到了，长乘刚才的话他也听懂了，但是这些人都欺负了他的兄弟。如今他的兄弟已经不在了，再没有人为他发声。如果连他蓐收都妥协了，那还有谁会记得鼓这个名字，会为他悲惨的一生鸣一声不平？所以蓐收要给他们每个人一点教训，哪怕他们都比他厉害也在所不惜。

可是眼前的少年似乎是不同的，他的眼神宽厚包容，他似乎能够明白蓐收心中所想，并施以援手，哪怕之前蓐收伤害了他。

此时形势变了，朱厌的铁棍就在眼前，蓐收有话一时也不知从何说起，且此时也没有机会吐露。他与太一又对视了一眼，两人同时出手，以强对强，一拳一掌对上了朱厌的铁棒。而那另一边羿和英仪以快对快，羽箭和折扇对上了如细雨落下的片片薄刃。

太一身法灵活，对上朱厌总能从意想不到的角度一掌拍出，神力一吐，就能让朱厌身形一顿。蓐收虽看着年纪尚幼，但攻法稳扎稳打，只听他低吼一声，一拳出去便有裂石之势，普通人只要挨上一下就会筋骨断裂。虽然朱厌有一身铁骨，但如今被这两个少年联手抗衡，状况一时胶着。

另一边，羿的羽箭随心而发，完全没有停歇，一时之间箭如雨下，且力道十足，再加上英仪从旁辅助，与长乘也斗了个旗鼓相当。

六个人，每三人战至一处，你来我往，互不相让，如果说开始还有些许克制，可是随着时间推移，身上总难免挨上一下，擦伤一点，众人渐渐打出了火气。特别是朱厌，与太一和蓐收缠斗，渐渐不耐烦了。蓐收是铆足了劲，誓要在他身上划下几道才肯罢休。太一十分明白蓐收的心思，总是挡在前面接住朱厌的招式，然后让蓐收趁机打上一拳。虽然这几拳不至于致命，但蓐收陆吾一族的威名并不是虚的，换个人来挨上一下，早就半条命都没了。

朱厌在挨了几下之后眼中冒火，怒气上涨，忽然一棍子扫开两人，指着蓐收道："你是不是今日一定要为那小子讨个说法？再打下去，小爷我可就没这么好脾气了。"

蓐收一听这话，简直被气笑了："你搞清楚，今日是我不放过你，不是你有没有脾气。你伤害了我的兄弟，我就不能轻易放过你。"

朱厌也笑了："好，好，且看今日是谁不放过谁！"说罢，他纵身一跃，身形迎风而长，猛然变大。他弃了铁棒，双手往胸前一捶，朝天怒吼一声，终于化出原身来。

只见巨大的猿猴浑身赤红，须发皆白，昂然立于天地之间，每移动一步，地动山摇。此时它用一双通红的眼睛盯着蓐收和太一，如看着两只蝼蚁，随后一掌拍来，就要把他俩拍成齑粉。

蓐收一见朱厌化了形，随即怒吼一声，就见风云涌动，气浪掀腾，一只巨虎出现在原地，指爪雪亮，身后九尾摆动，凛凛虎威，令人胆寒。

这一声吼却与之前不同，震荡方圆百里，肃杀之气顿生，所有人感觉心胆一颤。蓐收就像变了一副模样，认定了朱厌是自己的敌人。他本是陆吾一族中最耀眼的少年，有朋友有大哥，无忧无虑地长大，与鼓萍水相逢，但见得人在自己眼前逝去，深受震撼。他不知道原来这世上还有这么复杂的是非，盘根错节的善恶，他只知道要去报仇，大哥陆吾却一直把他关在族中，不准他擅自行动。他好不容易才偷偷跑出来，西王母已不知所终，太一和羿也不知去了何处。于是他等在原地，赌太一和羿总要离开昆仑，终于被他等到了。

一番混战之后，他知道了其他人出手的原委。只有朱厌，天生好斗，喜怒无常，虽然说得轻描淡写，但鼓落难之时他必是大大地为难于他，所以这个人绝非无辜。

此时蓐收飞纵而起，虎口大张，再猛然扑下，要在朱厌身上为鼓讨回几分公道。

朱厌见蓐收来势凶猛，一扭身躲过虎爪，右拳迅速挥出，却扑了个空。蓐收虎形虽然巨大，却灵动异常，迅速躲闪后，转过身来张开巨口，神力聚集，如流火一般袭向朱厌。朱厌仗着自己有一身钢筋铁骨，双臂交叠护住前胸，只见那流火直接撞上双臂，火花四溅，朱厌一路后退。在一阵令人炫目的闪光之后，朱厌站定，双臂多处被灼伤，放下手臂之后，却露出了令人憎恶的笑容，因为其他地方毫发无损。

蓐收一见，气往上涌，一摆首，猛地扑上，和朱厌战在一处。他不断地嘶吼，用巨大的虎牙、锋利的虎爪袭向朱厌。渐渐地，朱厌身上有了伤痕，可是蓐收身上那白色的皮毛也有了血色，且越染越大。

英仪一见，立刻摆脱了长乘，就要飞身去救。连羿也已经弯弓搭箭，瞄准了朱厌。可就在此时，一声长鸣，巨大的金翅鸟应声而现，那是太一！

太一从空中直冲而下，冲入蓐收与朱厌之间，立时隔开了两者。同时金翅扇动，浑厚的神力化为无数金箭倾泻而出，令朱厌不得不撑起屏障抵抗。朱厌且挡且退，太一寸步不让，神力竟似源源不绝，如暴雨一般一刻不停地砸在那屏障之上，似天水击石，轰鸣作响，又四散开去，流泻于地。那磅礴之力令人无法招架，也无从抵抗！

所有人都惊叹于这样的伟力，它仿佛来自天地本身，要在太一身上印证。

太一一路东来，其实也发现了自己身上的变化。他的身体不再羸弱，筋骨强劲，神力充盈，再也没有过去的病弱之感。只是这些他不能告诉别人，包括羿。因为这些都与帝俊有关，兄长说过的话一直回荡在脑海中挥之不去。他宁愿一切还是原来的样子，他是弱小的幼弟，永远都需要强大的兄长庇护，而不是打破现状，甚至是情况反转，那是他绝对不能接受的。

这次他是看蓐收危险，一时情急，神力涌动，竟然喷薄而出。

只见空中巨大的金翅鸟伸展两翼，完全遮挡了众人头顶的天空，只剩下投射的阴影笼罩在众人之上。所有人不由自主地停下了动作抬头仰望，天地一片静默。

“诸位，请听我一言。”空中，巨大的金翅鸟开口吐字，这一次，再也没有人敢忽视。

“烛龙大神正在修筑地下暗河，这条河将会从你们脚下的昆仑横穿整个大荒，一直到极东处。今后所有的魂灵都将通过这条暗河到达东海，获得重新转生的机会。但在此之前，魂灵要先通过烛龙大神的审判，定下转生之后的归属，之后再服下西王母熬制的丹药，清除一切记忆。西王母已经被烛龙大神收回了一切神力，今后会驻守在暗河边履行自己的新职责。等魂灵到东海后，我会请求我的兄长帝俊赐予他们重生的机会。这样，人人都不必再求长生，受制于不死药。而此生留有遗憾之人，在转生后如果有缘，自会相见。”

说完，太一恢复人身，落在地上。地上众人看他的眼神已然不同，就是朱厌也没有再出声。

只有蓐收，不顾一身伤痕累累，迫不及待地问：“那鼓和他的师父窫窳也会转生了？”

“是的，烛龙大神护住了他们的最后一丝魂灵，交到了我手上，我一定会想尽办法令他们转生再聚，你放心。”太一伸手扶住蓐收，对他道。

“那太好了。”蓐收欣喜地道。他为兄弟之仇来回奔波，虽然在旁人看来是不明事理，甚至有些幼稚可笑，但那些久远的复杂的是非曲直他不管，他只一心要为兄弟报仇。他只知道如果鼓还在，知道他所做的定会高兴。

如今这一场奔波终于有了个结果，虽然不算完美，但足可慰藉人心，就值得。

太一又看了眼在场众人：“诸位皆是昆仑的佼佼者，如今昆仑的两位大神，西王母已经失去了神力，烛龙大神也已是勉力支撑，且还要修筑暗河。诸位如果愿为昆仑着想，还望能前往钟山助烛龙大神一臂之力，而不是相互厮杀，无谓地消耗神力。”

太一略一停顿，又接着说道:“还有一句话，也许我说不太合适，但是我还是想说。如今大荒并不太平，昆仑安乐已久，如果之后情况有变，希望诸位齐心保卫昆仑，坚持到我回返的那一日。”

英仪站在蓐收身边，问道：“回返的那一日，你是何意？”

太一说道：“我的意思是大荒终将统一，来日我和我的兄长定会再临昆仑。”

众人知他话中之意，面面相觑，一时无言。

蓐收却在此时开口：“我不管你的什么兄长，但要是你来，我陆吾一族定然开门相迎。但其他人敢来，唯战而已。”

太一笑道：“好，一言为定。”

“一言为定！”

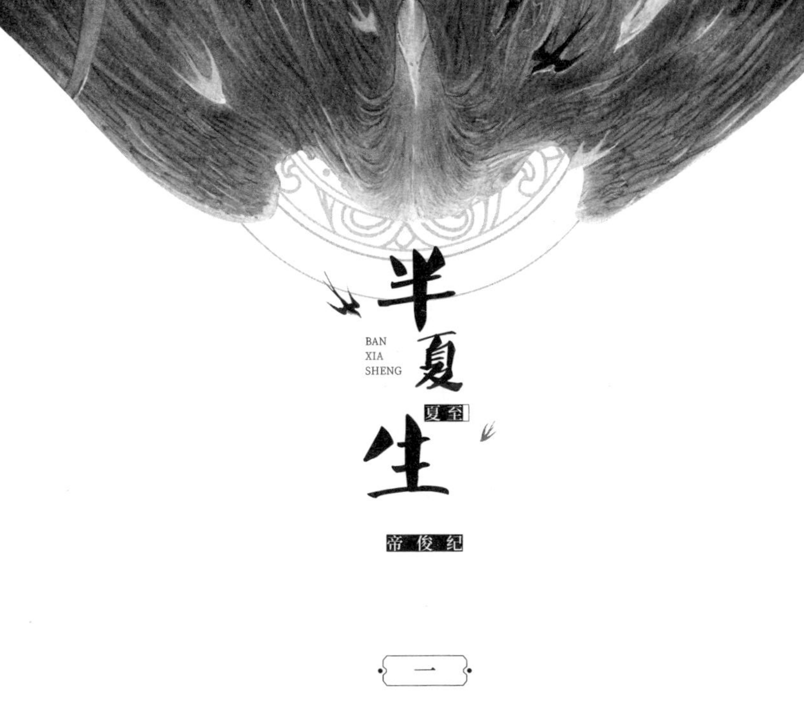

半夏生

BAN XIA SHENG

夏至

帝俊纪

一

太一和羿离开昆仑赶往极北之地，这一片山脉被冰雪覆盖，属于昆仑山脉的余支。他们需要越过这些冰山，才能到达凶水，即九婴藏身之所。

这些高大的冰川仿佛与天相接，川与川之间又露出极大的罅隙，黑暗幽深，仿佛有深渊隐匿其中，露出危险的气息。

冰川有的极细，如万年不化的寒剑；有的又极厚，在大风长年侵袭下层层堆积、叠加，形成了独特的风积冰山地貌。此地仿佛无人来过，光滑如镜，留不下任何痕迹。只有急流从山巅而下，水珠蹦跳着在石上飞起再坠落。

有时候半空会升起白茫茫的一片雪雾，这时候行路就要分外小心，因为它不仅会令人迷失方向，还极容易令人失足滑倒，再落入深渊，就如太一和羿现在的处境。

两人此时挂在一片突出的冰凌上，上下不得，本欲化为原身飞出，此处又过于狭窄，难以展翅。就在两人为难之时，忽然一阵空灵的歌声从极渊深处传来。那声音虚无缥缈又若隐若现，就算如此，也能听出是极动听的声音，让人不由自主产生一探究竟的念头。

恰在此时，两人攀附的冰凌猛然断裂，太一和羿就落在了那歌声里。

两人落入了一个极大的溶洞。幽暗巨大的洞穴内，有点点莹光透出来，仔细一看是镶嵌在洞壁上的夜明珠，照亮中央岩台上一个模糊的身影，那动人心魄的清音就从那处传来。

许是听到了动静，歌声骤停，那个身影转过来，却是一个女子。

她有一头海藻般的长发，从头顶至身后，直到铺展在岩石上。身上的纱衣和覆住了大半张脸的白绫随着洞穴中回旋的风轻轻飘摆，偶尔露出一张令人惊艳的脸庞。更令人惊异的是她下半身摇晃的并不是两条修长的腿，而是一条巨大的鱼尾！

她竟是一个鲛人！

鲛人在大荒之中只闻其名，却难觅其踪，真正见到之人少之又少。传说她们极擅歌唱，歌声天生就有蛊惑人心的魔力，且鲛人在伤情悲歌时，眼中泪会化为珍珠。鲛人善织绡，所织鲛绡，轻若鸿毛，水火不侵；若得其膏脂成烛，可千年不灭。

“小冰，是你吗？”那女子见半晌无人回应，便伸出双手向前摸索，奈何腿脚不便，不能移动，只能徒劳地呼唤。

原来她竟是盲的。

看她情状可怜，太一正准备上前搭话，忽然一个声音响起：“我在，阿织，别怕。”

就见从洞穴外匆匆而来一人，身材高大，脚下生风。可就在他走到鲛人跟前的短短数步内，他的身高变矮，身形变得瘦削，俨然变成了个少年模样。他一跃至那岩台之上，双腿一晃，竟然也变出了一条鱼尾！

就见他伸出双臂搂住那鲛人，接着又用已经改变了的稚嫩声音安慰道：“阿织别怕，我这不就来了。”说完他用那变幻出的鱼尾去轻轻触碰那鲛人的鱼尾，两条同样修长的鱼尾在洞中明珠的映照下光芒流转，如梦似幻。

那男子虽然顶着一副童稚模样，口中温声安慰，但一双眸子死死盯着太一与羿，其中的威慑之意不言而喻。那一瞬间威压降临，似乎连风都止住了，所以他并不只是恫吓，而是真正具有这样的实力。

太一和羿对视一眼，没有出声。

那男子见两人没有动静，于是收回了目光，又柔声对鲛人道：“我今日来晚了，阿织等久了饿了吧？先来吃点东西。”说着他又拿出随身带来的食物给她。

鲛人感觉到熟悉的人回到了身边，神色舒缓，放下心来，并不着急吃，而是摸索着拿出了一幅织物。那一幅织物被她托在手中，非锦非纱，光华流转，正是鲛绡。

她把那鲛绡交到男子手中，对他说：“这鲛绡你拿好，去换些吃食。”略停了停她又说，“千万要小心隐匿行踪，要找可靠之人出手，要不被人发现了鲛人的真身就不好了。”

那男子目光沉沉地看着她，伸手接过鲛绡，口中却道：“阿织你放心，我做这些也不是一回两回了，从来没被人发现过，每次不都平安回来了吗？你只管安心织绡，等我在外面安顿好了，就接你从这里出去，你就不用总是困在这一方洞穴之中了。”

那鲛人听他这样说，又伸出手来，摸着少年的发顶：“我知道你很能干，要做的都是大事，要不是我迟迟未能化出双腿，也不至于拖累你时时来此，你早就应该与我没有瓜葛了。”

那男子假扮的少年连忙说道：“阿织你老是这样，我已经说过很多次了。我们同是鲛人，本来就应该互助。再说我在外面之所以能生活，还不是因为有你的鲛绡。我就笨得很，虽然是同族，却不会这项技艺。”说完他沮丧地低下头，语气也低下去。

阿织连忙安慰他：“你不要这样说，鲛人虽多但总有例外，你这么早就可以化形，我就知你比一般鲛人聪颖得多。再说织绡本是小技，没有什么大不了的。你切不要妄自菲薄，我知道你很好。”说着她又试着去捧他的脸，用那双被白绫覆住的双眼对着他，给他鼓励。

那男子满意地说：“我就知道阿织对我最好了。”说完他又环住鲛人得意地笑了。

等那男子哄得鲛人吃完了东西退出来，太一和羿随着他的眼色示意也跟了出来。此处是那洞穴的又一个出口，那人一出洞穴立即变了模样。

只见他浑身天衣彩带，绫罗加身，宝石、彩珠、珊瑚、玛瑙，或方或圆攒成细串累累叠在身上，璎珞、臂钏、手串、戒指一应俱全，部分头发梳成发髻，其余散开。头冠璀璨，金银、水晶镶嵌其上，熠熠生辉。光看衣饰只觉此人奢靡非常，就像一座移动的宝库，但是往那人脸上一看，又觉得恰如其分。

那是一张极有男子气概的脸，俊逸非常，并不因为这些冗杂的装饰而使其气势稍有减弱，相反更添威猛英武之气。魁伟的身躯之上襟飘带舞，达到一种奇妙的和谐。

尤其他的一双眼睛有如琉璃，神光湛然，不同寻常。

此人一脸倨傲之意，睥睨太一和羿，只是对着空中呼哨一声，又对二人道:“两位既然看到了阿织,那就只有跟我走一趟了。”片刻，只见从空中呼啸而来一驾宝车。那车前面是两条虬龙带路，拉车的是四只避水兽，随行的还有未完全化成人形的贝女，同样也是飘带飞扬，环佩叮当。

那人一马当先上了车，看了太一和羿一眼，理所当然地认为他们会随后跟上。

太一还没什么，因为自小跟在帝俊身边，这些东西虽没有用过，但也见过。羿就不同了，看着男子一副财大气粗的样子，不禁打量了一下自己和太一的衣着，果然他们像两个野人。可是这炫富小子也太嚣张了，怎么看着这么气人。

太一只觉得有些好笑，但是这人在这冰封之地弄这么大阵仗，显然不一般，于是与羿使个眼色，两人随行而去。

一行人一开始在空中飞驰了一阵，又落了下来，四兽在冰原上奔跑，最后来到了一处巨大的冰缝前，一头扎了进去。

也不知道水下有多深，入眼一片漆黑，只有宝车本身带着莹莹之光照亮四周，再往下潜，远远就见水中光明大盛，似有宝藏一般，等近了发现，竟是一座恢宏的宫殿。

宝车就像一叶小舟，缓缓地靠近这巨大的造物，也不知道是不是那男子的授意，宝车开始绕着宫殿缓缓而行。

那巨大的宫殿坐落在一片望不到边的红珊瑚之上，白玉成柱，龙甲为堂，紫贝作阙，整座殿宇流光溢彩，富丽堂皇。无数海中生物顶礼膜拜，出入其间。

太一和羿跟在后面，不禁为在深海之中看到这样的奇景而惊叹，特别是羿，悄悄对太一说："我开始还以为这小子把全部家当都穿身上了，现在一看还小瞧他了，真是有钱人！"

太一抿唇，差点没笑出声。

那人懒洋洋地坐在车中，不知道是听到还是没听到，也一莞尔。

宝车绕了几圈，估计是炫耀够了，男子动动手指，宝车掉转了方向，往宫殿正门而去。宝车到了正门，所有人见到都呼啦一声跪到地上，一起呼道："恭迎主上回殿。"

那男子并没有下车，只是一只手轻轻抬起，于是众人起身，躬身候他先行。

等进了宫中，又往前行了一阵，到了正殿门前，宝车终于停下，大殿之门轰然开启，男子当先走了进去。其他人看着太一和羿，纷纷拿目光催促，于是两人也踏入殿中。

殿中果然也是金碧辉煌。男子坐在主位，托着下巴，打量太一和羿："这极渊多少时日也没有外人来访，两位从何而来？"

太一上前一步道："我们到处游历，听闻凶水有九婴作祟，打算前往。无意之中掉进极渊，才得见阁下。"

"哦，前往凶水去除九婴，"男子又仔细打量两人，"看来你们对自己的身手很是自信。"说完他忽然哂笑一声，"不如我们先比画一下？正好我最近闲得无聊。"

羿听他此语，也哂笑一声："我看阁下倒是忙得很呢。"意指刚才在洞穴中男子的所为。

"你懂什么？"这男子被人说破竟然也没有生气，"这是我和阿织两个人之间的事情，你们外人哪里能懂。如今你们到了这里，我也不怕你们知道，没有我带路，你们是绝没有可能离开从极之渊的，更不要说去什么凶水。”

“今日我心情不错，就跟你们讲讲我和阿织的渊源。”那人说着，随手整了一下衣裳，“反正你们一时也出不去，而我也好久没有人可以说说话了。”

二

男子自称冰夷，是这广大无边的从极之渊的主人，本来也曾走遍大荒，踏遍四海，平生所好只有华美之物，为此不惜到处搜寻。

“这白色大地一望无际，只有积雪坚冰，大风呼啸，把人和心似乎都冻住了。我早已见识了别处的风景，又怎么甘心就这样留在这里。可是我是这里的王，这里的大小生灵都是我的责任，我不能为了自己就远离故土。于是我到处搜寻华美之物，要在这暗无天日的极渊也造出一片乐土，要所有人都活得兴味盎然。”

“扯远了。”冰夷手里握着不知从何处弄来的美酒，饮下一口。

他自己不觉得，但太一和羿听完他的一番话后，看他的眼光已有不同。

“后来我因与人争斗，不慎受伤，好不容易脱险，还没有回宫就倒下了。”冰夷道。

“后来你被她救了。”羿说这话的时候，语气波澜不兴。

“是的，虽然这情节十分老套，但事实就是如此。”想是忆起了当时的情景，冰夷一双琉璃眼中眼波流转，似要发出光来。

“那时我也没有想到会被一个鲛人所救，毕竟在极渊，甚至整个大荒我都从未见过她的同类。我受了伤，掉入了她所在的洞穴之中，当我睁开眼的一瞬间见到眼前的鲛人，疑似在梦中。

“当时我伤重无法移动，又不知道她的底细，于是勉力幻化为她的同族。因为当时只是勉强施为，结果竟然成了少年模样。果然她喜不自胜，虽然目不能视，但也尽力把我照顾得妥当。她找来海草为我包裹伤口，又为我找来吃食。当我因为伤痛辗转难眠之时，她会轻轻吟唱歌曲，让我沉沉入睡。

“她悉心照料，嘘寒问暖，心疼我的伤势，又问我因何受伤，让我以后千万小心。我说因为受伤，不太记得之前的事了，不知怎么就误打误撞地来到了此地。她怜我境遇，说自己也有相似的经历，她与我同病相怜，自然对我百般顾惜。我只觉得有些奇怪，但看她只是一个柔弱的鲛人，便没有深究。她说自己叫落梦织，我只唤她阿织。

“这游戏本该在我痊愈之时就结束了，可是我从未体会过这种被人照顾的感觉，甚觉新鲜，加之鲛人在整个大荒本就极其难得，因而一时犹豫，没有告诉她我的真实身份。她歌声动听，每次听到都让我如痴如醉，有种如梦似幻之感；她长得好看，虽然和我相比还差一点，但我相信她一定是鲛人之中最好看的；她还会织绡，鲛绡难得连我也没有。我想要她多织几幅，回头着人裁成一件衣服，所以就说自己需要鲛绡才能换取吃食。她毫不怀疑，尽心尽力织了给我，如今我那衣服只缺一只袖子了。”

冰夷在高位之上得意扬扬地说着，眼中神采奕奕，好像真是为了那一件衣服才乐此不疲。

太一和羿同时一笑，这冰夷虽然行为欠妥，人却不算坏，且心生情愫而不自知。

想到此处，太一取出一物：“阁下既然喜欢华美之物，不知此物入不入得了你的眼？”一支金羽赫然出现在他手中。

那冰夷看这两人浑身上下灰扑扑的，一副身无长物的样子，实在是有些鄙夷，一时兴起，这才带他们在宫外好好转了几圈。果不其然，其中一个当即目露惊叹之色，另外一个虽然不动声色，但想必也在心中咋舌不已。这样的人能拿出什么像样的宝贝来？

他乍见太一手中金羽，不以为意，这能是什么，一根金黄的鸟羽有什么大不了的？黄色的鸟多了去了，拔根毛就在这里显摆，真是没见过世面。

于是他漫不经心地问：“你那是什么鸟的毛？黄鹂，黄鹤？左不过就是只金凤的羽毛。”他边说边摩挲自己手上的戒指，“让我来告诉你，这大荒之上什么羽毛是最珍贵的，是东海的金翅鸟羽。”

“东海的帝王帝俊原身就是一只巨大的金翅鸟，那时天地共主的预言传遍大荒，金翅鸟的本相曾在夜空显现，我也曾有幸一见。”说到此处，冰夷不再管手里的戒指，一脸向往地说道，“那是我平生见过的最华美之物，与那相比，这里的一切都不值一提。”

“那样璀璨、光明，仿佛带着世间所有的光与热，可以照亮世间一切黑暗，那是无可比拟、无与伦比的。那样的美，只要见过一次，就永不能忘……”

说着说着，他忽然没了声音。因为太一把那支金羽往上一抛，羽毛浮在半空，遽然变大，一瞬间金光大盛。正如冰夷刚才所说，金羽照亮了这大殿中的一切，那光华无与伦比，无可比拟。

“你……怎会……”冰夷一时愣怔，急急起身来到太一面前，伸手欲去取那金羽，但是太一快他一步，将之收入掌中，然后嘴角噙着笑看着他。

“你怎会有金翅鸟的羽毛？！”冰夷惊疑不定地看着太一，这是他第三次打量他，却仿佛初见此人。这次倒是看出一些不同来，面前的人年纪介于少年与青年之间，虽然姿态随意，穿着普通，但容貌之出众却是平生仅见，就是冰夷自己也自愧弗如。但这都不是最重要的，重要的是他的一双眼，那眼中似乎可包容万物，甚至流露出一点悲悯之色。这是怎样的一种底色，怎么也不应该出现在这个年纪的人眼中。冰夷疑心自己看错了，再看时，又好像什么都没有了，只是一双含笑的眼。

“阁下不必追究这根金羽是怎么来的，我现在就可以把它送给阁下，但是我有两个条件。只要阁下能答应，这根金羽我就双手奉上，如何？”太一道。

“哦，什么条件？说来听听。”冰夷收起急切的神情，问道。

“第一，你要和那位鲛人姑娘把话说清楚，不可再欺瞒于她。第二，送我们过极渊。”

“送你们过极渊没有问题，”冰夷语气冷淡，“但这是我和阿织的事情，你们又凭什么置喙，不觉得管得太宽了吗？”

太一只是真诚地看着他：“因为我们已经见过了太多遗憾，不想阁下以后追悔莫及。”

冰夷思索了片刻，开口道：“迟早我也会去同阿织说清楚，既如此，那我便答应你们。”

三人再次来到之前的洞穴，却只在岩台上找到了一幅鲛绡，几乎纯白的鲛绡。阿织却不见了。

冰夷手中握着那素白鲛绡，慌了心神。这里如此隐蔽，一般人绝难发现，所以自己才安心让阿织待在此处为自己织绡。可此时人竟然不见了。

冰夷懊恼，早知道就应该把她带到自己宫中，哪怕是跟她坦白也没有什么大不了的。他会对她好的，就算不是她的同族，也一定会照顾好她。毕竟他从未遇到过鲛人，且这个鲛人还待他极好。有时，她的歌声中仿佛有千言万语，可问她为何心忧，她又会展颜一笑，令他不知不觉沉溺其中。冰夷当初一时犹豫，如今却令自己追悔莫及。一时之间，关于鲛人的各种传说涌入脑海，落泪化珠，皮脂成烛。她本就目盲，要是被人发现……想到此处，冰夷的脸色变了。

他在一瞬间化出了原身，一声龙吟呼啸而过，天际闪过一条蜿蜒的身影，原来竟是一条白龙。极大的龙身之上鳞甲竟似水晶所造，晶莹剔透。巨龙游走之间反射天光，映照得雪山之上一片光斑。难怪他喜好华美之物，因这原身本就华丽无双。

更令人称奇的是那双琉璃眼，从空中一扫而过，神光绽放，竟能在冰川上留下一道笔直的深痕。之后有巨大的冰块翻转，原来是从划开那处拦腰而断。如此神威，难怪他可以在一方称王。

龙王现世，风云顿起，冰夷不断呼唤着阿织的名字，上一刻还在天际遨游，片刻之后又潜行深渊，上天入地，眼中神光湛湛，无一物能逃过他的眼睛。

太一和羿一起助他寻人，就在焦急之时，悠扬的歌声又起，却见一处冰川之下浮现一个曼妙的身形，那是阿织。她没有用白纱覆面，只是闭着双眼：“冰夷，是你在唤我吗？”

“阿织！”冰夷化为人身奔到她面前，“你去哪儿了？我到处都找不到你。”他急忙伸手握住她的手，上下打量她，“你无事吧？”

“我没事，”阿织一只手被他握住，另一只手摸索着去抚摸他的面部轮廓，“你今日好像与往日有些不同。”

“我有些话想对你说，我们换个地方说话可好？”冰夷一时情急忘了变换声音，但这些都不重要。他边说边想将她从水中抱出，再召唤宝车，将她带回宫去。

可是阿织摇了摇头：“冰夷，我也有些话想对你说，就在这里。”她略停了停，又道，“我给你留了鲛绡，想必你也看到了。那是最后一幅鲛绡了，足够你做一件衣裳了。你最爱美了，穿上这件衣服，想必会高兴。”

冰夷顿住，惊疑地看着她：“你……你怎会知道我想做衣服？！”

“因为你的梦，你在梦中告诉了我。”阿织那双不能视物的双眼与常人的无异，只是好像蒙上了一层白翳，现在却有了泪。那泪开始只是一滴，离了眼眶，凝在风中，最后落在冰上，成了一颗珍珠。

然后有叮叮当当的声音响起，如玉溅，如铃响，粒粒珍珠落在冰上，有如殇曲。

鲛人只有悲极才会落泪成珠，冰夷忽然有了不好的预感：“阿织，你到底怎么了？不要哭，告诉我。”他想抬手去抹她的泪，又想去接那颗颗珍珠，却都是徒劳。

“我要走了，冰夷，我要走了。”阿织叹了一口气，“我知道你是冰夷，我知道你不是鲛人，你是这里的王。我从很早以前就知道了……”

冰夷大吃一惊：“你怎么……”

阿织却道：“别着急，听我慢慢跟你说。我们鲛人一族因为体质特殊，又缺少自保的能力，只能生活在深深的海底，不见亮光，因此时间长了大多目盲。可是我在我还能看见的时候就看到了你。”阿织缓缓叙述着她与冰夷的故事。

“我们一族生活在更北的海域，那里比这里更加寒冷，人迹罕至，能使我们一族侥幸存活。那时的我尚年幼，因为知道拥有光明的时间有限，所以到处游走。我不想像其他族人那样，因为畏惧就一生生活在黑暗之中，我要到更远的地方去见更多的人、更美的景。于是我逆着洋流固执地一个人游，一直游。终于我游到了这里，见到了水宫，见到了你。”阿织用她那看不见的眼睛盯着冰夷，仿佛在看他昔日的模样。

“我看到了璀璨炫目的水宫，看到了众多水族簇拥着他们的王，那美丽、威严、充满力量又英俊洒脱的王，从此再不能忘。”

阿织语调坚定，就如她的心一样，从那时初见直到如今没有改变。

“自那以后，我再也没有到处游荡，我急急赶了回去，学会了织绡。也许你不知道，不是所有鲛人都能织绡的，因为他们没有材料。鲛绡不需要任何先天的材料，它需要的是心中有你之人的梦境。以梦为线，织幻成绡。可残酷的是，虽然鲛人都有感应他人梦境的能力，但只有目盲之后的鲛人，才能将人的梦境编织成绡。

“我学会了这技艺，再在自己目盲之前拼尽全力游了回来，找到那处洞穴躲了起来。但是我再也不能像以前那样在深深的海底偷偷看你，看你威风赫赫地驾着宝车出入水宫。因为我再也看不见了。

“我守在这里，这已是我能待的离你最近的地方，希冀有一天你能从天而降，那样我就可以为你织一幅绡，让你裁一件衣，穿在身上，日夜不离。就如我陪着你，就如你陪着我。”

冰夷听到此处，眼眶霍然发烫，他以为的一次邂逅，却是眼前女子付出了一生的代价才等来的一次机会。有的人只为出现在你面前，就已耗尽了力气。

“所以当你真的来到了我面前，当我第一次用手触摸你，我知道那就是你。不管你变幻成何种模样，不管你说出的是何种话语，我知道那就是你。你幻化成鲛人的样子，说自己是鲛人，说自己不会织绡，我只是暗笑，便也配合你。因为如果你是真正的鲛人，那你一靠近我就会知道，我每天的梦中都是你。如果你会织绡，那你的绡可以织千万幅。可惜，你不是鲛人，所以你不知，也不能。

“但是我可以。每次你来，我会唱一首歌给你听，那旋律会催你入睡。这时我就可以从你的梦中抽取关于我的记忆，把它们织成鲛绡。你梦见我的次数越多，梦境越美，那织出的绡就越瑰丽动人。

“开始你在洞中养伤之时，我可以每日织出绡来，因为那时你每天都能梦见我。后来你离开了，时不时回来，我也能织出一幅半幅，那时候你的梦中也还有我。

“可是后来，你来得渐渐少了，就是来，梦中也多是别的人、别的事，只是偶尔才梦到我。我看着化成的丝，零散得不能成线，更遑论织成绡，于是我知道，我该离开了。”

“不，阿织，不是这样的，我只是因为被别的事占用了时间，我……”冰夷听着阿织的述说，本来不忍心打断，可听到此处连忙出声，“我只是想着你在此处还算安全。我……我有些犹豫是否该向你道出实情，所以就来得少了。阿织，你相信我，不信，你现在就可以试试，我真的有想你，念着你。”冰夷急切地说道。

“我知道的，冰夷，我知道的，你想我是因为你的衣服还没有做好。你看我已尽力织好了最后的一幅绡，这幅绡不是靠梦境织成的，你看它一片空白，因为梦境已经断了。这是我勉力抽取自己的神力织出来的，这样你带回去就可以裁成衣穿上身了。这本来也是我的愿望，你不用自责。”阿织依然平静。

“可是，阿织，我……”冰夷还想说什么，却只觉喉咙干涩难言，如今再说什么都是托词。面对这样的深情，他是被感动，还是本来就心动？如今已分辨不清。他只知道，心中的悸动、不舍拉扯着他，叫他不能再让她落泪。

“你什么都不知道，冰夷，你本来就什么都不知道，这所有的一切都是我一个人的事。是我对你一见不忘，是我穿山越海来见你，是我要为你织一幅绡，是我要喜欢你。”阿织说着说着，长舒了一口气，因为她终于说出了自己的心愿，如此就可以无怨亦无悔。

“不是的，阿织，不是这样的，我也是喜欢你的。”听到此处，冰夷脱口而出，“我才知道我也是喜欢你的，只是有点晚了。你相信我，你相信我！”他上前去试图拉住阿织，阿织却往后退。

“不，冰夷，太晚了，鲛人一生只为一人织绡。如果梦织完了，那个人还没有喜欢上她，她……她就只能消失了。”阿织哀切地说，

"我本想把最后一幅绡留给你就走，但是听到你的呼唤，又忍不住出来见你最后一面。"

"不，阿织，什么叫消失？什么叫最后一面？"冰夷说着跃进水中，他才弄清楚了自己的感情，不允许她就这样一走了之！

"你不说清楚，就哪里也别想去！"他抓着她的双臂，大声对她说。

"冰夷，我是为你而来，如果你不愿意，我也绝不勉强。我们鲛人虽然柔弱，但也绝不畏惧面对自己的命运！"阿织虽然被他禁锢，但是语气坚定从容。

"到底是什么命运？！有我在此，什么命运都别想带走你！"冰夷低吼。

"我会消失，化为海上的浮沫，化为海上吹过的风，落在海上的雨，总之你再也见不到我了。我既然选择了为你织绡，就无悔于这样的宿命。哪怕我最后消失了，也比一辈子待在深不见底的海里，一辈子瑟缩卑微、没有目的、浑浑噩噩地活着强上百倍！这是我自己选择的路，我就走到底！"

柔弱的阿织，不能视物的阿织，只会织绡的阿织，说出的话却振聋发聩，此番话一出，不光冰夷愣住了，旁边的太一也愣住了。

世上竟然还有如此之人，虽然无神力，但是比许多大神更具有力量。他们的心执着而坚定，不因任何人、任何事而更改。他们勇于付出自己的所有，也勇于承担一切后果，不管是否要付出生命的代价。

他们是如此清醒地活着，也可以一样清醒地死去，因为这对他们来说一样重要。

"不，一定有办法的，一定还有办法的！阿织你告诉我，你告诉我！我已经喜欢上你了，你不用消失的，我不允许你消失……"冰夷终于有些不知所措了。他越说越没有底气，越说声调越低，他似乎永远高抬的头低了下去，再也不顾那些华丽的衣饰，泪滴在水中。她比他想象中要坚强得多、勇敢得多、无畏得多，他不知道自己还能不能留住她。

阿织却再没有出声。一片死寂之中，一旁一直沉默的羿却开口道："我听闻情侣互证真心，须以自己最珍贵之物交换。"

冰夷猛地抬起了头。

阿织闻言却挣扎起来："我不愿意你用最珍贵的东西证明真心，梦断了就是断了，不用勉强。"话一出口，她猛然发现自己失言，于是紧闭了嘴，一言不发。

"果然，我就知道有办法！"冰夷欣喜若狂，继而又开始自言自语，"最珍贵的东西，我最珍贵的东西……"

他思索片刻，忽然开口："我最珍贵的东西莫过于我这双眼睛，它们由我这一身神力汇集，也是我厉害的武器。"

接着他轻抚阿织的发："你为我做了这么多，我却什么都不知道，不要再说这是你一个人的事情。面对如此深情，任何人都会被打动，只是我是最幸运的那一个，因为这份深情尽付于我；我又是最傻的那一个，竟然不知道自己如此幸运。阿织，你比我勇敢，你有孤注一掷的胆魄、倾尽所有的决绝。如今我也要付出我所拥有的去回馈这份深情，而你也绝对配得上这份礼物，我的王后。"

说完，冰夷不顾面前阿织的拦阻，不管岸上太一的呼喊，单手猛地覆在自己的右眼之上。片刻之后，一行血泪从指缝中滑下脸庞，冰夷摊开手，只见手心赫然现出一颗圆形的玉石，正如五彩琉璃一样放出神光，耀眼夺目。

冰夷随即翻掌将它覆在阿织的眼睛上，一阵光芒闪过，阿织眼中放出异彩。她虽然一直摇头挣扎，但冰夷一直拥着她，令她无法拒绝。

片刻后，那颗宝石与她融为一体，她小小的身躯从来没有充盈过这样的力量，这力量瞬间流过浑身的经脉，促使她去挣脱束缚，去用全新的方式探索这个世界。

她的鱼尾在水中不停地颤动，她感觉到一直以来支撑自己的尾巴变了样，它不再是粗壮的一条，而是变成了两条修长洁白、属于少女的双腿，它们代替鱼尾踩在水中。

但这并不是最令她惊讶的，因为鲛人接受了心上人的认可之后即可化出双腿。最令人惊讶的是，她的一只眼睛明显有了光感，那是她太久没有过的感觉。她不敢置信地试着轻动眼睫，颤抖几次，终于缓缓睁开了眼睛。

俊朗的男子映入眼帘，一如镌刻在心底的模样，从那时到如今早已被她描摹了千万遍。

眼前人即心上人，她终于等到了。

可是笑还未在唇边绽放，泪已在眼角凝聚。

“冰夷，你……”阿织缓缓伸出手去，想拂去眼前男子脸上还未干涸的血迹。血从他紧闭的右眼蜿蜒而出，落在她的手上。话未说完，阿织的泪已潸然落下，但那是晶莹的少女的泪水，不再是悲戚的鲛人的珍珠。

“不必伤心，阿织，你我以后一体，共同拥有一双眼睛。”冰夷说完，将她更紧地拥进怀中，“只要你还在，一切就都值得。”

“嗯。”

冰夷转身又对太一和羿道：“还没有感谢二位，我和阿织能在一起，也是幸亏有二位的提醒。你们要去凶水，可以，我现在就可以带路。”

太一却拿出那根金羽，说：“这金羽就当送给你们的礼物，祝愿你们以后的每个日子都如今日。”

冰夷接过那根金羽，郑重地插在阿织的鬓边，回道：“谢谢，以此金羽为证，我们自当如是。”说完，他转身竟又化作了人鱼模样，笑着对阿织伸出手：“阿织，我们同去。”

少女瞬间也变回了鲛人，紧握住那只手，说：“同去。”

太一和羿离开极渊，直奔凶水。路上羿问太一：“你给的那支金羽是你哥哥的吗？”

“不是，那是我自己的，哥哥的还在我身上呢。”

“我想也是，那还要留着保命呢。”

“不是，那是哥哥的，我舍不得……”

三

过了极渊往东而行，但见一条大河横亘眼前，正是众人口中的凶水。

传闻中的凶水波涛汹涌，浊浪滔天，河岸两边生灵凋敝，寸草不生，皆因九婴藏身河中。可是太一和羿到了河边，只见草木枯黄，河水浑浊沉静如一潭死水，虽然不见繁茂，但也不像传闻中那般恶劣。

两人在岸边搜寻一番，并未见到什么异常，看来只有下水一探。

两人原身都是禽鸟，虽不畏水，但如要深入水中，需要耗费大量神力。之前冰夷赠予了两颗避水珠，如今正好用上。

两人在水中寻了一圈，却一无所获，难道传闻有误？可是西王母、冰夷都对九婴有所耳闻，可见九婴之前定是藏身于此，时日不短，并有种种恶行，这才臭名昭著。这期间想必不乏想要除害之人，可据说九婴不但身形庞大凶猛异常，且能喷火吐水，是十分厉害的凶兽，所以嚣张至今。可如今这样的庞然大物竟然消失无踪了，真是令人费解。难道已经有人将其除去，他们晚到了一步？可是除去这样的凶兽不可能一点痕迹都没有，周遭环境的改变也不是一朝一夕之事，这实在令人费解。

正在两人迟疑之际，忽然河水涌动，中间出现了一个巨大的旋涡，俄顷，旋涡中出现一物，竟然是一个襁褓中的婴孩！

太一与羿俱一惊，为何刚才两人下水探查一无所获，现在却凭空出现了一个婴孩？看来是有人故意设了障眼法。那婴孩径直飘到太一面前，太一连忙伸手抱住，仔细一看是个女婴，肌肤若冰雪，甚是可爱，双眼紧闭，还在沉睡之中。

太一抱着这婴孩，和羿面面相觑，不管怎样，先把这孩子安顿好再说。

可还没等移步，那婴孩猛然飘到半空，身形变幻，一阵刺眼的光亮之后，眼前出现一个如稚子般的少女。她着一身白衫，最特别的是那一双眼，黑白分明。那眼白甚至带着点湛蓝，看着纯洁无瑕，惹人怜惜。

她口中呼唤："风哥哥，是你吗？是你来找我了吗？"可是等她定睛看清了眼前之人，那双晶莹明澈的眼中却迅速涌出了泪水，"原来你不是风哥哥，风哥哥没有来。"语气中似乎透着无限伤感还有委屈。

太一和羿不知所措。太一只得开口唤她："你是谁？为何在河中？"

那少女闻言，勉强抬头看了太一一眼："我为何要告诉你？你又不是风哥哥。"

羿上前来接着问："你的风哥哥在哪儿？我们可以帮你去找。不过你要告诉我们你是谁，还有，你认识九婴吗？"

"九婴……"那少女一听这个名字，猛然睁大了眼，开始只是喃喃自语，后来如梦初醒，"九婴，好久没有人这么唤我了。我就是九婴。"

话音刚落，太一和羿都愣住了。她竟然是九婴？人人口中的恶兽九婴？！

"你们真的能帮我找到风哥哥吗？"少女站在太一和羿面前，满怀希望地问道。

面对这样一双纯澈的双眼，太一一时开不了口，因为他知道这只是羿临时的托词，但是此时他是真的想要去帮这女孩找她的风哥哥，只要她能告诉他们这到底是怎么回事。

"真的。"太一和羿同时开口，又同时一笑。

"好，只要你们能帮我找风哥哥来，我就告诉你们我的故事。"

"一言为定。"

"风哥哥是这世上最潇洒不羁的人，就如同他的名字一样。你们和他的气息有些像，所以我才错认了。但你们不是他，谁都不是他，他是这个世上独一无二的……"

那时候的凶水只是一条不知名的小水沟，那时候的九婴也只是一条曳尾涂中的小蛇。说这是水沟，自然不太深；有泥巴，自然也不太清澈。水沟旁边也没有什么芳草如甸、落英缤纷的美景，只有乱糟糟的杂草东一堆、西一堆地随处乱长，风一吹来，就会吹得人满头满脸都是。

这里是没有什么人的，大家更喜欢再东一点的青丘，听说那是一处水草肥美之地，有看不尽的美景，吃不完的美食，更有一群九尾狐，化为人身之后，个个妖娆，是大荒一等一的美人。所以这里只是旅人们路过的地方，他们的眼睛永远往前看，不会留意这浑浊的小水沟里还藏着一条其貌不扬的小水蛇。

这些都是风中传来的消息，它们卷过这里的荒草，又呼啦啦往前去。小水蛇就半截身子在泥里晃，半截身子露在外面，漫不经心地听着这风带来的消息，兴致缺缺。因为过两天就会有新花样了。

这不，这阵子又开始流传有一人受九尾狐族族长之邀入青丘的消息。这可是件稀罕事，要知道那青丘九尾狐族是出了名的傲慢，眼睛恨不得长到天上去，多少人徘徊在青丘之外就为了得狐族首肯进入这梦想之地。如今竟然还有人能得九尾狐族青眼，也不知是何样的人物。

听说那人不知原身为何，长了一张颠倒众生的脸，又神力高强，就是与青丘九尾狐族族长相比也不遑多让。可是与严谨板正的九尾狐族族长相比，他不受拘束得多，自在随性，很是得狐族美人的青睐，真是羡煞旁人。

谁知没过几日，青丘竟然传出消息，说要在整个东荒驱逐此人，令其无立足之地。听闻那人竟然拒绝了青丘九尾狐族族长的相邀，理由是站在青丘外都能闻到风中飘来的一股子狐狸味儿，受不了。就这一句话，他惹恼了整个青丘九尾狐族，于是九尾狐族满东荒地赶人。

这人也不以为意，转眼就不知道跑到哪里去了。

这些传闻传到九婴耳朵里的时候，惹得她一声嗤笑，这九尾狐族的气量未免也太小了些，人家只是说了句实话就不依不饶的，还是一方大族呢。

这人倒是个有趣的，小水蛇在水沟里来回游动的时候想。

过两天，又从北边传来了消息，说有人以一己之力搬来了一座山，挡在了一片苗圃之前，说是怕北风把他种的花吹坏了，回头开不了花，败了自己的兴。

这是不是一个人呢？听起来像是一个人干的事呢。小蛇有了兴趣，不知道是怎样的人呢。

几日后走来了一个人，蓬头垢面，像是赶了不短的路，看到这里河滩边的杂草堆，面露喜色，加快脚步直奔而来。小蛇倏忽一下缩进了水的深处，只露出一双眼睛看着这陌生人。

他来到了近前，先用水沟里并不那么干净的水洗了洗脸，然后就一头扎进了草堆里，旁若无人地呼呼大睡。

等了好一会儿，小蛇从水中探出半身，往那人的身上张望。见他穿着破衣烂衫，发丝散乱；再往那张脸上看，却吃了一惊，那是一张过分美丽的脸，似乎不应该出现在一个男子身上。他随随便便躺在草堆上，竟使周遭乱七八糟的环境也显出一种美来。

小蛇惊叹，往上探了探身子，几乎要凑到那人面前，仔细打量。

嗯，双眉修长，飞扬入鬓；眼睛狭长，不知道睁开是什么样子；鼻子高挺；至于嘴巴嘛，不是现在流行的薄唇，是一张丰润的嘴巴，难怪样貌秾丽，光彩照人。这样的容貌长在男子身上，只能感叹造化神奇，似乎连青丘的狐族都比不上呢。

忽然，小水蛇扭动的身躯被一只手抓住了。

“没人告诉你这么盯着人看不礼貌吗？”男子睁开了眼，用手指拨弄着小蛇，笑嘻嘻地说。

“啊，放开我。”小蛇挣扎起来，“没人告诉你这样抓着人家也很没有礼貌吗？”

男子闻言松开了手，却并没有起身，还是躺在原处，只是把手枕在脑后，饶有兴味地看着眼前只有自己手指粗细的小蛇。

嗯，原来他的眼睛长这样，看似漫不经心，却又神光内敛。

见他这个样子，小蛇胆子大了起来：“你长这么好看，不被人多看看岂不浪费？”

那人一愣，莞尔点头：“你说得有理。”

小蛇很高兴地看着他："你从哪儿来？要到哪儿去？"

"你这个问题也问得好，因为我也不知道自己从哪儿来，要到哪儿去。"男子又赞了她一句。

莫不是个傻子，为何这都不知道？小蛇暗自腹诽。

一看就知道这小东西脑子里在想什么，男子抬头看着天，说："为什么一定要有目标呢？你看那风，就没有什么目的，随便吹去哪儿都很好。"

"这倒是，"小蛇点头，"我整日在这小水沟里游荡，在泥巴地里钻进钻出，也觉得挺好的。"男子赞许的目光对上小蛇的豆豆眼，他眨了眨眼，又打了个哈欠，闭上了眼。

看这懒人没一点起身的意思，小蛇忽然觉得自己也困了，于是又靠近了他，慢腾腾地爬进他的掌心，蜷成一圈，就此睡去。

男子一觉醒来神清气爽，正准备起身，忽然觉得手上异样。他低头一看，刚才那条小白蛇不知道什么时候缠上了他的食指，像个指环一样绕在上面，也不知道是什么功夫，他晃了几下手指也不掉，她莫不是把自己打成了个死结？

这倒是个有趣的。

他用手指戳了戳："醒醒，小蛇，我要走了。"

九婴睡眼惺忪地醒来，把自己的身子从他修长的手指上挪下来，盘在他的掌心，问他："这就要走了吗？我还不知道你的名字呢。"

"你听，风起了，我又要走了，等我下次再来，就告诉你我的名字。"

"好，等你下次再来，我也告诉你我的名字。"

"一言为定。"

话音刚落，就见平地风乍起，瞬息变成席卷之势，那风卷起了枯草，荡起了水沟里的涟漪，同时也卷走了男子的身影。仿佛只是一瞬，人就在眼前消失了。

风停万物止。

小蛇又回到了泥中。

等到草木枯黄，又一次万物衰败之时，风又带来了那个男子。

这次他要整洁干净得多，手指钩着绳结将一坛酒背在身后，晃晃荡荡地来找小蛇。

之前的小水沟已经变成了一条小河，且明媚了许多。之前的小水蛇也长大了不少，细白的鳞片闪闪发光，她缓缓从草地深处游出来，舒展身躯，探出半身。

“是什么东西？闻着有些香。”

男子从身后拿出那一小坛酒，在手里晃了晃：“酒，有没有喝过？”

九婴又上前，她如今长得已经和男子差不多高了，于是就攀着他，凑近那坛酒。

“哎，酒不是这样喝的。你先下来。”男子说着把酒坛放到地上，又把酒封起开，顿时一股浓郁的酒香飘散开来。

九婴于是从他臂上滑下来，到那坛酒跟前，凑近了一触竟然有一股冻气扑面而来。

“此酒由极北的风雪酿成，我那时匆匆而去，就是为了去候这场风雪。”男子见她凑近，就地一坐，随意开口道。

“我在风雪眼中取得雪髓灌入坛中，再加入我之前取的岩火之心。这两者本不能相融，但一起放入我这好不容易找到的酒坛子中，再封入万丈冰层之下，这两者就可以互相较劲、抵消，最终融合，酿为这天下难得的寒极又烈极的美酒。我守着它直到酿成，今日才启封便赶了过来，邀你品尝。”

听了他的话，九婴便不管那冻气，伸出芯子去够坛中的酒液。她甫一尝确实极寒，冰雪之气仿佛要把她整个冻住，可是一瞬过后，又有如烈火般的滋味在口中绽开，烧遍全身。就在那一刻，仿佛她也到了极寒之地，领略了那场风雪；又好似到了地心，被烈火灼身，痛快至极。

她越喝越是上瘾，便干脆把小小的坛子弄倒，张开了嘴去接那汩汩而出的酒液，直到喝个底朝天，一滴不剩。而那男子只坐在一旁看着，并不阻止，也不管九婴喝完之后醉倒在地，一动不动。

又静等了一刻，再看旁边的白蛇，似乎粗壮了一些。再过片刻之后，醉倒的白蛇开始翻滚起来，冲天酒气之中，她的身躯不断膨胀，越来越大。至此，这酒的效用方才显现。

白蛇本来紧闭的双眼猛地睁开，被酒气激得一双竖瞳通红。她不断地在草地上翻滚，身躯碾压过本就枯黄的野草，草枝尽折，梗叶纷飞。同时她身后的那条河也变得水波激荡，不再安静。

等在地上翻滚都不能疏解酒气时，白蛇一飞冲天，转眼入了云端。

她像是第一次来到空中，显然还不太能掌控自己庞大的身躯，但是她很聪明，片刻之后就领悟了关窍，于是在云层之中上下游移，穿云破雾，一会儿就姿态娴熟地遨游半空了。

男子这才拍拍身上的草屑，站起身来，看着天际的白蛇露出笑意。

随着白蛇的游走，眼前的河水冲天而起，随着她的动作起伏变化，白浪滔天。那男子伸出手，透明的屏障拔地而起，挡住了险些失控的河水，让它们始终不能恣意。

说不出是怎样的原因，他与这小蛇投缘，看出她有些异样，便出手帮了一把。

这小蛇天赋异禀，神力覆盖这整片大地，本该是可以上天入地、往来自由的主儿，可是她不敢擅动，不只是身体不能动，就连情绪起伏变化也会传导给这片大地，眼前这条河就是明证。只要她稍稍激动，河水即刻暴涨；要是去天上游走一趟，河水就要翻天。于是小蛇只能维持一副柔弱的身躯，整天一副兴致缺缺的模样，钻钻泥巴，打两个滚，也觉得不错。

可是在他看来，这怎么都透着一股子可怜巴巴的味道。

于是他去找了雪髓与岩心，这两样东西可以帮助她巩固体内冰火两重神力，同时拥有这极端相对的两种神力。照理说她应该是与现在完全不同的样子，性格难免极端、偏激，可是看这小蛇竟然一副淡然的模样，也是一种本事，不知道是用了什么办法压制住了本性。如今喝了这酒，她就能更好地掌控这两重神力，适当释放自己的情绪，也能化出原本的大小，虽然这也不能完全解决问题，但是比起之前还是要强上许多。

看着本来在天际游走的白蛇忽然如一条白练垂在空中，他看出这是她在调皮了。

果然，那条白练随风动了起来，蜿蜒起伏地来到了他跟前。

如今的她已经长成了庞然大物，她在云端探出头，只一个脑袋就有他一人大。她小心地凑近他，悬停在他的上方，双眼中清晰地印出眼前人的身影，想将他看得更清楚。

那人伸出一只手，轻轻抚过她的头顶："你叫什么名字？"

"九婴。我叫九婴。"天地间都回荡着她的声音，仿佛这个名字第一次有了意义。

"九婴，我叫风醉。"他笑了。

从此，每当草木枯黄时，风会将风醉带到九婴身边，而他们最多的相处方式就像此时，坐在草堆里，一人一坛酒对酌。

风醉还是那个样子，九婴却不再是以前的小水蛇了，她一点点长大，似乎总有不同的样貌。

如今的她是一个明丽的少女，潇洒大气，笑容明朗，头发随意地扎在脑后，神情和面前的男子颇有些相似。

在他们身后，已经宽阔得看不到边际的河流缓缓流淌，两岸芳草如甸，落英缤纷。

"这次出去你又看到了什么有趣的东西？说来听听。"九婴喝完了一坛酒，侧过头问风醉。自从第一次醉酒之后，她就喜欢上了酒的味道，总让风醉给她带不同的酒回来。

风醉轻轻摇晃着手里的酒坛，他手里的酒没有九婴的多，但是他喝得慢，因此还剩不少，听到九婴的话，便缓缓开口道："你也喝了不少酒了，怎么还是这样牛饮？你可知你手里这一小坛酒是我好不容易才弄到的。"

"哦？"九婴有些好奇，"有多难，比之前去取雪髓和岩心还要难吗？"实在是他取酒这么多次从来没有听他说出个难字，这次怎么就难了？何况在九婴心中，风醉是无所不能的。

“你手中这酒名叫曼陀罗酒，由曼陀罗花酿成。此花本来平常，但是采摘过程异常复杂。”风醉摇着头说道。

“到底怎么个难法？”九婴越发好奇了。

“此花酿成的酒和你采花时的心情有关，你若是愁眉苦脸地去采，酿出来的酒就是苦酒；你若是眉开眼笑地去采，酿的酒自然就甜；你若是载歌载舞地去采，酿出来的酒自然……”风醉话到此处，忽然止住，笑而不答。

“自然怎样？”九婴听到一半没了下文，连忙追问。

可还没等她问完，忽然就似不受控制一般手舞足蹈起来。

“自然就是你这样了。”风醉终于说出了后半句，还无辜地眨了眨眼。

九婴已经顾不上他了，她的手脚已经不是自己的了，明明脑子还很清醒，可手脚已经像有了自己的意识一般挥舞，带着她原地旋转，裙裾飞扬。

风醉就在一旁看着她，口里哼着调子，手里打着拍子，眼里盛着笑。等到九婴好不容易解了酒，停了下来，风醉的酒也喝完了。

她气喘吁吁地瞪着他：“为什么你不舞？”

“因为我已经舞过了，要不你怎么能喝得到这等美酒？你现在知道我为了能得一坛酒付出了多少吧。”风醉还是笑眯眯地说道。

九婴知道自己上当了，扭过头去不理他。等了半晌却不见风醉来说好话，于是又自己扭过头来。

“小水蛇，你想离开这里吗？”风醉摇着空坛子问她。

“你明知道我离不开这里的。”九婴看着风醉。

“是呀，你离不开这里，这里的一切都有赖你的神力，是我喝醉了。”风醉说到这里似乎真的醉了，低声道，“我只是很想带你去看看我跟你说的一切，看看我走过的地方、看过的风景。我只是……”

“我知道的，我都知道。可是你看这里现在这么美，有花有草，这河里还有许多和我一样的生灵。当我还是一条小水蛇的时候就认识它们了，如果我走了，这一切就都不存在了。”九婴看着身后的河流静静地说道。

风醉看着眼前的少女，她说这些的时候没有抬高声调，也并不慷慨激昂，更没有自恃恩重，像说着最平常的事情，为了一朵花、一株草，为了河中的小鱼小虾，为了活着的一切，她不能抽身离去。从她存在在这里的一刻起，这些就与她一起生长了，她的神力滋养着这片大地，她已经同它融为一体。

“所以我在这里挺好的，并不是敷衍你。自你帮我稳定了神力之后，我也可以高兴、难受，可以这样和你一起喝酒，甚至可以像刚才那样手舞足蹈。只是我不能离开这里，不能离开它们。”少女的眼睛明亮，语气温和，就如她身后的这条河，滋养着万物，却无声无息，只静静流淌。

“那么小水蛇，我又要走了。你知道风总是无法在一个地方停留太久的，等我下次再来与你对饮。你知道的，我总会回来。”

说完他起身，双臂展开，有风平地而起，鼓动着他的长发、衣衫，等风停时，他已经在九天之上。

那是一只黑色的大鸟，双翅展开，遮挡住她的整片天空，无论她的原身有多么巨大，也始终在他的羽翼之下。

九婴抬头看着他，他并没有扇动翅膀，只是凭空悬停在她的上空，仿佛在等一个答案。于是她伸出手去，用力地挥了挥，那是在向他告别，并不曾有一字出口，就如她不曾问出的问题。

“你能留在这里吗？”

有些话不用出口，因为答案早已明了，他是自由的，不该为任何东西停留。

因为他就是风啊，谁又留得住风呢？他就算一时勉强留下，也不会长久，那只会让他变得不再是他。

何况他认识的她也并不是真正的她，她只是一条小水蛇的时候，被禁锢的不单是自己的神力，还有自己的本性。

当初他的一坛酒，解封的不光是她的神力，还有内心压抑的欲望、贪念，以及太多不可言说的东西。所以她每次在他面前的模样，都是想象中他可能喜欢的模样，是她在脑海中反复考量才呈现的模样。可这些她不会告诉他。

风来得突然，带起了河中的涟漪，他如今要去别处，自然也在预料之中。

九婴仰头看着他飞向远方，想着下次相逢的时候自己又该是怎样的模样。

可惜她思考这个问题已经没有了意义。

因为风醉再也没有回来。

四

黑暗中，一个愤怒的声音响起："早就说了他不会回来了，你们非不信。要我说当初就应该不择手段地将他留下，免得小婴如此伤心。"

另一个年轻曼妙的声音嗤笑："说得好听，什么叫不择手段？你没看到他神力高强，我们大伙齐上也未必是他的对手，谈什么不择手段，好笑！"

"那你们说有什么办法？！"一个尖锐的声音忽然插入。

"简单，"另一个低沉的声音笑道，"直接开口呀，小婴就是傻，上回那么好的机会都被她错过了。只要她开口他就能带她走！管这些乱七八糟的干什么？只要带上我们，其他的花呀草呀，鱼呀虾呀，又有什么打紧。"

"哎呀，你们都少说两句。"又一个絮絮叨叨的声音插进来，"这话都说过多少遍了，我们大伙都劝过多少回了，小婴就是不松口又有什么办法？大家都是看着她长大的，也决定将主导权给她，现在说这些又有何意义？"

一个怯怯的声音开口："可是婴姐姐也不敢把我们介绍给他，总是设法瞒着，我想那是因为她自己也害怕让他知道吧？你们这样勉强她，是不是不好？"

"老大，你说该怎么办？这也不行那也不行，总不能看着小婴日日这么愁眉苦脸的吧？她之前对什么都淡淡的，好不容易来了个人能让她开怀，我们大伙也跟着高兴高兴，却不承想是这么个没常性的。”又一个声音说道。

见他一开口，众人一时噤声，等着老大开口。

沉默许久，一个沉稳的声音响起："你们都不必多言。那风醉来自青丘之泽的大风一族，听闻那一族最是不羁，平时十分难见，谁知竟然被小婴遇到了。如今他这么久都没有音信，惹得小婴伤心，想这样就一走了之，未免太过轻易。我早就在他身上放下了九不悔，之前他都能在最后时刻赶回来，所以那药一直都没有起效，这次眼看时限将至，如果他到时候还是不回来，就怪不得我们了。”

此话一出，众人似乎连呼吸声都没有了。

许久，那个开始发问的人迟疑地开口："九不悔？不是五不疑，六不欺，七不寐，八不怨，而是九不悔？！”

“不错，正是九不悔，九死而不悔。”那被称为老大的人又继续道，“我早就看出这风醉对小婴而言意义非比寻常，所以一开始下的就是最烈的药。他们大风一族实力强悍，本身羽翼带毒，不是九不悔恐怕难以制住他。”

“可是，可是，”之前那个胆怯的声音又响起，“九不悔由婴姐姐的鳞甲炼成，可化为雾气令人不自觉服下，之后便会产生强烈的思念之意，药性越深，对人的影响也就越深。九不悔的药效隐藏的时间最长，但发作起来也是最难以忍受的。大哥，你……你想把他害死吗？那婴姐姐怎么办？婴姐姐不会高兴的。”

“你放心，他死不了。单看他给小婴配的那坛酒就知不简单。说起来，也多亏了那坛酒，要不我们也不可能像这样在一起说话。开始我也以为他就是小婴的命定之人，虽然他一次次地离开，但是过不了多久就会回来，说明他还是记挂着小婴的。我原以为那九不悔永远都不会有用上的一日，可是如今这么久他都不曾回来，证明我当初的决定是对的，所有的事情有备才能无患。眼看着时间就要到了，他应该越来越强烈地感觉到小婴的牵绊才对，开始只是偶尔失神，后来就会精神恍惚，渐渐到坐卧不宁。如果他还是坚持不回来的话，那么就会头疼欲裂，求生不能，求死不得。”

虽然在场众人都清楚这九不悔的药性，可是如今听老大再说一遍，仍然不寒而栗。

只听老大接着道："我现在只怀疑，他神力高强，又通药理，怕是用了什么方法延缓了药性，所以才能拖这么久。但是九不悔是无药可解的，就算他能拖得一时，也不可能一直拖下去。除非他死了，回不来了。否则他就是翅膀折断，爬也要爬回来。

"小婴就是心太软，之前是，现在还是。她虽然隐约知道我们的存在，却一直对我们避而不见。因为她是我们之中能够独立存在时间最长的一个，也是最'正常'的一个，因此我们才决定将主导权交给她，也想尽量帮她完成心愿。可是如今看来，这个决定是不是应该重新考虑？"

被唤作老大的人说了这么一大通，询问其他人的意见，可是半晌也无人应答。

"老大，我们虽然都埋怨小婴，但是谁都没有想要取代她。因为我们都知道只有她才不会被人看成怪物，才是正常的样子，换成我们其他人都不行。"刚才还很愤怒的人打破沉默道。

"你们真是被管束得太久了。这里是大荒，遍地都是怪物，我们也是，又有什么大不了的呢？正常？你们也不看看，正常人能够在这弱肉强食的世界生存？说实话，要不是她出现的时间是我们之中最长的，我早就可以取而代之，带大家离开这破地方了。"老大开始愤愤不平，声调抬高。

"是吗？"忽然另外一个人插了进来，虽然声音不大，却带着令人无法忽视的压力，"你想取而代之，大可以试试。"那是九婴，竟然是九婴。

"小婴，你……你怎么来了？你从来都不来的。"被称为老大的人声音中露出慌乱。

九婴的声音跟白日里听着相比好像没有什么不同，但这里的每个人只觉得她和往日判若两人。没有人敢出声。

"我不来并不代表我不知道你们，只是因为之前我们彼此的时间有些错位，所以我虽然知道，但是没有办法插手。这一点点空隙，就给了你可乘之机。”九婴说到这里，语气加重，“你竟然敢对他动手，用的还是九不悔！单凭这一点我就不能饶你！”

老大也激动起来：“我还不是为了你！谁叫你如此优柔寡断，既不肯跟他走，又不肯开口让他留，就这么来回拉扯，口上说得洒脱，心里却又不快。你少在这里装无辜，我们这些人是怎么来的，你难道心里不清楚吗？你敢说你就没有一丝别的心思吗？你敢说自己心甘情愿吗？”

此话一出，本来还想劝阻他们的其他人一时又沉默无声了。

九婴也沉默了片刻，之后才缓缓开口道：“你说得不错，我并不像表面上看着那样无所谓，我心里也是有怨的。开始我只是自己跟自己说话，可是时间一长，我渐渐希望有个人能陪我说说话。我心里的念头一个一个冒出来，你们也就接着一个又一个地出现，你们每一个都是我，又不是完全的我。也正是因为你们的存在，才使我的心重新平静下来。可是，”说到此处，她话锋一转，“这并不意味着你们就能自作主张，你们聊聊天，发发牢骚，我可以睁一只眼闭一只眼，但是你们敢挣脱束缚，胆大妄为，那就没有存在的必要了！”

“你……你竟敢这样说，你太妄自尊大了，当初是我们大家商量，看你形貌端正，估计能和外面更好地融合，这才赋予了你主导的权力。你不要得意忘形，以为我们就只能任你摆布。我现在就要夺取主导的权力，你又能奈我何？！”老大说着就要扑上来。

九婴闻言只是冷笑着看着他，一手抬起，澎湃的神力从掌心而出，如细链般瞬间将老大缚住，任他怎样挣扎都毫无用处。随着她手指收拢，只见那链中的人影砰的一声迸裂，再也不复存在。

接着她昂首对剩下的人朗声道：“尔等仔细，如有再犯，就如此例。”

鹰始挚

YING SHI ZHI

小暑

帝俊纪

一

九婴从未有一刻像如今这般痛恨自己这满身的神力，它禁锢着她，让她一刻也不能离开。

可是，风醉中了九不悔，她要怎样才能去救他？

自她斥责了其他人，并直接灭了老大之后，他们好长时间都不敢冒头，更不敢出声，看起来更加顺服了。本来他们陪着她，她也愿意由他们陪着，所以虽然早就知道了他们的存在，却没有干涉，彼此相安无事，本也可共生共存。

可是有人千不该万不该，不该动了风醉，那是她在心里挣扎了千万遍才忍心放手的人，是她此生唯一的执着。他们动了风醉，虽然只是其中的一个，但也绝不能姑息。他们是从她这里而来，自然生死都要掌握在她手里。

但她也知道，他们现在都在暗处观察着她。在她上次还没有出手之前，他们中也许只有一个老大有胆子反抗她，可是现在，他们虽然看起来比之前更敬畏她，可是老大的结局让他们开始人人自危，也许他们每个人心里都生出了一点与之前不一样的心思。

这些都无所谓，因为他们没有能力逃脱她，更休想反抗她。不管他们心中是怎么想的，老大的例子就在眼前，他们不敢轻举妄动。

当务之急是怎么去救风醉。

一想到风醉可能已经毒发，正不知道在何处受苦，九婴就感觉心如刀绞，坐立难安，恨不得立时就飞到他身边去。

此刻无疑是九婴最矛盾的时刻。她一面对不知在何处的风醉牵肠挂肚，一面又放不下这片自己栖息的大地，内心的念头反复拉扯，日思夜想不知到底该如何。她几次都欲脱身离去，脚步踏出却又踯躅不前。

在不饮不食、不眠不休的几日煎熬之后，九婴形容憔悴，眼中充满了血丝。

她知道这样不行，于是强迫自己不要再想了，既然已经做出了决定，就不要再想。于是她待在河底，想像平日那样休息一下，只一下就好。

那个声音就是此时出现的。

那是一个沙哑如蛇语一般的声音："你去吧，挣扎什么呢？你不是最在乎他吗？"

"不，我不能离开这里，我不能丢下这些。"半梦半醒间，九婴看不清来人，只是摇头拒绝着。

"真的吗？你真是这样想的吗？那九不悔到底是谁下的呢？"那个声音轻笑一声，又接着道，"如果你心里完全没有这种想法，老大又哪里来的主意？要知道只要你有过一丝这样的念头，哪怕只是一个瞬间，就会被他们捕捉、揣摩、放大，再演变成一场闹剧，或者悲剧……"那个声音萦绕在耳边不散，九婴心绪不宁，想从混沌的状态中挣脱。

可是那个声音不肯放过她。

"你真的以为自己是完全无辜的吗？你好好想一下，那九不悔是怎么制成的，嗯？"那个声音忽远忽近，却如一根针刺破耳膜，让她无法逃避。

"是……是我的鳞甲，是我的鳞甲制成的！"霍然，九婴睁大眼睛醒了过来。

她想起来了，老大偷偷摸摸动手的时候，她是有感觉的，只是她没有细思，也没有太过在意。是呀，她的鳞甲乃至毒之物，她怎么就忘记了呢？

但她不是有意的，她是渴望风醉能留下陪她，可是她绝没有想过用毒去害他！可是，可是那毒药是用她身上的鳞甲制成的，再说与她没有关系，说她也不知道是怎么回事，听起来是如此苍白无力，就像是狡辩。

那她还能不能去找他，还有没有资格去找他？

九婴发现自己又陷入了另一重矛盾之中，就像陷入一个巨大的泥潭，越来越深，越来越难以自拔。

可恨的是那个声音还在继续。

“怎么了，现在想清楚了？你还要去找他吗？你想过你们见面的情景吗？比如，他知道自己中的毒是你亲手制的……”

“你闭嘴！”九婴大喊出声，“你是谁？你怎么敢这么跟我说话？！我告诉你，你听清楚，不是我制的毒，我不知道，我没有想要害他！你再多说一个字，我就让你永远都开不了口！”

“哦，我好怕呀。”那人闻言却只是一笑，戏谑道，“让我开不了口？就像你对付老大那样吗？那你好好看看我是谁。”那人从半明半暗处走出来，渐渐露出了一张脸。

那是一张和老大一模一样的脸！

“你……你到底是谁？我明明……明明把你……把你……”九婴惊魂未定，话都有些说不清了。

“把我杀了。是呀，我是被你杀了，可是有什么办法呢，你还是如此不成器，如此虚伪怯懦，那我只好又回来了，再帮你一次。”“老大”忽然贴近她，咬牙切齿地说道。

九婴瞳孔睁大，她没有想到“老大”竟然去而复返，又重生了？

她不知道这到底是怎么回事，眼前的“老大”虽然和之前的那个长得一模一样，可是话语间又完全像是另外一个人。他洞察人心，言语恶毒，仿佛能窥探她心中所有的秘密，甚至她自己无意间的意识。

他变得更加可怕了。

看到九婴眼中的畏惧，“老大”不禁得意地笑了:“怎么，怕了？觉得我很可怕？”他骤然止住笑，盯着九婴的眼睛道，“你不是说我们都来自你吗？我可怕？到底是谁更可怕？”

“不！”九婴不受控制地喊出声，这个认知比她刚才知道毒来自自己的鳞甲还要令她崩溃。

“不，不是的……”九婴竭力控制住自己，不自觉地避开“老大”的逼问。

“不是什么？你想否认自己是这样的人？”“老大”却不想放过她，“这没有什么好否认的，就因为你是这样的人，我这不就又来帮你了吗？”他的声音充满了蛊惑。

“帮我？”九婴疑惑地发问，头又不自觉地转向他。

“是呀，我刚才不是说了吗，我是为了帮你才回来的呀。”

“那你要怎么帮我？”九婴像是无意识地问道，她实在是太想摆脱眼前的困境了。

“很简单，出去找到他，给他一半解药，吊着他，让他从此再也离不开你，再也不能振翅高飞，你觉得怎样？”轻描淡写的如同耳语般的话，吐露的却是令人不寒而栗的内容。

“我……我觉得不怎么样！”忽然九婴眼神陡变，手中神力乍现，她翻掌一拍，正中“老大”左胸！

“老大”万万没想到，之前九婴只是在做戏，根本没有受到他的影响！她假装慌张无措，就是为了引他现身；她说要他帮她，不过是为了将他一举擒获。此刻，她的神力源源不断地进入他的体内，他竟然无法挣脱！

渐渐地，“老大”跪到了地上，而她的手还在他的胸口，逐渐摧毁他的意识。

“你……你竟然是假装的！”“老大”感觉自己胸口的那只手无比冰冷、力量强悍，翻掌拍向他时没有一丝犹豫。

“哈哈，你还说自己什么都不知道，自己无辜可怜，自己并不可怕，可是你看你如今的样子，”“老大”的身躯已经变得若隐若现，他昂首看着九婴，讽刺道，“哪怕你知道了真相，知道了自己的所作所为，还是可以冷静地做出判断，然后假装柔弱，再毫不犹疑地杀人灭口。你……”

“老大”的话还没有说完，却见九婴再催神力，终于他的身影如风吹流沙，不复存在。

“我能灭了你一次，就可以灭你第二次。哪怕你以后再出现也是一样。”九婴冷冷地说完，收回了手，但她脸色苍白，短时间内连续两次这样耗损神力对她来说亦很吃力，但是“老大”如此心思作为，她断不能容他。

她收回手后仍然能感觉到手指在颤动。虽然自己刚才出掌的时候狠辣决绝，但心里不是不慌乱的，刚才那一幕幕也并不完全是假装的。

她是害怕的，害怕陌生的自己，害怕自己都不认识自己，害怕自己不能一直掌握这身体。

如果有一天其他人都联合起来反对她，她该怎么办？如果有一天她一觉醒来，发现她不再是她，又该怎么办？

不会的，她不会允许那么一天到来，她还要在这里等风醉回来，以他初见的模样。

而风醉也一定会回来的。

之后，其他人对九婴果然没有了异议。他们也许知道“老大”曾经回来过，但是马上又消失了，虽然谁也不知道那天晚上到底发生了什么事，但“老大”再也没有出现是事实。于是一时大家都没有了声音，但是他们的眼神中明显有了更多的含义。

九婴对此心知肚明，但是此时她的神力耗损严重，没有太多的精神去理会他们，抓紧时间恢复神力才是要紧之事。

二

就在此时，风醉回来了。

他是在一个风雨之夜回来的。

那时的九婴又在梦中，她化出原形，巨大的身躯在河水中翻搅，蛇尾拍打着堤岸，同时口中又喷出烈焰，水火并不交融，一齐倾泻向岸边，眼看就要酿成祸端。

就在此时，空中一声鸣叫，巨大的黑羽覆下，磅礴的神力竖起屏障，挡在了汹涌的火海之前，那是风醉。

九婴仰首看着空中翱翔的身影，瞬间恢复了清醒。

他回来了，他真的回来了！

风醉恢复人身来到岸边，看着河中呆愣的九婴，笑道："怎么了，小水蛇，一段时间不见，傻了？"

"风醉？风醉！真的是你？！"九婴看着他好好地站在面前，一时恨不得喜极而泣。她化为少女的身躯，一跃上了岸，终于忍不住奔向了日思夜想的人。

风醉站在原地，看着许久不见的少女奔来，眼中是压抑之后爆发的浓烈情感，在一瞬间的错愕之后，也缓缓张开了双臂。下一刻，女孩就投入了他的怀中。

"风醉，你没事，太好了！"九婴在他怀中，感受着他温热的体温、有力的心跳，终于放下了日夜悬着的心。

"我能有什么事？看你这么紧张，难道你知道，小水蛇？"风醉笑容没有变，状似无心地问道。

"我，我……"九婴却嗫嚅起来。她本想告诉风醉实情，可是又胆怯得有些开不了口。

偏在这时，她脑海中又出现了其他声音。

"他都已经回来了，看着也好好的，为何还要告诉他之前的事情呢？"

"是呀，你还想不想要他陪着你了？他好不容易回来了，你想赶他走吗？"

"万一他知道了你的真面目，还肯跟你在一起吗？你想让他叫你小水蛇还是怪物？"

不，她不是怪物，她不能让他知道她是怪物！

"我……我当然不知道了。"九婴开口道，"我只是见你好长时间没有回来，怕你出了什么事。”

“这样啊，我还真有事要告诉你。”风醉闻言只是一笑，“这样吧，今天你也折腾累了，早点休息。明天我再告诉你好不好？”

九婴脑海中的声音仍然喧闹不休，导致她差点没听清风醉的话。

风醉见她精神恍惚，有些担忧地看着她：“你怎么了，小水蛇？”

“我没事，我好好的！”九婴像是被惊到了，连忙大声说道。

“没事就好，你好好休息，我明日再来找你。”说完他一转身，有风过，人便不见了。

只剩下九婴一人，神情恍惚。

翌日，风醉来找九婴的时候，她的精神状态仍然不太好。

因为昨夜她几乎一夜没有睡。不知是不是他们商量好的，赶在昨天她神力修炼的关口一起发难，吵吵嚷嚷，旧话重提，都是要她这次一定要跟风醉走，离开这里。她不得不花了好大功夫把他们压下，因此神力有损，精神不振。

风醉来的时候，衣袂飘飘，看着似乎有些不同。九婴定睛一看，他的右手无名指上多了一个黑色的戒指。那是她曾经环绕的地方。

“你……”九婴看着那戒指，正想开口询问，哪知风醉也开了口。

“先不说我了，先说说你，小水蛇你怎么了？怎会神力失控？”

“我之前修炼时不小心失了分寸，所以神力不稳，不是什么大事，等我休息一下就好。”九婴答道。

“哦，那就好，我还以为这么久不见，你有了什么心事，所以辗转难眠呢。”风醉笑着看着她，“原来是我想多了。”

“不是的，你没有想多，我很担心你，非常担心你。”九婴认真地看着他。

“好了，我知道了，我这不就回来见你了嘛。别瞎想，你看你脸色多差，有我在，什么都会好的。”

“嗯，只要你回来，一切就都好了。”

九婴放下心来，只要有风醉在，她就什么都不担心也不怕了。她又留意到他指间的戒指，近看才发现那是一只飞鸟形状的戒指。

“这是族长的指环。”风醉见她看着戒指，解释道。

“族长，你当上你们一族的族长了？”九婴有些好奇地问道。

“是的，我这次离开这么久，就是为了处理这件事。本来我大风一族来去无踪，族人平常难得一见，但也还是需要族长的。老族长故去，所以要选出新族长。”

“哦，那是怎么个选法？”九婴随口问道。

“自然是生死相搏。”风醉随口回答。

“啊？”九婴连忙上下打量他，“那……那你有没有事？！”

“小水蛇，你这么关心我？”风醉也回望她，并没有马上回答。

“我自然是关心你的。”九婴此时也顾不得他的揶揄了。她本来就极担心风醉中了毒，如今他回来虽然看似无恙，但到底早就过了毒发的时间，就算勉强压下毒终究对身体有损。如今又听说他竟然还与人生死相搏，九婴的心瞬间提到了嗓子眼，生怕从他口中听到不好的事。

可是偏偏天不遂人愿。

“有。”风醉吐出一个字。九婴一听只觉得一颗心瞬间沉到底，浑身发冷。

果然还是有事的，果然她害了他！

旁边的风醉见到九婴的脸色瞬间变白，眼中也聚集了泪水，问她：“小水蛇，你怎么了？”转瞬他又明白过来，赶紧解释道，“不是我有事，等我慢慢跟你说。”

九婴一瞬间又觉得自己得救了，说不出话来，只点了点头。

“我有一孪生兄弟，和我长得一模一样，我们俩也是族中神力最强者，最后的对决自然在我们之间进行。

“他是我的弟弟，名唤风野。因为他平日都不在族地，所以我们很长时间没有见面了。我和他自小感情最好，我们一起喝酒，一起到处游荡，如风一样来去。如你所知，我们是大风一族，来去自由，做事仅凭自己的心意，御风本就是我们的本事，没有什么能阻挡我们。

“他性子野，总是剑走偏锋，因此祸也闯得不少。我是他的兄长，每次都少不了去给他善后，所以他自小总是跟着我。我每次少不得要敲打他一番，时间久了，他的神力在族中也仅次于我。

“待到他完全长成，长成了英姿勃发的青年，自然要去闯荡自己的天地。临行之前，我亲手酿了酒给他，让他带在身上，不是为了让他记得时刻喝酒，而是为了让他自己一个人在外面也要把日子过得跟这美酒一样香醇。我已知道他此时性子沉稳了许多，不会轻易闯祸。因此他一个人在外就不要压抑了自己的天性，不要憋屈自己。不管怎么样，他都有我这个做大哥的给他兜着。

“此次回族地，他自然也回来了。他当然不是回来跟我抢族长之位的，因为比起我，他更加不想当这个族长。但是这么长时间不见，我们总要切磋一番。就像我说的，虽然我们神力相当，我是兄长自然比他还是要强上几分。他心里也非常清楚，族长人选肯定是我，所以最后的比试不过是我考校一下他，看看这么长时间没见，他有没有偷懒。

“他果然长得英武非凡，实力出众，是我最骄傲的弟弟。我们虽然很长时间没有见面，但在见面的一瞬间仍然感觉就像昨日才分开，他还是像从前一样喜欢跟着我，和我讲他在外面的那些精彩的经历。我则会拍拍他的肩，跟他说做得不错。我们谁也没有把接下来的比试当成一回事，都以为不过是寻常切磋，却不承想出了岔子……”

风醉难得讲这么多话，九婴本来听得入神，却见风醉讲到关键处忽然停了下来，只是用眼睛看着她，神情莫名地令她不安。

她忽然又感觉胆战心惊，但是又不敢问风醉到底出了什么岔子。好在风醉只是稍作停顿，便收回目光又接着说下去。

“比试开始以后，我们还是像以前那样对招。其实我们对彼此的神力都心中有数，对彼此的招数也十分清楚，所以几招试探过后，他果然就使出绝招了。

“他全力向我冲来，我也做好了应战准备。我对他自然不可能使出全力，只有八成的力道，可是就在他接触我的一刹那，我的神力忽然失控，使出了十成的力道一掌拍向他，结果，结果，他竟然殒命于我手！”

“什么？怎么会这样？！”九婴本来提心吊胆，生怕风醉因为她而受伤，却没有想到是这样的结局，竟然是他的弟弟死了！

风醉说到此处，看着自己的手掌："我当时也惊讶极了。我看着自己的手掌，简直不敢相信这是自己所为。要知道比试之前我们还在把酒言欢，他笑着说提前祝我当上族长，等这一战过后，我们再举杯畅饮。可是转眼他就倒在我掌下，重伤濒死。他当时口中不断溢出鲜血，只是看着我。我永远忘不了他睁着那样的一双眼睛看着我，惊疑、担忧、嘱托，最后释怀，种种情绪在他眼中闪过……最后他闭上了双眼，倒在了我的怀中，没有了声息。那一刻，我恨不得提掌拍在自己身上。”

九婴听到此处，连忙拉住他的胳膊，仿佛他口中说的那一幕就要在眼前上演。

风醉拍拍她的手，让她不要担心，又接着道："我虽然懊悔伤心，但是族中事务繁多，无奈之下只得接了这指环，接任了族长之位。等我暂时安排了族中事务之后便来见你了。"

九婴听到此处也为他失去兄弟而痛心，想来他此时也只是暂时压下悲伤之情，不想在自己面前失态。可同时在心底她又隐约有一丝暗喜，想来那九不悔终究是没有发作，或者因为风醉本身羽翼带毒，或者因为他神力强横，终于抵抗住了药性，没有被其发觉。因为不管怎样这药是不会使人神力失控的，那应该是其他原因造成的，所以这件事可以就这样悄无声息地掩盖过去。

可是当九婴猛然意识到自己有这种心思时，心中又是一惊，原来自己真的不是自以为的那样无辜单纯，自己也会想这些阴暗的事，自己也有这些见不得人的心思。她本以为这些不属于自己，只属于另外那些人，特别是“老大”那样的人。

原来不是这样的。

一时之间，她好像又听到了老大的声音，又听到了那些人的声音，他们在她耳边吵吵嚷嚷，让她无有宁日。

“小水蛇，你怎么了？”风醉见她精神恍惚，伸出手在她眼前晃了晃，问道。

“我没什么，”九婴马上回过神来，“无事。”

“那就好。所以我一回来看到你时，发现你神力失控也吃了一惊。我怕你也和我一样，一时控制不住，就会做出令自己追悔莫及之事。

“小水蛇，我看你精神欠佳，是因为神力不稳还是因为发生了什么事情？在我离开的这段时间，你有没有做什么令自己后悔的事？”

风醉再次问道。

“没，没有。”确定了风醉的情况与自己无关之后，九婴答得更干脆了一些，“我只是修炼时出了岔子，没有发生什么事情，你不要多想。”

“是吗？”风醉眼中有什么一闪而过，“可是我后悔了。我后悔他遇到了你。”

“你……你是什么意思？”九婴听了他的话，忽然背脊发凉，因为眼前的风醉像瞬间变了一个人。

他站起身来俯视着她，明明是一模一样的样子，但是眼神全变了。

他睥睨她，眼神中带着不屑、鄙夷、厌恶，甚至是恨？就像天上的飞鸟看着地上的污泥，不会停驻，不屑一顾。

“我是什么意思？你好好问问自己，我是什么意思。你那毒药是怎么给他下的，你暗暗给他下毒的时候，没有想过后果吗？”“风醉”还是看着她，连声音都没有变，但是语气与之前截然不同。

他不是风醉，他是谁？

九婴惊恐地看着他，完全陌生的他，像是听不懂他的话。

“这个时候知道害怕了，知道后悔了？你当时动手的时候怎么不害怕，不后悔？！”他忽然逼近她，恶狠狠地道，“你可曾想过还有今日？！”

“你……你是风野？！”九婴终于反应过来，“你是风野！那风醉在哪儿？他在哪儿？！”她声音颤抖，浑身都在颤动，却还是忍不住去拽他的衣角，仿佛“他”还是他。

“他死了，被你害死了。”冰冷的毫无起伏的声音传入耳中，却似晴天霹雳。

九婴一下子瘫倒在地上，失去了气力。

三

“我不信，我……”九婴喃喃自语，拒绝接受听到的事实。

“你做了什么难道自己不清楚吗？！现在装什么假惺惺？你不信？我亲眼所见有什么不信？虽然那一幕现在想起来我也疑似在梦中。”风醉，不，风野一把甩开她的手，气愤难平。

“我的兄长，我们大风一族神力最高绝者，从来都是我仰慕的人。他带着我游历四方，帮我善后，给我酿酒，当然也时时考校我。

“虽然后来我们分离了很久，但这次我回去时依然像往日一样跟着他，给他讲我在外面的经历。他也如往常一样，微笑着听我说话，然后拍着我的肩说，我是他最骄傲的弟弟，我们举杯共饮，就似这么长时间从未分离一样。

“然后，他跟我说起了你，说起河里的小水蛇为了护佑一方生灵，宁愿困守在一个地方不动分毫，和我们这些从不停歇的飞鸟完全不同。

“他说起你的时候神情悠远，还会不自觉地笑。于是我知道有什么事情在我不在的时候发生了，我们兄弟之间插入了一个人。但是只要兄长高兴，我也很高兴。

“再然后就是族长的竞选，我非常高兴终于等来了和兄长切磋的机会，至于族长之位当然是他的，因为谁要跟他较量都要先打过我再说，所以最后的决战果然是在我们之间进行。

“我的神力虽然稍逊于兄长，但是我对他的神力招数非常熟悉，就如他熟悉我的一样。几招过后，我就打算用自己最厉害的一招试试自己与兄长之间的差距。可等我用双掌将十成的神力推过去之后，他本应该也用同样的招数与我抗衡，但是他没有。他在一瞬间神力溃散，力不能支，于是我的双掌就那样落在了他身上。”

风野双手颤动，痛不欲生。他转头一指九婴："这一切都是因为你！你为了强留下我兄长，让他受制于你，你下了毒，让他在最关键的时刻神力外泻，被我一掌击中。可笑他到了最后还在为你辩解，说这些不是出于你的本心。他分辨出自己所中之毒来自你的鳞甲，又跟我说早就察觉你异于常人，最后跟我说不要怪你，还……还让我把这个带给你。"

风野说完从怀中小心翼翼地掏出一支黑羽，爱惜地摩挲了一下，却不肯给九婴。

"我如今是大风一族的族长，照理说应该做的第一件事就是为兄长报仇。虽然是你下的毒，亲手害死兄长的却是我自己。我已决定从今以后，再不离开族地，终此一生都替兄长守护我们大风一族。那么你呢，你打算如何赎罪？"

风野深吸了一口气，缓缓吐字。他本来恼怒非常，按照风醉说的地方找到了九婴，恨不得立时就动手为兄长报仇。可是顾念风醉临终之言，他假扮兄长反复套话，希望能从这女子口中得到一句忏悔、半句真话。只要她肯认错，只要她顾念兄长，他就可以原谅她。可是什么都没有！她竟然像什么都不知道、什么都没有做过一样，睁着一双看似无辜的眼睛，谎话连篇！这样的人有什么值得兄长顾惜的，甚至最后把性命搭上！

如此他也没什么好说的了！

风野手掌提起，神力蓄积，就在他准备一掌拍落时，这个一直低着头跪坐在地上，许久没有说话的女孩忽然发出一声撕心裂肺的喊声："不——"

就见她浑身神力倾泻，身形忽然变大，越来越长，越来越大，仿佛天地之间只剩下她一个。她化出了原身，那是一条巨大无比的白蛇。她飞腾在天空中，又降临到大河上，上下翻腾，搅起风云翻滚，浊浪滔天。在那浊浪之后，天地间赫然出现了一个从未见过的怪物，一截粗壮的蛇身之上，竟然出现了九个蛇头！

那九个蛇头竖瞳张闭，蛇芯吐出，在半空之中张扬地舞动，狰狞异常。

地上的风野乍一看这九头之蛇吃了一惊，难怪兄长说这小姑娘有异，看来真是如此。一看这九个蛇头似要一齐向他袭来，风醉冷笑一声，正准备化出原身，与这九个头的怪物斗上一斗。

忽然九个蛇头一齐后撤，似是被一股强大的力量同时拉扯。它们在空中扭曲翻转，却因被那股力拖拽住不能再向前一步。

只听一个声音响起："你们想干什么？！"那是九婴。

一听九婴发声，那其他八个头立时也喧闹起来。

"干什么，你看不到眼前这人要来杀我们吗？！"

"就是，你做了什么人家都知道了，难道还能饶了我们？"

"阿婴，我们知道风醉死了你很难过，可是现在眼前的人是风野，不是风醉呀，你清醒一点，他要杀你呀！"

"九婴，这身体如今是我们大家的，不是你一个人的了，凭什么你一个人说了算？"

"如今你害死了人，难道想拉着大家一起赔命吗？"

"早要你跟风醉走了，不要再管这里，你偏不听，现在变成了这样的局面，你还要怎样？等死吗？"

九婴听着其他人吵吵嚷嚷，心里却异常平静。

风醉死了，那样自在洒脱、会为她平复神力、为她酿酒的风醉死了。她还来不及跟他说些什么他就死了，被她害死了。

风野说得对，她应该赎罪。

只听九婴开口道："既然你们都说是我做的，那我就认了，是我害死了人；你们都说是我的错，我也认了，是我做错了事。我做错了事害死了人，如今人家找上门来，你们就想一走了之，甚至还想大打出手，哪有这样的道理？！你们说凭什么我一个人占着这具身体，如今我就让你们看看凭什么。"

说完，强大的神力从她身上倾泻而出，如旋涡般席卷其他八个蛇头。其他几人感觉充盈到躯体中的神力瞬间被吸走，蛇头中因为神力满溢而发红的双眼也逐个黯淡下去。他们纷纷发出痛苦哀号："不要取走我们的神力，我们再也不敢了，都听你的，什么都听你的！快停手！"

可是九婴并没有罢手，源源不绝的神力汇聚到她的身体里，正中那蛇头的双眼更红，似要滴出血来，而其他的八个蛇头则在挣扎之后无力地垂下。

之后九婴从半空降落下来，恢复了少女的模样。她缓步来到风野面前，深深行了一礼："实在是对不住你，我害死了你的兄长。你说得对，我应该以命相赔，可是，"她又回头看了一眼重新恢复平静的河面，"我还不能死，我死了这里也将不复生机。但是你以后也不会再见到我了。因为我将沉睡，永远地沉睡。"

风野见到了刚才那一幕，终于明白了兄长所说的"有异"是什么意思，她竟然是一体九魂，魂魄之间互相牵制拉扯，才做出了违背本性之事。可是她刚才所说之事又是什么意思？

没有等他开口相问，九婴又接着说道："还要劳烦你以后借风传讯，就说这条大河名叫凶水，水中有恶兽九婴，九头一尾，可喷火吐水，时时暴起伤人，好令生人勿近。这样在我沉睡之后，或许能保此地平安。"

说完，九婴再也不看风野一眼，转身向河水走去，一步一步，走向她最终的归宿。她的身体开始变化，越变越小，越来越轻，最终她变成了一个女婴，包在襁褓之中。风野靠近一看，那女婴紧闭双眼，呼吸沉缓，已进入了沉眠的状态，仿佛从此安睡，再也不会醒来。只是一滴泪从眼角悄悄滑落，没入发间。

风野见状，将那支黑羽放在她的身旁，叹了一口气，终于手一抬，那襁褓升在空中，片刻之后，又缓缓沉入了水底。从此她将在此沉睡，愿她在梦中再与兄长相逢。

"这就是她全部的故事，上一个九婴的故事，我已经告诉你们了，你们能带我去找风哥哥吗？"少女天真地问。

太一和羿听完这么曲折的一个故事，感慨良多，特别是羿，半晌不语。但听女孩所言，他们又觉奇怪。为什么是上一个九婴，那眼前之人又是谁？

看到太一和羿疑惑的眼神，女孩思索一瞬，恍然大悟："哦，你们是不是有些不解？我不是那个九婴，我是新出生的九婴，你们也可以认为我是新的一魂。只是我知晓她所有的故事，知道她的心愿就是去找风哥哥，所以才这样说。”

太一却从这女孩看似矛盾的话语中听出了端倪，这是那个沉睡的九婴在睡梦中又生出的一魂。这一魂只因思念风醉而生，心智不全，唯一的念头就是去寻找风哥哥，也许这也是她仅能述说的言语，因为这已经成了一种执念。她或许会对所有偶尔路过的原身为飞鸟的神族说出“她”的故事，然后提出这个请求。

想到这里，他对少女说：“我可以带她去找风哥哥。”

少女万万没有想到真的有人能帮她实现心愿，这本就是自己存在的原因，她立即高兴地说：“真的？那真是太谢谢你了！”

“不过，我有一个小小的要求，需要你的一片鳞甲和那片黑羽。”太一接着道。

“为什么？”女孩疑惑地问，这是她最重要的东西，不能轻易相让。

“因为只有这样，他们才有重新转生的机会，你相信我，我会让他们以全新的身份、全新的样子重生，再不会受任何东西桎梏。”

“你……你真的可以做到吗？”女孩还是半信半疑。

太一见状又抽出了一支金羽，那金羽之上浩荡的神力铺展开去，顿时周遭环境一变，芳草鲜美，落英缤纷，就如它许久前曾经有过的样子。

“这样你可信了？”太一把金羽递到女孩手中，“我用这个跟你换，可好？”

羿在旁边却有些吃惊，因为他认出这是帝俊的金羽，只有帝俊的金羽才能有此神威。可他看太一言辞恳切，便也没有出声。

女孩终于点头，但是并没有去接那金羽：“我相信你，你看起来很厉害，想必能说到办到。我不用你的东西换。”

说完，她手中出现了一支黑羽和一片白鳞：“给你，请务必让他们幸福。”

说完，她的身影消散，片刻后女婴重又浮现于空中，脸上似乎有微笑隐现。片刻之后又重新落入河底。

没有想到这样轻易就拿到了九婴之鳞与大风之羽，只是这背后的故事令人唏嘘。太一将这两样东西交到羿的手中，说："好了，现在你可以去换不死药了。"

羿没有接过，却问："你刚才当真要拿你哥哥的金羽去换这两样东西？"

太一回道："当真，他们的故事的确令人动容。何况我还有另外一层顾虑，我担心其他魂魄亦会重生，到时又横生枝节，如果有金羽压服，想必可以安宁得久一点。虽然我很舍不得，但是值得。可后来看是我多虑了。"

羿听后沉默一瞬，说道："太一，你和从前真的不一样了。"

太一有些奇怪："是吗？"

"你如今识人的眼力、处事的方法，都与当初去取幽微草的少年判若两人。还记得那时我还大言不惭地说过要罩着你，以后说不定就是你罩着我了。"羿拍着他的肩感慨道。

"我此次出来，本就是逃出来的，我不敢回去，不敢面对兄长。可是我无时无刻不担忧着他。如今我走了这么远的路，从东到西，从南到北，见过了许多的人、许多的事，发现很多人也同我一样，他们胆小怯弱，遇事惊慌失措，不知道该怎么办，可是风雨不会因为这样就不落在他们身上。他们心中也有牵绊，也有割舍不了的东西，所以他们只好不停地逼自己，逼自己去面对，去坚强。有的人能够就此挺直脊背，从此屹立不倒；但也有人逼自己太过太甚，心中那点念想便变成了执念，最终事与愿违，一无所有。"太一没有接羿的话，而是说出这样一番话来。

"哎呀，怎么一下子这么严肃？你这样，我下面的话都要说不出口了。"羿听太一这样说，笑着开口。

"我告诉你这些是因为我已经想明白了，哪怕我还是不知怎么去面对我的兄长，我也不会像以前那样逃避，所以你放心，我能照顾好自己。而且你不知道吗，"太一也微笑着看着羿，"你其实是个严肃的人呢，只是有时候故意装出轻松的样子。我看你从昆仑出来就没有说过什么话，是已经做了什么决定吗？”

羿摇着头说：“所以我说你和之前判若两人，怎么变得这么，这么……”羿一时之间竟然想不出一个合适的词来。他看着眼前的青年，他聪明睿智，做事果敢又心地纯善，他是真的长大了。可是不知道这种长大是好还是不好，毕竟他肩负了太多，可是以后估计都不会再向人说起了。

羿又拍了一下太一的肩，说：“算了，不说这个了。总之你是怎样的人，我心里明白。你说得对，我要走了，等我去拿了不死药，我就要再去游历了。太一，我从来没有和人一起走过这么远的路，估计以后也不会了。但是我很高兴，因为同行的人是你。太一，回去吧，无论怎样，那是你的兄长，你的哥哥，他在盼着你回去。而你也不再是过去的你，相信自己，无论什么情况，如今的你都足以应对，因为这脚下的路都是你一步一步走过来的。

“至于我，我是一只山鹰，只有飞过才算到过了天空。你放心，我一定会去东海看你，我还要去见识你那举世无双的兄长呢。”羿说到这里见太一并不答话，只是用一双眼睛看着他，眼中蓄满不舍，于是手上一用劲，两个同样高大挺拔的人便拥抱在了一处。羿拍拍太一的后背，不再说什么，因为他知道太一都明白，就像他明白他一样。

片刻之后，太一站在原地，高空中一声鹰唳传来，那是羿，他化为原身在高空盘旋，与太一告别。于是太一举起手挥了挥袖。虽然隔着九天，但是鹰眼锐利，太一知道羿能看到。果然，那高飞的鹰再次长唳一声，振翅高飞。

四

送别了羿，太一却又犹豫起来。此处靠东偏北处，应该转身南下往东海而行就可归家，虽然刚才说得干脆利落，可是一想到要见兄长，太一又有些踌躇不定。

何况这样走就要路过青丘，现在太一对青丘只想避而远之，就算之前有几分好奇如今也打消了，无论是其中妩媚的九尾狐，还是那性子古板的族长他都不想招惹。

他不知道的是，青丘之中也有人是这么想的。

青丘狐族不仅是狐族中自视甚高的族群，就是在整个大荒都是出了名的高傲。

他们不仅神力高强而且极善幻术，长得又妩媚动人，不管男女皆是出了名的姿容出众。传说他们只能接受容貌在一定水准之上的人进入青丘，否则会被当成怪物围观。因为青丘之人已经习惯了族人的容貌，完全不敢想象这世上还有丑陋的人存在。他们既不关心大荒的变迁，也不太关心青丘之外的世界。因为在他们心中，青丘就是这世间最美好的所在，除了这处，大荒再也没有桃源，哪里都比不过这方土地。

雪浮云一开始也是这样想的。

雪浮云是青丘现任族长雪满山的同胞妹妹。如果说一板一眼，总似苦大仇深般把族中大小事务一肩担起的族长大人是青丘最坚实的山，那青丘神力高绝、性子却散漫至极的雪大小姐就是高天之上最令人捉摸不定的云。

青丘处处美景，人人欢愉，说起来最热衷的事情就是喜结良缘，相伴一生。在九尾狐族看来，良人当然也是要找同族，其他族群之人又怎么比得上九尾狐族知情识趣、昳丽动人？

虽然不时也有其他族群的人想要进入青丘，但是都要经过族长和族中长老的严格筛选。因为一旦进入青丘就再也不能离开，九尾狐族所有人一生只认一位良人，那位良人也必要心甘情愿地永远留在青丘。

前些日子听闻族长青睐一位外族男子，本想邀他入青丘，没想到竟然被拒绝了！这可是从未有过的奇闻，大荒之中竟然还有人能拒绝青丘，拒绝九尾狐族！气得难得发脾气的族长下令，整个东荒都不准那人踏足。那人既然不想入青丘，那就哪里都不要去了。

这件事被整个部族当成趣闻说了好长一阵子，但时间久了，终于也慢慢平息下去。只有雪族长偶尔还愤愤不平，说那人有眼无珠，白白浪费了自己的一番心意。

这话别人可能听不明白，但雪浮云是清楚的。那个人是兄长为她挑选的。

说起雪浮云的婚事，那真是雪满山的一桩心病，并不是没有人求娶自己这宝贝妹妹，相反是人太多了，多到雪浮云避之唯恐不及。现在只要一听到有人送花、送情书，她就躲得远远的，以致雪满山想做这个媒都难有机会。

但是他把族中这些小子来回捋了三遍，也没有找到一个他认为能配得上自家妹妹的，这才起了去外面找一个的念头，因此结识了风醉。

他反复考察了这大风一族的强者，认为他是不可多得的俊杰，于是郑重地向他提起了自己的妹妹，谁知这小子竟然一口拒绝，还说狐族之人都有一股狐狸味，难以长久相处。这可惹恼了雪满山，自己如珠如宝的妹妹，别人都是上赶着献殷勤而不得一见，这小子竟然敢口出秽言，这是侮辱了整个青丘狐族！这如何能忍？雪满山一怒之下，下令整个东荒驱逐此人，让其再无立足之地。

但不管怎样，这件事就当一时的笑谈随风而逝，笑过便也没人再记得。当事人雪浮云更加没有放在心上，因为在她眼中，本就没有多少东西值得放在心上。

她会流连在青丘的桃林，那里如霞绚丽，如雾迷离。她穿着一身白衣飘过，真如一朵冉冉浮云。等她长袖随意一舞，那漫天的桃花便能如雨如瀑冲天而上，又或者如彩带盘旋，围绕林间。这样的奇景固然美丽，但没有对神力的绝对控制也是做不到的。

她也会在小雨淅沥之时走过独木桥，本想临水欣赏一番，但被雨丝打扰，看不真切。这时她随手摘下一片荷叶，送至半空旋转，便能将周身雨丝都挡住，可以将惊鸿之影看个清楚。

她还会在陌上花开的时候踏足坝上，看那繁花次第在她足下盛开，铺成锦缎。

无论哪一种场景总令看到的人屏气凝神，一时忘言。

于是青丘的年轻男子们更加积极地往族长家送礼物，更加积极地“不经意”地出现在雪浮云常去的地方，试图“邂逅”佳人。

而雪满山也彻底息了从外面找妹夫的念头，更加仔细地观察这些人，希望从中找到惊喜。时间一长，倒是叫他发现了几个不错的。

比如大长老家的公子，长得英俊潇洒，对浮云一直照顾有加，两人是真正的青梅竹马，虽然他神力稍逊，但也不失为良配。

再比如二长老的幼弟，神力不俗，对浮云一见钟情，虽然容貌稍差，也不是不能考虑。

再比如旁支的一位，温文尔雅，容貌动人，对浮云虽然一直以礼相待，但眼中的情意瞒不住他，也不差。

这样一看，他九尾狐族自有人在，大可不必再舍近求远。可惜，还没等他考察出结果，一件偶然的事情改变了一切。

那一日，青丘中忽然出现了一只只有三尾的幼狐。九尾狐族乃狐族中神力至强者，少有族群能与之相抗，标志就是九条长尾。且青丘只有九尾一支，没有其他的狐族。九尾一族为了族群的强盛可以接受与更强的外族联姻，却不会与其他神力逊色的狐族通婚。

这只三尾的小狐狸外形上确是九尾狐族，身后却只有三尾，这只有一个解释：那就是族中有人与其他狐族结合，而且是远不及九尾的普通狐族。

此为大过！

雪满山从看到这只三尾的小狐狸开始，就知道了事情的严重性。虽然表面上看只是一只小狐狸，但是这相当于破坏了青丘的铁律，更进一步说是挑战了他族长的权威。如果这件事不严办，他以后如何管理青丘？！

同样这件事也在青丘掀起了轩然大波，到底是谁有这么大的胆子，敢冒天下之大不韪做出这样的事情来？一时之间族内众说纷纭：有的说不知道那女子是怎么想的，竟然肯找个普通狐族将就，不是自贬身份是什么；也有的说那人的胆子太大了，竟然还敢把孩子生下来，还带回了青丘，难道不怕族长处置了这孩子；还有的小声说，也不知道是怎样的深情，让这女子冒险生下了这孩子，只可惜注定留不住。

那可怜瘦弱的小狐狸因为没有人敢认，只有一个人可怜地躲在山坳中，它显然找不到回家的路了。

等了几日，还是不见有人来认这孩子，雪满山终于决定召开全族大会来处理这件事。

会上，所有族人聚集在一起，雪满山站在高台之上，再次重申了族规，并宣布如果再没有人承认自己是这孩子的亲人，就将请神罚处置这小狐狸。

神罚其实就是族长亲自惩罚，这在青丘是最高等级的惩戒，因为平时的管教都是由族中掌管赏罚的长老动手。族长亲施意味着受罚者就算不死，也要去半条命了。

此话一出，本来人群中窃窃私语的声音也顿时消失了。人人自危，不敢抬头，现场只有那小狐狸哀哀的叫声。

“到底是谁的孩子？”雪满山又提声问了一遍，依然没有人回答。就在他手起掌落的一瞬，一道白影飞身而来，从他手中抢过了小狐狸。

就见雪浮云站定，怀中抱着那小狐，手一拂过，它变成了一个眼中蓄泪的孩子。

“这是我的孩子。”她淡淡开口。

一石激起千层浪。

首先反应过来的是雪满山，他吃惊地看着自己的妹妹，说：“浮云，这可不是说笑的时候。”

“兄长，我没有说笑，这就是我的孩儿。”雪浮云不为所动，平静地说。

底下众人惊疑不定，前不久还听说族长在相看妹夫的人选，怎么此时连孩子都有了？！特别是那几位对雪浮云极为上心之人，连脸色都变了。

雪满山见妹妹完全没有意识到此话的严重性，语气加重了几分，伸出手去，说：“浮云，别再说了，把孩子给我。”

雪浮云轻轻侧身，不予理会。

雪满山一见，只得开口问道:“好，你说是你的孩子，那我问你，孩子的父亲是谁？”

雪浮云一听此言，微微一笑。她轻轻拍着怀中的孩子，对着下面朗声说道：“今日谁说自己是这孩儿的父亲，我就嫁给谁。”她眼波横扫，加上一句，“决不食言！”

此话一出，下面众人的议论之声更大了。虽然从此言中可知雪浮云不见得真是这孩儿的母亲，但此时若应下，那神罚必将落在自己身上，再加上这不知来历的孩子，要不要出头还真是要考虑一下。

所以一时之间，人人心中都在盘算，却无人应声。

“你们不是一个个都很想娶我吗？如今怎么了，都不出声了？”说完这话，雪浮云又转过身对雪满山道，“兄长，看来你看错了，也许他们想娶的不是我，是你青丘族长的妹妹。”

雪满山也没有料到事情会变成这样，一时无言。

“看来今日我是没有办法成为谁的妻子了，那么这神罚自然也该我来领受。族长，动手吧。”雪浮云虽然站在低处，但是目光灼灼地看着雪满山。

“浮云，你……”雪满山的话没说完，忽然一个声音传来。

“我是孩子的父亲。”只见一个英挺的男子从青丘外缓缓走来，来到所有人面前。

雪浮云只见他似从天边转眼走到了自己面前，那是她从未见过的英俊到耀眼的容貌，远超青丘众人。男子一脸平静地走到她身边，自然地挡在她和孩子之前，仿佛他们真的是一家人。

一切就像梦一样。

“那是我们的第一次见面。”言默对小雪说，“可能你已经不记得了，但我还记得。”

五

雪满山看着站在面前的男子，却看不出他的深浅，既看不出他的真身为何，也看不出他的神力高低，要么就是他用了什么方法掩藏了自己的身份，要么就是他的神力远超自己！一想到这点，雪满山悚然一惊，不知此人为何而来。

可是他只是简简单单地站着，仿佛真是为了自己的妹妹而来。

不管怎样，话已出口，既然有人出面了，那这神罚也要有个着落，雪满山正好试个深浅。想到此处，雪满山手起掌落，神力递进的三掌落在那男子身上，却见他身形不动，硬接三掌，只是脸色白了一白。

眼前这一幕落在青丘每个人眼中，更落在雪浮云的心中，历久不忘。

三掌过后，那男子说道："好了，现在问题解决了。这孩子还是没有人要吗？那我可就要带走了。"

话音刚落，人群中终于有人出声："不要带走我的孩儿，那是我的孩儿！"一个女子跌跌撞撞地跑了出来，跪倒在众人面前。

原来这女子偶然外出，遇见了一个普通狐族的男子。男子虽然神力低微，但是对女子一见钟情，爱护非常。女子终于被其打动，和他在一起，还诞下了孩儿。

等孩儿生下来只有三尾，女子终于有些慌张，青丘看来是回不去了，便想与这男子一起在外生活。谁知青丘之外的生活根本不是她所能想象的，她虽然自负神力，但孤单无援。很快在一场部族交战之中，孩儿的父亲不幸身故。女子只得带着孩子悄悄返回青丘，平时把孩子悄悄置于洞中。不想这天她外出觅食之际，孩子竟然跑了出来，这才有了之前的一幕。

本来女子也几次想跑出去认罚，但是总侥幸地认为族长不会对一个孩子下手，后来情势突变，雪浮云站了出来，她便没有出声。再后来又来了这个陌生人。直到现在此人说要带走孩子，她才终于跑了出来相认。

一场风波终至终章，来人见孩子有人相认便也不再勉强，于是对雪满山一点头，说：“一时情急，所以贸然出头，是我莽撞了。如今贵族事了，那我就告辞了。”说完他便打算离去。

雪满山看着眼前的青年，有心想盘问两句，但一时没有立场，只得放那人离开。

雪浮云却把手一伸：“且慢。”

男子闻言脚步一停，看着雪浮云。

“你没有听到刚才我说的话吗？今日谁承认是孩子的父亲，我就嫁给谁，绝不食言。”雪浮云朗声说道，踱步到男子面前。

“雪小姐明知是情势所迫，又何必当真呢？”男子淡淡回道。

“可是没有人在那种情势下出声，偏偏是你应了我的话。”雪浮云看着男子嫣然一笑。

“我们素昧平生，雪小姐又何必强人所难？”男子还是神情冷淡，并没有流露出欣喜之意。

“若我非要强求呢？”雪浮云看男子不为所动，提高声音道。

“是吗？那就要看小姐的本事了。”男子不卑不亢地回答。

这可真是件稀罕事，万事都不放在心上的雪大小姐，竟然对这个不知来历之人另眼相看，看来是要强留他在青丘了。

听到男子所言，雪浮云身上的披帛忽然抖动，如灵蛇一般直向那男子而去，她想着将其缚住就不能脱身了。可惜那男子身形一闪躲了过去。

雪浮云见一招不成，双手一翻，两条白绫直冲那男子面门而去。只见那男子身形扭转，又躲了过去。

本以为手到擒来的雪浮云终于认真起来，眼中兴味更浓。也是，如此有胆识之人，又怎么会是泛泛之辈？只是他刚刚受了哥哥的神罚，她终不能太过勉强。

可是如此出色之人，她又怎能轻易错过？

“算了，你走吧。只是你要告诉我，你现在的样子是你的真容吗？”雪浮云目光灼灼地看着他。

看来眼前的女子还不肯放弃，虽然她眼下不再为难他，但显然另有打算。其实她刚才的作为不能不令人激赏。面对这样的女子，他还是不能骗她。

“是的，这是我的真容。你不问我的名字吗？”男子脸上也有了些笑意。

“名字只是个代号，说不定你以后为了什么就会更改它。可是我们神族的面容是不会轻易改变的。我以后就凭着你这张脸去找你。”雪浮云自信满满地说。

“好，”男子看着面前骄傲的女子，终于开口道，“如果你以后能找到我，我们再论，告辞。”说完，他不顾在场众人，几个闪身就不见了踪影，消失于众人眼前。

太一从青丘出来，不觉一阵好笑。本来他听说北地有疗伤圣药冰莲，这才决定从青丘绕道，可是没有想到竟然遇到了这么一出。

虽然他挺身而出受了三掌，但是并没有大碍，而且此事圆满解决，那三掌也不亏。只是那九尾狐族的大小姐像是个有个性的，虽然自己告诉她真容不会改，但茫茫大荒，她又住在青丘，估计以后两人应该是不会再见了。

再说他要为兄长找药，也实在没有心思考虑这些。想到此处，他抖擞精神，把自己的旧袍子裹好，向北而去。

此去太一拿到了冰莲。他回来后，在凤凰族遇到了此生都难以忘怀的女子。待他回到东海，巨大的无可抵抗的旋涡把所有人卷入其中……

人生无常，爱恨翻转。他痛苦挣扎，竭力反抗，终究只是徒劳。

但只要还有一口气在，人生就没有结束，故事便未至终章。

太一终要重新振翅，再次起飞，以整个大荒为舞台，将金翅鸟的传说重新书写。

（未完待续）

番外一 王母

我已经不知道在忘川待了多少年，仿佛只是一瞬，我就从一头云鬓变成了华发苍苍；又仿佛是极长的一段时间，因为我每时每刻都在咀嚼他给予我的折磨与痛苦，仿佛活着只是煎熬。

我每日坐在这忘川边，哦，它原本不叫忘川，是一条从极西通往极东、横贯整个大荒的地下暗河。我每日坐在这暗河边，给所有要渡河的魂灵一碗药汤，喝过之后他们便能忘却前尘往事，从此处出发顺流而行，到达东海，重获新生。

那么多的人，情侣、亲人、挚友，他们欢天喜地地喝下这药汤，即使马上就要忘却过往，但所有人的脸上俱是欢欣。因为转世之后他们就有希望重逢，所以哪怕希望渺茫，他们也要一试。

为了这一点渺茫的希望，我甘心守在这里，变成一个神力全无的老妪守着这条河，守着心中不变的执念。从当初到现在，我都不曾改变。

就在我以为这样的日子还要持续很久的时候，忽然有一天，钟山之中传来了轰隆巨响，接着忘川之水从静静流淌变成了滚滚向前，我知道这条暗河终于成了。

接着我感觉体内沉封许久的力量也如水流般开始流淌，我的白发竟然渐渐变黑了！我试着伸出手去，那些苍老的皮肤在一瞬间变得光滑。我再一用力，力量汩汩不停地流过所有经脉。我站起身来，感觉熟悉的神力又回到了自己的身体里。

我体内的禁锢消失了，神力尽复！

可是我的泪无法控制地涌出眼眶，它们争先恐后地落在我的衣衫上，再滚落在地。我顾不上它们，我只是用力地奔跑，去看那山中的赤蛇，看那蓝色火光还在不在！

我害怕去印证自己心中的想法，心存侥幸，也许，也许一切还没有到最后……

可是当我奔到山前，我看到那在山中的巨蛇变成了山岩，它的脊骨嶙峋，却仍然如刀戟挺立，守护着钟山，守护着昆仑，守护着他热爱的山河。

我不甘心地来到最高处，就像我还是一只小豹子的时候一样，那时他为了满足我的小小心愿，不惜耗损神力化真身与我相见。

我沿着灰色的背脊深入山中，终于来到了巨蛇的身躯尽头。在这里，它静静地闭上了眼睛，面前一片漆黑，再也没有蓝色的火焰照亮这一方天地。

他终于还是去了，从此以后，这世间再也没有烛龙大神。

我站在原地，只觉得心空了。

我知道这是迟早的事情，可是当这一天真的来到，我还是拒绝接受。

他是我心中唯一的神，永远庇佑我们大家的神。这样的他，怎么能这样悄无声息地就去了呢？

我还有好多话没有跟他说，我在忘川想了很久的话还没有说。

我想跟他一起回忆从前，再想象以后如何。最重要的是，我还没有跟他说，我想明白了，我错了，对不起……

对了，还有忘川，还有魂灵。

我又急忙奔回忘川边，只要我等在这里，等到他的魂灵沿河而行再去重生，一切就还有希望。这一次，我的神力已恢复，我必不会错过。

只要能找到他，我就随他一起穿过大荒，去到东海。我要去找帝俊，只要他有办法让烛哥哥复生，我什么都可以付出，什么都可以答应！

只要让我等到他！

可是我等了又等，盼了又盼，忘川边万千魂灵匆匆而过，没有他，没有他，哪一个都不是他，哪里都没有他！

我不死心，令忘川的所有魂灵都不得渡川，令他们一一述说来到这里的情景，问他们有没有见到烛龙大神。可是没有，没有一个人见过他。

我失魂落魄，慢慢走在忘川边，忽然忆起了当时那个少年的眼神。那时他似乎有话对我说，却最终没有开口，只是最后看了我一眼。我此时想起，那眼神里分明是怜悯。

难道那个时候他就知道烛龙不会转生了？

不，为什么？为什么他宁愿放弃转生的机会也不愿和我在一起？！

难道当时就是我们的最后一面？

他把这一身神力传给我，从此抽身而去，再不相逢？

好狠的心！

一时之间，我恨不得一掌毁了钟山。你既然这样决绝，我又何必还要留着这伤心之地？就让这里和你一起陪葬，和你们一起陪葬！

可是，等我来到山外，发现我往来奔波已经过了许久，天却还是黑的，整个昆仑都没有醒来，仿佛要一直沉睡下去，变成一片死地。

我站在山巅，看着一眼望不到边际的山川河流，还有其中隐匿的万千生灵，看着他曾经看到的一切，看了许久，终于释怀。

我单手上举，势若擎天，沛然神力铺展开去，光明蔓延，天地复明。

如果我要怀念他，那么莫过于用这种方式；如果我要让所有人怀念他，那么莫过于变成他。这样，无论他有没有转生都不会死，因为他将永远活在我心里，活在昆仑每个人的心里。

回到玉山，我手起掌落，一条飞瀑从天而降，落到山下低洼处。

它将聚集成池水，便是瑶池。我又来到山巅，神力释出，一座高山平地而起，掌风过处，山峰整个被削去，变成一片平地，就像一座半山的园圃，将来会有各色花木生出，蜜蜂环绕，彩蝶飞舞。

这是他记忆中的昆仑，我就为他一一重现。

从此以后，我将代替他守护这一切，做这大荒西极昆仑的主人。

吾名西王母。

我是一只桐花凤，蓝色的。

虽然从没有见过其他同类，但是我一点儿也不烦恼，因为有满山的桐木陪着我，特别是阿木。

虽然他们都说阿木年纪已经很大了，是我们这里最老的树，但是我一点儿也不觉得，因为他化为人形的时候是那样好看。

他总是着一身赭衫，而不是青衫。他从不劝我修习神力，万事都随我乐意。

他说会一直护着我，我信他。

桐花凤是凤凰中极为特殊的一支，由梧桐花孕育而出，许久才能出现一只，应天道而生。

天道具体指什么，我从前不知道，也不想知道，阿木就由着我。

等我长大了不得不知道时，便想尽办法摆脱它，阿木也由着我。

我问他到底有什么办法，他只笑而不答，说不必担心。

我还是信他。

不知道为什么，我对他总是莫名地信任。他固然是我们这里神力最高者，但是这种信任感不完全来源于此，它似乎来自更久远的过去，在我有记忆之前已经烙印在我的心里。但是当我想去追寻之时，却又只剩惘然。

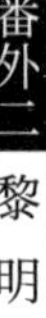

而他有时会用一种悠远的眼神看着我，那里面有珍视，有欢喜，有欣慰，还有怀念。

每当他这样看着我的时候，我觉得他像是透过我看着另外一个人。这让我有些心慌。因为我喜欢他，从我降世第一眼看到他的时候，我就喜欢他。就像他是我等了好久好久的那个人，而他也等了我好久好久。

可是随着我渐渐长大，他越来越多地露出那种眼神，这让我原本深信不疑的想法有了些许动摇。难道他喜欢的是一个和我长得很像的人？

我决定向他表白。

我才不是那种扭捏的女子，我也不管他心里到底是怎么想的，我只知道我不去说清楚，就要后悔终身。

于是那日我特意写了一首情歌，我准备边舞边唱，然后告诉他我的心意。

“巍巍高山，不动不移。
蓬蓬白云，一东一西。
漫漫长路，流水从之。
心思匪远，南风送之。
将子无死，尚复来归。
生则同生，死则同死。”

当我化出凤凰原身在空中翱翔之时，当我唱出这首歌时，我分明看到他眼中有了不一样的神采。那是一种难以言喻的感觉，就像穿越时间的洪流，逆转时光的旅人终于找到了终点。他定定地看着我，只是我，没有别人。

我缓缓从空中降下化为人身，来到他的面前，对他说：“阿木，我喜欢你，往后余生，你可愿都与我在一起，从此再不分离？”

那一瞬间，我看到他被巨大的喜悦包围，虽然竭力控制，但他还是声音轻颤地说道：“再不分离。”

我高兴坏了，冲到他怀里紧紧抱住他。我确定，不管之前如何，从此以后他就是我一个人的了。

之后都是甜甜蜜蜜的日子，和桐花蜜一样。

可那一日，涅槃之火还是烧了起来。阿木却故意支开我，代我承受，原来这就是他说的办法。

我当时怕极了。阿木是草木之身，本是无法承受这至烈之火的。就在我后悔莫及之时，却隐隐看到一条巨大的赤色蛇影盘旋，守住了阿木的原身。

之后我问其原委，阿木只是笑着说修习了秘法，神力大涨，让我不必担心，我便没有再问。

又过了好久，那是我们真正在一起之后。

有一天，我忽然做了一个很漫长的梦，梦中我变成了蓝色的火种，点燃了一支巨烛，天地光明，诸邪辟易。

“蓝蓝，蓝蓝。”阿木把我唤醒，眉头蹙起，担忧地看着我。

我伸手抚平他眉间的褶皱，慢慢给他讲梦中的故事。他听后半晌无言，眉头却皱得更紧，看着我，眼中先是惶恐，继而露出悲哀的神情。

我连忙坐直身子伸手抱紧他，虽然不知道他的不安来自何处，但我就在这里，并且会一直在这里，那只是一个梦罢了。

阿木平静下来，示意我他无事，只是更紧地把我拥进他的怀中，久久不肯放开。

在那之后，我再也没有做过噩梦。

我们从此幸福美满。

蓝蓝，我终于成功了，我用最后的神力回溯了我们的时间，回到了你还是桐花凤的时候，顶替了阿木的身份，从此就可以留在你身边，给你另一段人生，成全我们两人。你曾玩笑般问我心里的人到底是谁，我告诉你，一直都是你，只有你，从未来到过去，从死到生。

番外三 歌者

大青已经许久不曾唱歌了。

他好像经历了很多，又好像并没有经历什么，因为那些过往中的主角都不是他，他大部分时间只是作为看客去旁观那些悲喜。那些在后人眼中惊天动地的故事，在他看来不过如此，故事中的每个人都言不由衷，也身不由己。

如今，小瑶变成了西王母，真正的西王母。三弟一改原来的性子决意追随。二弟找到了毕生所爱，再不管其他。反倒是自己，没有目的地到处游荡，也没有了唱歌的理由。

昆仑的山水变了模样，昆仑的人事变了模样，连大青自己也与之前判若两人，所以，改变并不奇怪。

大青想起从前，自己只凭一首歌就妄断了一个人，甚至投入了一份情，等到后来那个人变得面目全非，大青才惊觉自己的天真。

也许歌者本就天真，天真地以为自己足够通透，识尽人心；天真地以为自己洁白纯粹，不染红尘；天真地以为自己超脱凡俗，无欲无求。自己是歌者，纵情而歌，凭心而诵，谁都不能勉强自己，谁也不能左右自己。

可是，上天就像给他开了一个玩笑，是非交错，黑白掺杂，他站得太高，离得太远，等一切发生时，自己无法分辨，更无力阻止，唯一能做的只有抽身而去。

何其可笑！

所以自己应该是无法唱歌了，因为自己再也回不到从前，大青想。

大青就这样漫无目的地走着，忽然，一道清亮的啼叫声破空而来，随后一段旋律随风而至，五音分明，空灵婉转。

曲毕，一个熟悉的声音响起：“小青鸾，你这歌还是和以前一样好。”

“多谢帝江先生夸奖。”

大青一顿，慢慢抬起头看着不远处那个依然身着红衣的人，停驻不前。

那人也似有所感般回过头来。

那一瞬，大青忽然明白，不管时间过去多久，不管世事如何变化，有些人，有些事，是不会改变的。

两人对视，半晌无言。

忽然，红衣人莞尔一笑。

“大青，你回来了？害我等你好久。”

“嗯，劳你久等了，我回来了。”

江南，斜风细雨中，湖边张家酒铺的酒幡依然迎风招展，吸引着南来北往的客人折柳沽酒。

张家是个还算殷实的人家，靠着祖传的酿酒手艺，填饱了一家大小的上十张嘴。

说起张家酒铺，最出名的当数女儿红。他家的女儿红澄澈清亮，甘香醇厚，远近闻名。

可惜张家酿女儿红，却一个女儿也没有。

对于这个问题，起初老张没太放在心上。张娘子是个争气的，自从嫁到张家，一口气连生了五兄弟。张娘子生头一个时，老张自然是欢喜非常，张家后继有人。张娘子生第二个时，老张也乐得合不拢嘴，毕竟兄弟同心，其利断金。张娘子生第三个、第四个的时候，老张也觉得不错，家里事总要有人帮衬，但是看着人家家里娇滴滴的女儿还是略有些眼热。等到张娘子第五个生的还是儿子时，已有些年纪的老张终于忍不住对媳妇说，最后一个，最后一个咱们努努力生个女儿，女儿好呀，长大了知道疼人。不光老张，就是那长大的五兄弟也眼巴巴地盼着娘亲的肚子里能蹦出一个妹妹来，而不是个个都跟小公鸡似的彼此都看不顺眼，天天奓毛。

为此，老张特地在酒窖旁的墙角下挖了一个坑，郑重地埋下了一坛自家酿的女儿红，满心等到女儿出世，以后出嫁了再挖出，就是顶好的送嫁酒了。末了，老张还移了一株兰草种在上面作为标记。

可惜，等到张娘子怀胎十月，一朝分娩，出来的还是个带把的。张家父子从满心期望到大失所望，自然也就不记得墙角的那坛女儿红了。

等到这张家老六慢慢长大，却显出与张家人不一样的特质来。相比他膀阔腰圆、大大咧咧的五个哥哥，这张老六身姿瘦削、容貌清俊，说话慢条斯理、轻声细语，看着竟像个琉璃做的人。平日他对父母兄长极为敬重体贴，无一处不妥，一家人便从嫌弃到疼惜，觉得这样的人来到张家是天降的缘分，妙不可言。

只一条，张老六对酿酒一点兴趣也无，一心只想拜访仙师，得道成仙。

这可把老张急坏了。自己祖上别说仙人，与仙字沾边的都没有一个，这孩子怎么就冒出这样离奇的想法来了呢？

可是看着张老六那张漂亮得不似凡人的脸，那一双纤尘不染的眼睛，老张又莫名其妙地挠头，莫非真是仙人降临到自家了？

就算是仙人降世，这一世也是他张家的孩子呀，父母兄弟都在，怎么能让自家孩子去走那条虚无缥缈之路。

老张也曾听人说起有什么仙师看中了哪家孩子先天有仙骨，会点拨一番然后带走修仙，从此孩子与家人再不能团圆，完了仙师会给家中一点补偿。

这叫什么事？！他老张就是再没出息，也不能做出这种等同于卖孩子的事来！

虽然人人都说一人得道，鸡犬升天，但那仙岂是容易修的？何况听说仙家都长生不老，真等老六成仙回来，别说鸡犬了，连自己都早升天了，这怎么行？！

所以眼瞅着张老六天天想着寻仙师、登天道，可把老张急坏了。

得想个招断了他这念想才行，老张暗忖。

老张思来想去，某一日忽然灵光一闪！老六要寻仙师，给他找个仙师不就结了？

街东头算命的黄半仙就不错。

黄半仙其人其貌不扬，天天举着白布幌子在街上晃荡着给人算命，一看就是个骗子。他算大事从来没准过，小事偶尔蒙对了，得了点小钱不是去买肉就是来买酒。他有时候没钱，过来闲话家常，赊也要赊上一口酒，还尤好张家的女儿红，这样的人正适合给老六当师父。

对，等黄半仙下次来，大可以送他几坛酒，让他冒充一下仙师。只要黄半仙跟老六说他根本不适合修仙，让他打消这念头这事就完了。

老张越想越觉得此计可行，于是速速去找黄半仙。

等老张在桥头找到黄半仙时，他正靠柳树下喝酒。

一见老张来了，黄半仙本来眯缝的眼睛瞬间张开，开口便问："可是来送酒的？"

"是是是，"老张忙不迭应道，"我有要紧事请你帮忙，事成之后，美酒管够。"说完老张把他拉到僻静处，细细跟他说起自己的计划，最后又耳提面命，此番行事的目的就是劝说老六打消修仙的念头，万不可拐带了自己的宝贝儿子。

黄半仙听完打了个酒嗝，拍着胸脯说，此事就包在他身上了，请老张放一万个心，只要事成之后不要忘了送酒就行。

老张连连点头，两人约定第二日就开始行事。

等到了第二日，黄半仙果然依约登门。

门一打开，老张有点傻眼，这还是黄半仙吗？

只见来人衣袂飘飘，目若悬珠，一派仙风道骨的高人模样。

只是一见开门的是老张，他立时嘴一歪，使了个眼色，老张这才放下心来，忙把人迎了进来。

屋中的张老六也闻声出来了。老爹一早就对他说找到了仙师，可以一圆自己的仙缘。这事一看就透着蹊跷。老爹之前是最反对老六修仙的人，这一下子转了性，主动给他找起了什么仙师，他倒要看看老爹到底找了个什么人。

这么想着张老六便出了门，只见门外站着一人，一身白衣，眉眼温柔，一身飘然气质，仙人风骨。

这还不算，他为何第一次见这人就有似曾相识的感觉，就像见到了故人？莫非这人真是位与己有缘的仙师？

那人一见张老六却是一副自来熟的模样，踱步上前，上下打量，又频频点头，口中连称："不错不错，果然是美玉良材，正合仙途。"

一旁的老张一听，立马在背后拉黄半仙的衣角。这是怎么说的，这和开始说好的不一样呀，这人到底是来帮忙还是添乱的？

黄半仙却不管老张，来到张老六面前对他道："就是你想一问仙途吧，本仙师正好也想找一人继承衣钵，你可愿意拜入本仙师门下？"

"你真是仙师？"张老六还是有些怀疑。

"千真万确。"半仙笑眯眯地答道。

"如何证明？"张老六又问。

"好说，且随我来。"说完，半仙先往张家酒窖而去。老张一看回到了计划之中，忙跟在其身后。只有张老六有些犹豫，但也举步跟上。

到了酒窖，只见黄半仙先倒了一碗水，让张老六亲自尝过，然后放回桌上。之后手指捏诀，说了一声"变"。那水激荡几下竟然变了颜色。黄半仙示意张老六再尝，这碗水竟然变成了美酒，正是女儿红。

张老六虽然还是有几分怀疑，但是眼前的事实难以反驳，再加上自家老爹在一旁不停帮腔，他终于决定拜这位"仙师"为师。

一个头磕下去，张家老六再抬起头来，看着新出炉的"师父"得意扬扬的样子和老爹如释重负的表情，总觉得哪里不对。

但是后面的事情也容不得他多想了，自从拜师后，这位仙师便进了家门。不错，这位仙师无门无派，也没有什么山门，自己吃了上顿没下顿，要带个弟子，只能去讨饭。于是张家老爹便把仙师请到了家中，说是好就近传授张老六仙法，可免去许多麻烦。

传授仙法就传授仙法，可天天往酒窖里跑算怎么回事呢？这位仙师只要授课必往酒窖里钻，只要论法也必与酒有关。什么怎样品鉴天下好酒，什么时节要喝什么样的酒，用哪里的水酿酒最佳，甚至是怎么才能酿出绝世好酒，他懂的东西比自家老爹都多，可这能得道成仙吗？张老六不禁怀疑。

黄半仙想是看出了他的疑惑，又正儿八经地对他说，这世上成仙成神不拘一途，只要磨炼心性，诚心修炼，终有一日能得大道，不必心急。

日子就这样一天天过去，张老六仙法没学到多少，对于怎样酿酒却颇有心得，到后来老爹遇到难题都要来请教他，俨然是要把家业交到这个最有出息的孩子手里，几位兄长也颇为服气。于是张家的生意在大家的一起操持下蒸蒸日上。

而黄半仙在张家骗吃骗喝几年，俨然已经是这个家的一分子了。

这酒香微醺的日子有一天出了点意外。

那天夜里忽然起火了，酒窖里全是酒水，要是点着那必是滔天之火，谁也不能幸免。

一时之间全家乱作一团，众人慌忙汲水灭火，架梯救人。可那火势冲天，难以阻挡，就在众人惶乱无措之时，忽然乌云翻滚，瓢泼大雨从天而降，硬是把那火生生浇灭了。而后，雨歇云散，天又放晴了。

张家人纷纷拜谢祖宗显灵、老天保佑，却无一人记得家里住着位仙师，毕竟当初那场收徒的戏还是全家人齐上阵才“表演”成功的呢，只老六一人被蒙在鼓里。

等大家折腾一宿，纷纷回屋歇息之后，张老六却拉着师父进了自己的房间。

黄半仙面有倦色，却还是问徒弟何事。张老六指着他怀里抱着的一株兰草问道：“你抱着它做什么？”

黄半仙这才反应过来，愣了一愣，回道：“这草经不得火，我暂时护着，免得烧坏了。”张老六又道：“那雨是师父降下的吧？我看到你施法了。”

黄半仙本想矢口否认，但看着徒弟一脸严肃的样子，又恢复了往日的嬉笑模样。

“是呀，早跟你说师父是货真价实的仙师，你还不信。师父厉害吧？你要保密哦。”

“好的，我可以替师父保密，但是师父的秘密也要告诉我，比如这株兰草与我的关系。”张老六轻飘飘地又来了一句，却如重锤砸在黄半仙耳中，令他半晌无言。

“怎么，说不出话来了？你来授我仙法，虽然总是东扯西拉，三句离不了个酒字，但无意中漏出来的东西也让我能一窥仙途。我早就猜测你是真正的仙师，只有父兄他们才以为你还是大街上那个黄半仙。”见黄半仙脸色又变，张老六更加肯定了自己的想法。

“你每次去酒窖，都只是为了去看角落里的那株兰草，还屡次施法保护于它。别人没有注意，但是我每次都看到了。我本以为你是惜花之人，可是随着我修习深入，一次在梦中，我竟然梦到自己就是那株兰草！还有一次，你有事外出，无人看顾那株兰草，又恰逢连日无雨，别人都没什么，只有我感到干渴难耐，喝多少水都无用。于是我试着给那株兰草浇了水，眼见它枝叶舒展，我顿时好受了许多。”张老六看着自己的师父，逼问道，“你说，这到底是怎么回事？！”

随着他怒气上涨，黄半仙怀中的这株兰草的叶片竟然开始生长，片刻就大了一倍，如剑戟挺立！

张老六眼睛都瞪圆了，视线从草上转到黄半仙身上，不敢置信。黄半仙一看不妙，连忙施法于兰草之上，那兰草渐渐又恢复了平时的模样。再看徒弟的神情，知道瞒不住了，黄半仙只得开口：“不错，你正是这株兰草。”

张老六一屁股坐到床上，半晌无言。他转眼就从人变成了草，任谁都有些受不了。

黄半仙等自己的徒弟缓了一缓，又接着说：“我本是酒中仙，只因张家酒好，便隐在了附近。张家又一心求女，我便带了你来想投胎在他家，谁知半途出了岔子，你还是个小子。因你本来自上界，所以自然一心求仙。”

“你说我本是仙草？”张老六还是有点愣，顿了一下，问道，“为何我自己不知道？”

“那是因为我封住了你的过往记忆，让你以为自己是普通人家的孩子。这样你不过得也挺好的？”黄半仙讪讪地回答。

“好什么？！你难道没有想过，这么大的秘密总有一天会被揭穿的，一株草和一个人究竟是不同的呀！”张老六有些接受不了地喊道。

“我一直远远地看着你，后来你父亲来求我收你为徒，我就更可以就近看顾你了。只是我没有想到，你毕竟是灵草，聪慧非常，终是从蛛丝马迹中勘破了天机。”

“不对，那在上界我与你是什么关系？为何你就能随意让我下界托生？”张老六忽然又想到了疑点，问道。

“因为我们本就是师徒，一直是。”半仙答道。

“真的？你真的是我师父？”张老六听了这一大通，最后听到这么个结果，总感觉哪里不对，又问道，“你是不是还有什么事瞒着我？”

“没有了，真没有了。你放心，等你平平稳稳过完这一世，师父就带你回去。”黄半仙忙单手举起发誓般道。

他自然不会告诉老六，为了这生生世世的师徒之缘，自己付出了多少；为了封住他过往的记忆，自己又付出了多少。在数不尽的轮回中，无论自己与他变成什么模样，自己总会找到他，想尽办法给他温暖安宁的生活，给他热腾腾的寻常烟火，就像这一世一样，弥补他没有享受过的血肉亲情。他也不必知道那些太过久远的惨烈往事，那些本该刻骨铭心的仇恨与离别，那些连忘川的汤药都不能洗去的过去。

他是烛龙之子，身负一身轮回也不能磨灭的神力，只是在湮灭之际，他把这身神力赋予了自己。所以转世后自己才能去压制那些久远的记忆，让它们生生世世被埋藏在最深处，再也不会被提起，并成全两人永远的师徒缘分。

这样就很好。

“好吧，再相信你一回。”张老六嘴上说着，其实心中还有疑问。但是初见时那熟悉的感觉告诉他，这个人只会关爱他、照顾他，绝不会害他。

可是他不放心，转头还是叮嘱了一句：“不许再骗我了。”

哼，大骗子。

后来，张家酒铺果然传到了张老六手上，在日日忙碌的操持中，那个本来一心要去求仙的人似乎也渐渐沉浸于日常的辛苦甘甜中，笑意常含在眼中。只是他并没有娶妻生子，而是最后把酒铺交给了家中小辈。

某一日，他出门前告诉家人，自己要去寻仙了，再见无期，就此一去不返。

和他一起离去的，还有那个装了一辈子的假仙师。

远处，两个并行的身影渐行渐远，有说话声隐隐传来。

“师父，你还酒中仙呢，你就是那一坛埋在土里的女儿红吧，所以其实无论怎样我都不会死的对不对？因为你哪怕耗干自己也会救我的对不对？难怪我总感觉身上一股子酒气，就是出了门也散不了，原来是你染得我一身酒味。还说没有事瞒着我呢，你是不是又骗我？”

“哎，就这一件，真的就这一件事了。师父可以发誓的，乖徒弟。”

……

图书在版编目(CIP)数据

裂山海. 2 / 流水著. —武汉 : 长江出版社,
2023.9
ISBN 978-7-5492-8938-7
Ⅰ. ①裂… Ⅱ. ①流… Ⅲ. ①幻想小说－中国－当代
Ⅳ. ①I247.5
中国国家版本馆CIP数据核字(2023)第127449号

裂山海·2 流水 著
LIESHANHAI

出　　版 长江出版社
（武汉市解放大道1863号　邮政编码：430010）
选题策划 海　砂
市场发行 长江出版社发行部
网　　址 http://www.cjpress.com.cn
责任编辑 江　南
特约编辑 子　静
装帧设计 芒　芒
印　　刷 武汉鸿印社科技有限公司
版　　次 2023年9月第1版
印　　次 2023年9月第1次印刷
开　　本 880mm×1230mm 1／32
印　　张 8.75
字　　数 252千
书　　号 ISBN 978-7-5492-8938-7
定　　价 45.00元

电话：027-82926557(总编室)　027-82926806(市场营销部)